- 스티노가 다시 한 번 손가락을 튕기니
- 사람의 눈앞에 커다란 화면이 나타났다.
- 지로의 방이 부감(俯瞰)이미지로 나타났다.
- 옥고 지구조차 작아져 보이지 않게 되었다.

치트약사의
이세계여행 1

아카유키 토나 지음 kona 일러스트 윤모린 옮김

유지로는 치유촉진약을
만들기 위해 준비를 시작했다.
재료를 가루로 만들고
1회분의 분량을 끓여 소독해서
식힌 물에 넣었다.

"여자?
괜찮은가?"

여행복 차림인 여자가 풀이 침대인 양
엎어져 쓰러져 있었다.
유지로의 취향의 미인이었다.

"중간까지
함께 갈까?"

티크는 유지로에게
웃는 얼굴로 수긍했고,
파크도 동의한다는 듯
기운 넘치게 짖었다.

드레스를 차려입은
세리에에게 넋을 잃었다.
파란색과 흰색의
그러데이션 드레스 차림이었고,
머리를 올려 깃털을 모방한
머리장식으로 고정했다.

"세리에!
결혼해줘!"

치트 약사의
CHEAT KUSUSHI 의

이세계 여행
ISEKAI TABI
1

☑ *Introduction*

영혼을 다오.

"영혼을 다오."
일면식도 없는 남자가 그렇게 말하면 어떤 느낌이 들까?
이 이야기의 주인공 사와베 유지로는
수상한 남자에게 그런 말을 듣고 이세계로 가기를 선택한다.
현실세계에서 도피할 수단으로.
이세계에 간 뒤 약사로서 살아가기로 한다.
마물을 토벌하거나 하프엘프 미소녀에게 한눈에 반하거나,
제법 충실한 이세계 생활에 두근거리는 마음이 멈추지 않는다.
《용을 죽인 자의 나날》 작가 아카유키 토나의 새로운 경지를 마음껏 즐겨주시길!

치트 약사의 이세계 여행
1

아카유키 토나 지음 | kona 일러스트 | 윤모린 옮김

치트약사의 이세계여행 1

illustration kona

일러스트/ kona
장정 · 본문 디자인/5GAS DESIGN STUDIO

1장

이세계 신생활

cheat kusushi no
isekai tabi

Tona Akayuki
illustration / kona

1 이동 전

"영혼을 다오."

"……갑자기 무슨 말 하는지 모르겠는데."

눈앞에 선 고대 로마인 같은 복장을 한 남자에게, 소년이라 하기엔 다 자란 청년은 졸린 목소리로 대답했다.

기분 좋게 잠을 자다 깨어난 소년의 이름은 사와베 유지로, 고등학교 2학년. 성적에 관하여 혹은, 어느 대학에 갈건지 정했느냐고 부모님한테 잔소리를 들으며 하루하루를 보내는 흔한 고등학생이다.

졸린 눈을 비비며 커튼 틈새로 하늘을 보자, 아직 어두워서 새벽이 밝기에는 아직 멀어 보였다. 시계를 보니 오전 2시가 넘었다. 침대에 들어온 지 3시간이 지났다. 아직 졸려서 침대에 쓰러지고 싶었다.

멍한 머리로 문득 모르는 남자가 있다는 의아함에 급속도로 잠기운이 사라졌다. 남자 쪽으로 한껏 고개를 돌렸다. 불이 켜지지 않은 방 안에서, 신기하게도 남자의 모습은 확실히 보였다. 남자가 있다는 사실에 놀라 그가 제대로 보이는지까지는 제대로 인식할 수 없었다.

"넌 누구야?! 도둑이냐?!"

심야에 폐를 끼친다고 생각하기는커녕 오히려 도움을 요청하듯 큰 소리를 질렀다.

"내 이름은 바스티노. 도둑이 아니라 부탁이 있어 온 것이다."

"강도가 협박조로 나오는 건가?! 뭔가 무기가 될 만한 것이 없나!"

바스티노의 말을 반쯤 흘려들으며 유지로는 방 안을 둘러보고 내쫓을 만한 것을 찾아보았다. 유지로가 시야에 들어온 알토리코더를 들기 직전, 작게 한숨을 쉰 바스티노가 먼저 움직였다.

"진정해."

그리 말하며 바스티노는 손가락으로 딱 소리를 냈다.

유지로의 방이 갑자기 아무것도 없는 새하얀 공간으로 바뀌었다.

"으악?!"

침대에서 바닥으로 떨어진 유지로는 찧은 엉덩이를 문질렀다.

"뭐, 뭐가 어찌 된 거지?!"

주위를 둘러봐도 익숙한 건 없었다.

"너희들의 상식에서 생각하면 믿을 수 없겠지만 공간을 일시적으로 변질시켜 쓸데없는 것을 없앤 상황이다. 위치는 바뀌지 않았어. 단, 다른 인간이 들어오는 것도 눈치챌 수 없지."

"아, 꿈인가?"

너무나 현실과 동떨어진 현상에 아픔을 잊고 꿈을 꾸는

15

건가 생각했다.

그런 유지로의 생각을 바스티노는 고개를 저으며 부정
했다.

"아니, 꿈이 아니다."

"꿈이 아니라니, 믿을 수 없어!"

"말했지? 너희의 상식에서 생각하면 믿을 수 없을지도 모
른다고."

"넌 뭐 하는 놈이야! 무슨 목적으로 나 같은 것을 만나러
왔어?!"

"뭐 하는 놈이라…… 너희들의 말로 표현하자면 우주 외
생명체겠군."

"우주, 외? 지구 외 생명체라면 들은 적 있는데."

익숙지 않은 말에 의아해서 고개를 갸웃거렸다.

"그건 지구라 불리는 세계 외에서 사는 생명체를 가리키
는 말이잖아? 난 지구라 불리는 세계가 존재하는 우주 밖의
거주자이다."

그런 것치고는 자신들과 생김새가 닮았다고 유지로는 생
각했다. 우주인이라고 하면 연상되는 것이 회색이었고, 그
런 존재란 지구의 생물과는 전혀 다르게 생겼을 것만 같았
다.

"이 모습은 너희들에게 맞춘 것뿐이다. 그편이 차분하게
교섭할 수 있으니까."

유지로의 사고를 읽었는지 간단히 자신의 모습에 대한 설

명을 했다. 본래의 모습은 지금과는 전혀 다르다. 해파리가 사람 모양이 되었다고 말하면 이해하기 쉬울까. 투명감이 있는 몸과 머리에서 사지로 붉은 신경이 내달리고 촉수가 있는 그런 모습이다.

확실히 에일리언이나 프레데터라는 모습으로 나타나는 것보단 낫지 싶어 유지로는 수긍했다. 그런 괴물 모습으로 나타난다면 즉시 도망치거나 기절할 것 같았다.

"그럼 옷도 현대풍으로 맞추면 좋을 텐데."

"이러는 편이 분위기가 맞는 느낌이 드는데?"

"분위기? 영문을 모르겠네. 뭐 하는 놈인지는 일단 알겠어. 목적이 뭐야?"

아직도 무척이나 리얼한 꿈을 꾸고 있다는 가능성도 배제하지 않은 채 자신을 만나러 온 이유를 물었다.

"교섭이라고 말했지? 맨 처음 말했듯 영혼을 달라고 부탁하러 온 거다."

"즉, 죽이러 왔다는 뜻?"

두려움이 수그러졌다. 이런 상황을 만든 상대에게서 도망치는 것은 불가능하겠다 싶어서 반쯤 포기한 상태이기도 하다.

어떻게 도망치면 좋을지, 설령 도망치는 데 성공해도 이곳은 아무것도 없는 백의 공간. 목이 마르고 굶주리기 전에 미쳐버릴 것이다. 그런 식으로 죽을 거라면 차라리 편하게 죽는 편이 낫다. 그렇다고 해서 죽고 싶다는 건 아니지만.

그런 겁먹은 모습을 알아챈 바스티노는 손을 절레절레 흔들었다. 인간다운 행동에 유지로는 또다시 조금 두려움이 수그러졌다. 그걸 노리고 한 동작이었다.

"아니, 아니다. 지금 당장 혼을 받아도 의미는 없어. 네가 죽은 뒤에 받고 싶다는 이야기다."

"영혼을 빨리 받기 위해 죽이기도 해?"

"반대야. 가능하면 남은 수명으로 살아줬으면 해. 적어도 50년은 살게 해준다."

"그렇다면 내가 죽은 뒤에 멋대로 가져가면 된다고 생각하는데…… 어째서 일부러 이야기하러 온 거야?"

"죽은 뒤라면 늦으니. 사전에 승낙을 받을 필요가 있어."

"어째서 내 영혼이 필요한 거야?"

"너희에겐 스케일이 큰 이야기가 될 텐데?"

바스티노가 다시 한 번 손가락을 튕기자 둘의 눈앞에 커다란 화면이 나타났다.

유지로의 방이 화면에서 부감(俯瞰) 이미지로 나타났다. 사와베가(家)의 지붕, 주변의 집 지붕, 사는 마을, 시 전체, 현 전체로 보여지더니 결국, 지구조차 작아져 보이지 않게 되었다. 그래도 멈추지 않고 계속 올라가 이윽고 하얀 점이 반짝이는 흑구(黑球)가 된 시점에서 멈추었다.

"이건 우리가 흑성주(黑星珠) 혹은 CEE, 코즈믹 에너지엔진이라 부르는 것. 즉, 너희가 있는 우주 전체상이지. 여기서 발생되는 파동을 에너지로 바꿔 우리의 생활에 도움이 되게 하고 있다. 이용할 수 있는 건 파동을 에너지로 변환하는 것뿐으로 새롭게 흑성주를 만들어내거나 없앨 수는 없다. 흑성주는 자연스레 태어나고 자연스레 사라지지. 그리고 흑성주는 다섯 개가 있다. 얻을 수 있는 에너지는 조금이지만 남는다는 느낌이다. 여기까진 괜찮은가?"

"태양빛을 전기로 바꾸는 것과 비슷한 거야?"

지금의 이야기에 자신의 영혼이 어떻게 관계되는 건지 몰라서 이해한 것만 확인차 물었다.

지구 정보를 찾아 확인한 바스티노는 끄덕였다.

"비슷하군. 얻을 수 있는 에너지는 흑성주 쪽이 많지만. 계속할까?"

그 말에 유지로가 고개를 끄덕였다.

"최근 이 흑성구에 이상이 발견됐다. 내버려두면 지구 시간으로 130년 정도 후에 붕괴한다는 사실을 알게 됐다."

멸망한다면 에너지가 부족해져 곤란하다. 그 해결법을 위해 유지로를 만나러 온 것이다.

"……뭐? 붕괴?! 지구를 포함한 이 우주가 사라져버린다는 말이야?!"

갑작스러운 파괴 선언에 그때쯤이면 자신은 살아 있지 않다는 걸 알면서도 놀라지 않고는 배길 수 없었다.

"그 말대로다. 조사 결과 붕괴의 원인은 알아냈지. 흑성주 붕괴로는 흔한 것이었으니까. 기간핵성(基幹核星)이 병들고 있었다."

"기관핵성은 뭐야?"

유지로가 물으니 화면에 하나의 별이 비쳤다. 다양한 색이 섞인 별이었다.

"흑성주는 멀리 떨어져 있어도 다른 세계에 영향을 주고, 시조가 되는 별이 존재한다. 그것을 기간핵성이라 부른다. 그 별에는 우주의 모든 것이 있다. 생명이 있고, 죽음이 있고, 유(有)가 있고, 무(無)가 있다. 모순까지도 감싸안아 그것들을 채우고는 그 밖의 것에는 간섭받지 않는 별이다."

"무가 있단 건 잘 모르겠지만 간섭할 수 없으니 이 우주는 멸망할 수밖에 없는 거 아니야?"

"예외란 것이 있지. 흑성주 안에는 특수한 영혼을 가진 생물이 있다. 그 영혼이라면 기간핵성에 들어갈 수 있다. 그 혼을 가공해서 백신을 만들고 기간핵성에 쏘면 만사 해결된다."

"특수한 영혼이 나야?"

"그 말대로다. 너를 포함해 275개의 영혼이지."

"……많지 않아?"

그 수에 유지로는 얼이 빠졌다.

특수라고 하니까 열 개 이하라고 생각했는데 세 자릿수다. 우주 규모로 보면 적을지도 모르겠지만.

"그만큼 있으면 충분한 건 확실하다. 필요한 영혼은 하나뿐이니까. 예비 영혼도 포함해서 세 개만 있으면 충분하다."

"내가 있는 곳에 온 다른 큰 이유는 없단 거야?"

"아니, 순서대로 돌고 있을 뿐이다. 네가 97번째. 지금까지 한 명에게도 승낙을 얻지 못했다."

"수긍하는 사람이 없었어?"

후보가 그만큼 있으면 아무나 한 명은 수긍했을 거라 생각했는데 승낙한 자가 없다는 점은 의외였다. 사후의 일이니 크게 상관없을 것 같다고 생각했다. 윤회전생에 기반을 두어서 생각해도 다음 생에 자신의 기억은 없는 것이다. 영혼에 구애받는 이유를 이해할 수 없었다.

"영혼을 더럽히고 싶지 않다는 이유나, 전생할 수 없게 되는 건 싫다, 가족과 함께 있고 싶다, 이런 이유로 거절당했지. 확실히 나도 거기서 인생을 끝내달라는 말을 들으면 쉽게 알겠다고는 못한다."

"인생 끝이라니, 죽은 시점에서 끝일 텐데."

"응? 무슨 말을 하는 건가? 아, 그런가. 지구인은 영혼에 대해 아직 상세히 모르는 거였지."

조금 다른 인식의 차이를 깨닫고 심사숙고한 미소를 띤다.

"영혼이란 실재하는지도 모르고 말야."

"실재한다. 그렇지 않으면 영혼을 달라고 말하러 오지 않았을 거다."

영혼의 제공을 거부한 다른 세계의 자들은 영혼에 대해 확실히 이해한 자들이었다.

육체가 대체로 1백 년이 한계이듯 영혼에도 수명이 있다. 이 우주에서 생물의 영혼 수명은 평균 5000년.

지구에선 육체가 썩으면 영혼은 세계를 떠돌거나, 우주에 나가거나 해서 다른 별 생물의 몸에 들어간다. 대체로는 몸을 찾는 동안에 기억이 빠져나가 새로운 인격을 만든다.

그렇지만 영혼을 이해하는 자들이라면 클론에 자신의 영혼을 옮긴다거나 영혼을 보호하는 기술을 가졌기에 영혼의 수명이 다할 때까지 자신인 채로 살아갈 수 있는 것이다.

영혼에 대해 제대로 이해하지 못한 유지로와 생각이 달라도 무리는 아닐 것이다.

참고로 바스티노의 영혼에도 수명은 있었다. 10만 년이나 된다. 이미 2만 년을 살았다. 여기까지 오니 육체를 교환하는 건 마치 옷을 바꾸는 감각이었다.

"2만 년…… 그렇게 살아서 뭐하는데?"

"여러 가지 만끽하는 중이다."

"뭘 어떻게 하면 만끽할 수 있어? 뭐, 됐어. 그런데 그 부탁을 받아들이면 난 어떻게 되는 거야? 사후의 일이니 받아들여도 되겠지만."

"받아들여준다면 이 별에서 다른 별로 가게 될 거다."

"……뭐라고?"

그런 스케일이 큰 이사를 하라고 들을 줄은 몰랐다.

"여기는 백신을 가공하기 이전 단계의 조정(調整)이 불가능하다. 가게 될 별은 나의 동족이 시간 때우기로 창조한 세계로, 조정하는 데 최적이다."

"그러니 가족과 떨어지기 싫다고 거절하는 사람이 있던

거구나. 이제 알겠네."

"너도 거절하는 쪽인가?"

"음…… 어떤 곳인지 물어도 돼?"

가게 될 별은 지구와 달리 구체가 아니다. 구체를 반으로 잘랐을 때 평면인 부분에 대륙이 있다. 인공태양이 세계의 주위를 돌고 항상 만월상태인 달이 움직이지 않고 하늘에 떠 있다. 지구의 달과 전혀 다른 것이다.

그런 세계에서 물리법칙 같은 건 괜찮은 건가 하고 유지로는 생각했지만, 그곳에서 살아갈 수 있는 기술을 바스티노는 보유한 것이다.

그가 말하길 검과 마법의 세계로, 사람과 가까운 종족은 네 종류 있다. 유지로에게 가장 가까운 것이 평원의 민족. 그 밖에 엘프 같은 숲의 민족. 드워프 같은 산의 민족. 그리고 인어와 같은 바다의 민족이다. 그리고 동물과 많은 마물이 살고 있다.

창조되고서 8000년이 지났고, 1000년째에 세계 그 자체를 흔드는 대지진이 일어나 그때마다 다수가 죽고 문명이 붕괴되었다. 지난번의 파괴지진은 2백 년 전에 일어났으니, 유지로가 살 동안에는 일어나지 않을 것이다. 이 지진은 일부러 발생시키는 것이 아니었다. 세계를 창조했을 때 버그가 발생한 듯, 창조자에게도 예상외의 일이었다.

이 별의 창조자는 이미 그곳에는 없고 사람들은 자연 등을 가공의 신으로 숭배하고 있다. 파괴지진으로 기록이 사라졌기 때문에 창조자가 있는 것을 아는 자는 전무하다.

"검과 마법의 세계군. 조금 호기심을 자극하네."

RPG를 좋아하기도 해서 가보고 싶다는 생각이 가득했다. 야기된 호기심이 강할 정도로 미지에 대한 관심은 강한 법이다. 이번 일은 너무나 갑작스러워서 호기심 이전에 공포심이 앞섰지만.

"하지만 갑작스레 내가 없어진다면 큰 소동이 일어나겠지. 이쪽과 그쪽을 왕래한단 건 어때?"

"가능하다면 저쪽에 더 있어주길 바란다. 조정이 도중에 막 끊어지게 되면 어떤 문제가 발생할지 모르니. 그 대신 이 세계에서 네가 있었다는 기록과 기억을 지우는 건 가능하다. 없어져도 소동이 일어날 일은 없다."

"……우선 일주일 정도 생각해봐도 돼?"

그 정도라면야, 하고 끄덕인 뒤 바스티노는 방을 원래 상태로 되돌리고 떠나갔다. 이제부터 다른 세계의 후보자들을 만나러 갈 것이다.

혼자 남은 유지로는 침대에서 뒹굴거리다 이윽고 잠이 들었다.

잠을 자다가 일어난 유지로는 역시 꿈이었나 하고 생각했다. 그런 꿈을 꾸다니, 얼마나 지금의 상태에 싫증이 난걸까 싶다. 그렇게 느낀 자신이 조금 어이없게 느껴졌다. 정말로 어딘가에 갈 수 있다면 어떻게 할까 하고 생각하고 있을 때, 방에서 꼼짝 않고 있던 유지로를 깨우러 어머니가 방에 들어왔다. 거기서 사고가 중단되었고 평소와 같은 일상이 시작되었다.

학교에 가서 친구와 이야기하고 있는 와중에 문득 꿈에 대한 것이 떠올라 물어보았다.

"다른 세계로 갈 수 있는 꿈?"

"무슨 꿈이야?"

다 큰 청년이 이상한 꿈이나 꾼다고 친구 두 명이 웃었다.

"웃지 마. 내가 생각해도 이상한 꿈이었으니까. 그런데 그런 게 정말로 있다면 어떻게 할래?"

유지로의 물음에 두 명은 곰곰이 생각했다.

"……가보고 싶긴 하네. 미지의 세계의 모험이라 하면 불타오르는 뭔가가 있어."

"나도. 모르는 세계라 하면 불안감은 있지만 서포터가 함께한다면 의외로 어떻게든 될지도?"

"이대로 여기에 있어도 시험이나 취직활동으로 힘들 테니까. 경기가 좋아질지 어쩔지도 불분명하고. 이런 불경기 같은 상황이 계속된다면 차라리 이세계에 가서 마음껏 활동하는 것도 좋다고 생각해."

두 사람의 생각에 유지로는 그렇군 싶어 끄덕였다. 두 사람은 그런 선택지가 있다는 가정하에 자신의 생각을 말했다. 현실에서 바스티노가 그들에게 물었더라면 지금의 대답과는 또 다른 선택을 할지도 모르지만.

그런 친구들의 의견이, 갈지 말지 갈팡질팡 흔들리던 유지로의 마음을 다소나마 기울이게 하는 데는 성공했다.

친구들과의 이야기 주제가 다른 것으로 바뀌고 평소와 같은 생활을 계속했다. 잠깐 짬이 날 때 기억을 떠올려서 꿈이 아니라면 가보고 싶을 수도 있겠다, 하고 생각했다.

친구가 말한 대로 다가오는 시험이 골치가 아팠고 평범한 나날보다도 호기심이 자극되는 나날 쪽이 끌렸다.

많은 사람이 시험공부 같은 건 내팽개치고 좋을 대로 살고 싶다고 한 번쯤은 생각해봤을 것이다. 다 버리고 떠날 수 있는 선택지가 유지로에게는 제시되었다. 그리고 다가온 호기심과 친구와의 대화가 등을 밀어주었다.

이윽고 약속의 날이 다가왔다. 일주일이 지나고 유지로가 잠들 무렵 바스티노가 다시 찾아왔다.

"……꿈이 아니었구나."

눈앞에 선 바스티노를 보고 유지로는 눈이 휘둥그레졌다.

"꿈이라 생각했었나?"

"솔직히 그래. 비현실적인 이야기니까."

"그럼 아직 결심하지 않은 건가?"

"……아니, 갈래. 그쪽이 재밌을 것 같아."

"뭐, 승낙해준다면야 어떤 이유라도 상관없다. 준비를 시작하자."

바스티노가 손가락을 튕기니 이전과 같은 하얀 공간이 찾아왔다.

눈을 감고 오른손 검지를 움직이던 바스티노가 눈을 떴다.

"이걸로 기억과 기록의 소거는 끝났다. 다음은 저쪽에서의 너를 설정하도록 하자."

사람들의 기억만이 아닌 관공서의 기록이나 앨범 사진 같은 것까지도 단시간에 소거했다. 아침 식사하기 전의 모습에서부터 지구인과의 기술격차를 새삼스레 알 수 있었다.

가족에게도 잊힌다는 말이지만, 그 점에 대해 유지로는 미지의 세계가 더 흥미로웠기에 지금은 딱히 신경 쓰지 않았다. 쓸쓸함을 느끼는 건 좀 더 인생경험을 쌓고 나서였다. 무엇보다 이 선택을 후회할 일은 없을 것 같다.

"설정이라니, 바로 떠날 거라 생각했어."

"그러길 바란다면 그렇게 하겠지만 길게 살면 좋겠다고 말했잖나? 그걸 위한 준비는 해두는 편이 좋다. 맨몸뚱이, 무일푼으로 내던져지면 곤란한 건 바로 너다."

"확실히 무일푼은 좀 그러네."

"그렇다. 어떤 설정이든 가능하다. 왕도, 부자도, 절대강자도 될 수 있다. 인간이 아니게 되는 것도 가능하다."

"인간이 아닌 것은 싫고, 왕 같은 것도 잘 모르겠고, 어떤 마을의 출신이란 것으로. 이곳저곳 보며 다니는 데 부자연스럽지 않도록 마을을 나왔다는 설정으로."

절대강자라니! 강한 정도도 조정 가능하구나, 편하게 걸어다닐 수 있을 것 같다고 유지로는 생각했다.

"연령과 성별은 어떻게 하겠나?"

갑자기 나이가 바뀌면 위화감이 들 것이다. 하물며 성별은 더욱 그럴 것이기에 지금 상태 그대로 했다.

출신지도 적당히, 저쪽에 갔을 때 나타나는 토지란 다른 대륙이란 것으로 한다.

"재능 같은 것도 첨부할 수 있다만?"

"그건 해주면 좋겠어. 어떤 게 좋을까…… 몇 개쯤 적어주고, 그중에서 랜덤으로 고르는 것, 가능해?"

자기가 고르는 것도 귀찮아서 운에 맡겨보는 방식을 제안했다.

"가능하다. 하는 김에 네 본래의 자질을 좀 볼까?"

"그건 보고 싶지만 조금 망설여지네…… 뭐, 좋아! 보여줘."

"높은 것 세 가지를 알려주지."

화면가 생기고 그곳에 격투, 바늘 실 꿰기, 방언 이해라는 세 가지가 나타났다.

"격투라니, 싸운 적이 없어서 몰랐어. 방언 이해라 해도 방언을 접할 기회가 없다 보니 실감은 안 나네. 실 꿰기는 쉽게 했었는데. 재능이었나……."

조금 한심하다는 생각이 들었다. 쓸 데가 있기야 하겠지만 좀 더 멋지고 칭찬받을 수 있는 능력을 원했다.

"랜덤으로 고르는 거였으니…… 음, 이거면 좋겠네. 얍!"

바스티노의 말이 끝나고 조금 떨어진 위치에 둘레 1미터의 룰렛이 나타난다. 작게 문자가 세로로 쓰여 있었고 가까이 가지 않으면 잘 안 보였다.

"이걸 회전시킬 테니 다트를 던져. 다트는 몇 번 던질건가?"

"격투에 재능이 있는 듯하니 한 번만 던져도 될 것 같아. 이상한 게 나오면 다시 한 번쯤 던질지도 모르겠지만."

"알았다. 그럼 돌린다."

손가락을 튕기니 자동으로 힘차게 돌아가기 시작했다.

"파제로*! 파제로! 라는 성원이 들리면 좋겠다."

"그게 뭔가?"

"그런 텔레비전 방송이 있었거든. 말해도 모르려나. 그나저나 이건 빗나가면 재능 없다고 생각할 거야."

"한 번 더 던지면 될 텐데?"

횟수 제한을 정해두지 않았다. 룰렛에 쓰여 있는 소질은 이식하는 데 그리 어렵지 않다. 다섯 개, 열 개를 주어도 문제는 없었다.

그러니 편하게 다트를 던졌다. 포물선 모양으로 날아간 다트는 휙, 가벼운 소릴 내며 꽂혔고 룰렛의 회전이 느려졌다.

두 사람은 가까이 가서 다트가 꽂힌 부분을 보았다.

"약사?"

"이걸로 좋은가? 이 경우는 약사의 기술과 약 관련 지식, 휴대 가능한 도구를 받게 된다. 지식은 저쪽의 지식이다. 약이라 이름 붙는 거라면 뭐든지 만들 수 있게 되는 것이지."

---

*세키구치 히로시의 도쿄 프랜드파크(関口宏の東京フレンドパーク)II라는 일본 텔레비전 방송 룰렛 게임에서 유래된 말.

"재미있을 것 같아."

검과 마법의 세계이니 지구에는 없는 효과의 약도 있을 듯하여 좋은 것을 뽑았다고 만족할 수 있었다.

"이건 실제로 도움이 되겠구나. 몸이 건장하거나 불사라 한들 몸 일부가 파손돼도 자가재생되는 것도 아니고."

"불사라니 무슨 말이지? 영혼을 건네는 거니까 수명이 다 되면 죽는 게 맞잖아?"

불사란 말 그대로 죽지 않는단 거겠지만, 말에 모순이 있다는 생각에 유지로가 질문했다.

"반대로 말하면 수명이 다할 때까지 죽지 않는다는 거다. 몸이 건장하거나 불사이거나 한 건 영혼의 수명을 압축함으로 발생한다. 네 영혼의 수명은 아직 3000년 이상이다. 그걸 그저 잘라버리기엔 아깝고 빨리 죽지 않았으면 하니까 압축할 예정이다. 앞으로 3000년분의 영혼을 80년 정도에 쓰게 되니까 농밀해진 영혼의 영향이 육체에도 나타나지. 그 결과가 육체강화, 불사와 노화감속이다."

"……재능을 받지 않아도 상관없었던 거 아냐? 아니, 되돌리지는 않을 거지만."

"살아가기 쉬워지니 행운이라 생각해두면 좋다. 연령, 성별, 출신지, 재능은 정했고 남은 건 출발점 정도인가? 소지품도 있겠군."

"소지품은 여행하는 데 적당한 것과 반년분 정도의 생활비로. 출발점은 어딘가 중규모의 마을근처로."

바스티노는 잠시 생각에 잠겼다.

"……라라이드아 대륙 동부, 세겐트라는 마을이 좋을까. 인구 7백 명인 큰 마을이다. 남작령의 마을로, 특별한 해프닝은 없었던 평화로운 마을이다."

"그렇게 부탁해."

"설정은 정했고 남은 건 조정하는 것뿐이군. 조금 자겠나? 일어나면 마을에서 북쪽으로 도보 15분 걸리는 평원에 나와 있을 거다. 거기서 약의 재료가 되는 풀 같은 걸 모으고서 마을로 돌아가는 것도 좋을 듯하다."

"그렇게 할게."

유지로를 잠들게 하기 위해 바스티노가 검지로 그의 이마를 찔렀다.

꾹, 가벼운 충격으로 의식을 잃은 유지로는 쓰러질 뻔했지만 공중에 고정됐다.

"자, 시작할까."

열 개 이상의 화면을 띄우고 각각 조작을 시작한다.

조작이 하나씩 완료될 때마다 화면은 작아져 유지로의 안으로 들어갔다. 이것들은 백신 작성용 영혼 가공이기도 하지만 저쪽의 문자를 읽고 쓰기 같은 상식도 들어 있었다.

백 개 정도의 화면이 들어갔을 즈음 바스티노는 조정을 끝냈다. 만 하루를 두고 넣은 것을 몸에 익숙하게 만든다.

"어딘가 이상한 점은 없나?"

확인을 하고 의식을 잃은 유지로를 일시적으로 봉인했다.

그리고 유지로에게 주어진 시간 동안 발견해둔 또 한 사람과 이야기하기로 했다. 지구가 아닌 다른 별의 인물로, 유지로와 같은 남자지만 연령은 조금 위다.

그 인물도 사후에 영혼을 주는 것에 승낙했고 유지로와 마찬가지로 랜덤으로 능력을 주어 처리를 해갔다.

"보낼 준비는 다 됐군."

잠든 두 사람을 보고 최종 확인을 끝냈다. 의뢰를 승낙해 준 것에 대한 감사 인사를 전한 후, 두 사람을 인공세계로 보냈다.

유지로는 지정한 마을 근처로, 다른 한 사람은 이야기의 주인공 같은 인물을 가까이서 보고 싶다는 희망에 따라서 세지안드라는 왕국으로.

남은 건 이상사태가 일어났을 때를 위해 넣은 알람에 신경 쓸 뿐이었다.

2 약 제조

몸에 작은 충격을 느낀 유지로는 의식을 되찾고 눈을 떴다. 지면에 양손을 대고 양쪽 무릎을 꿇은 상태였다.

일어나서 주위를 둘러보니 일본에서는 거의 볼 수 없는 휑뎅그렁한 평원이 있었고, 전봇대 같은 건 보이지도 않았다. 새소리가 어디선가 들려오고 풀과 꽃내음이 나는 바람이 머리나 몸을 스친다. 계절은 봄이고 햇살은 알맞게 따뜻하다.

"오~옷, 드디어 왔구나! 뭐가 있을지 기대되네!"

아는 사람이 아무도 없는 세계라는 사실에 불안 따위는 없었다. 지금의 유지로가 느끼는 건 이 세계를 즐기고 싶다는 것 뿐이다.

등에 약간의 무게감이 느껴져 등에 짐을 지고 있다는 사실을 눈치챘다.

등에서 짐을 내렸다. 며칠 전이라면 들었을 때 분명 휘청일 크기의 배낭이어서 살짝 놀랐다.

"이만큼 되는 크기의 배낭을 들고 무겁다고 느끼지 않는 건, 정말로 신체능력이 올라간 거려나."

손을 쥐고 펴거나 가볍게 점프하면서 몸 상태를 확인했다. 몸 상태가 매우 좋아서 굉장하다고 감탄하며 내용물을 확인했다. 갈아입을 옷이나 식재료, 물통 외에 약 제조 도구도 갖춰져 있었다. 그것들을 어떻게 사용할지, 어떻게 관리하면 좋을지 자연스레 알 수 있었다.

그 이해도는 비유하자면 차를 운전하는 방법만 알게 되는 게 아닌, 어딘가 고장이 났을 때 바로 수리방법이 떠올라 즉시 수리 가능한 것 같은 깊은 이해도였다.

"지식이 있다는 건 이런 느낌이구나."

지식이란 것에 감동하며 지갑 대신인 작은 주머니에 든 내용물을 확인해 부탁한 만큼의 돈이 들어 있는 것도 확인했다. 주머니 속에는 금화 두 종류와 은화가 들어 있었다.

구멍 뚫린 사각 금화가 세 닢, 구멍 뚫린 둥근 금화가 열 닢, 구멍 뚫린 사각 은화가 스무 닢이었다.

각 금화 한 닢이 1개월분의 생활비가 된다.

경화로는 그 밖에도 둥근 은화와 두 종류의 동화가 있었다. 그리고 또 하나, 특별 금화가 있었다. 그건 전쟁에서 활약하거나 큰일을 이룬 자만 받을 수 있는 금화로, 일반인은 볼 기회조차 없는 것이었다.

그것들을 확인한 후 부푼 마음으로 여기에서 어떻게 가면 마을에 도착할까 생각했다. 그러자 자연스레 마을로 가는 방향을 알 수 있었다.

익숙해진 장소를 자연히 떠올려 그리듯 이 부근의 지도가 머릿속에 떠올랐다.

"아까 도구 지식도 그렇지만, 처음 보는 장소인데 이렇게 머리에 떠오르다니. 조금 위화감이 드네."

껄껄 웃으며 빨리 마을로 가려고 발걸음을 내디뎠다. 그 순간, 그러고 보니 약의 재료를 주워가야 했지 싶어 멈췄다.

"뭔가 있을까."

약사의 시점에서 땅을 보니 자라는 풀을 볼 때마다 '이건 이런 걸로, 이런 느낌으로 채집하여 이런 식으로 가공하면 이런 약의 재료가 되겠군' 하고 차례차례 머리에 떠올랐다.

그런 약 중에 마법약과 관련된 것도 있어 기분이 더욱 설렜다.

"잡초라는 이름의 풀은 없다는 게 사실이었구나. 어떤 것이든 어떻게든 쓸모가 있다니. 대단해!"

다시 한 번 배낭을 내려놓고 조립식 소형바구니를 만들어 지식에 따라 풀을 뽑아 나갔다.

우선은 간단한 약부터 만들자고 생각하여 어려운 약의 재료는 무시하기로 했다.

30분 정도 풀을 뽑고 있는데 문득 풀이 부자연스럽게 흔들리는 것이 보였다. 그곳에 5미터 앞의 풀 사이에 키 50센티미터 정도의 둥근 잎벌레가 있었다.

"으윽?!"

무심코 깜짝 놀라 몇 걸음 물러났다.

머리에 들어온 지식이 저것은 오드레 캐터필러라는 마물이라고 알려주었다. 무엇이든 먹는 강한 턱을 가졌지만 움직임이 둔하고 평범한 검 등으로 물리칠 수 있는 피라미라고 한다. 번데기가 되어 성충이 되면 큰 독나방이라는 마물이 되어 피부를 녹이는 독성의 인분(鱗粉)을 여기저기 퍼뜨리므로 발견하면 퇴치하는 것이 상식이었다.

"약하다 했으니 해치워볼까."

첫 전투다 싶어 허리의 쇼트소드를 빼들었다. 격투에 재능이 있는 듯하지만, 직접 만지고 싶지 않아서 검을 뽑았다. 바스티노가 준 검은 철제 주조품으로 흔해빠진 것이었다.

걸치고 있는 옷도 여행용으로 충분하지만, 소재 자체는 평민이 입는 것이었다. 안주머니가 많이 달린 코트, 긴소매 셔츠, 갈색 바지, 튼튼해 보이는 무릎 아래까지 내려오는 부츠를 신었다.

"옆으로 돌아서 머리와 목을 따라 검을 내리친다!"

자신의 행동을 입으로 말한 이유는 피라미라고 해도 첫 전투이기에 긴장했기 때문이다.

신중히 잎벌레의 옆으로 가서 검을 내리쳤다. 검을 처음 다루는 탓에 제대로 칠 수 없었다. 그래도 피라미였기에 간단히 죽일 수 있었다. 머리와 몸통이 끊어져 체액이 흘러나왔다. 그 체액 냄새에 유지로는 얼굴을 찌푸렸다.

"이 체액은 마물퇴치의 재료가 되는 걸까. 모아도 좋겠지만 끔찍함이나 냄새에 익숙해지고 난 뒤에 해도 괜찮겠지."

지금은 만지기 싫으니 검에 붙은 체액을 털고서 풀로 닦아 칼집에 넣었다. 마을로 가려고 배낭과 바구니를 들고, 냄새에서 도망치듯 그 장소를 떠났다.

바스티노가 말한 것처럼 15분 정도 지나자 마을이 보였

다.

나무 울타리와 작은 수로로 둘러싸인 마을로, 입구는 동
서쪽에 두 개. 남작 병사인지 자경단인지 모르겠지만 입구
에 몇 명이 서 있었다. 가죽제 갑옷을 입고 목제 투구를 쓰
고 창을 든, 지구에서는 아주 오래전에 사라진 모습을 한 자
들이었다.

마을의 남쪽과 동쪽에는 밭이 있었고 농부 몇 명의 모습
이 보였다.

유지로가 다가가니 입구에 선 병사 중 한 명이 말을 걸어
왔다. 창을 든 손에 힘이 들어간 것을 보아 경계하고 있다
는 사실을 알 수 있었다.

"멈춰라. 처음 보는 얼굴인데, 당신은?"

"여행하는 약사입니다. 약의 재료를 모아 약을 만들고, 그
걸 각지에서 팔아 여행비를 벌어 여행을 계속하는 생활을
하고 있습니다."

병사의 시선이 힐끔 바구니를 향했다. 그리고 이해한 듯
작게 끄덕였다.

"혼자인가?"

"네. 힘에는 나름대로 자신이 있어서요. 여차하면 도망치
면 될 뿐이고요."

"그건 그렇군. 지나가도 좋지만 소란을 피우지는 말게."

"네, 알겠습니다. 아, 어딘가 안전한 숙소를 알고 계신가
요?"

값이 너무 싼 숙소는 짐을 도둑맞을 수도 있어서 안심하고 잠들 수 없다고 지식이 알려주었다.

"숙소인가? 마을에 있는 건 두 채인데."

병사가 그 숙소 두 군데를 가리키며 알려주었다.

어느 숙소의 요리가 맛있는지 물은 뒤, 감사 인사를 하고 유지로는 그곳으로 향했다.

향한 곳은 마을 서쪽에 있는 '두 마리 여우'라는 2층 건물의 숙소였다. 식당도 겸한 만큼 요리에도 충실한 모양이었다.

건물이 세워지고 어느 정도 시간이 지난 듯 군데군데 수리한 흔적이 보였다.

힐끔 본 정원 뒤편에는 스무 살 정도로 보이는 여자와 열 살 정도로 보이는 소녀가 우물 옆에서 빨래를 하고 있었다.

"안녕하세요."

"어서 오세요."

입구에서 말을 거니 식당 바닥을 청소하던 서른이 넘어 보이는 여자가 뒤를 돌아보았다. 밝은 갈색 장발을 빨간 리본으로 한데 묶었다.

"잠시 머물고 싶은데요."

"네! 이쪽으로 오세요."

빗자루를 든 채 여자는 카운터로 향했고 그곳에서 장부를 꺼냈다.

"개인실과 큰 방, 어느 쪽으로 하시겠어요? 그리고 며칠 정도 묵으실 건가요?"

"개인실로 부탁합니다. 일단 5일. 그 이상 묵을 것 같지만요."

"10일 이상이시라면 조금 할인해드려요."

"그럼 10일로 부탁합니다."

"감사합니다. 1박이 조식 포함 1천 5백 밀레, 10일은 1만 3천 밀레입니다."

금화 한 닢과 각은화 세 닢을 꺼내 카운터에 놓았다.

여자가 돈을 받으며 이름을 물었다. 유지로는 본명을 말했다.

"사아베 유지로 씨인가요? 이곳에서는 생소한 이름이네요."

"사아베가 아니고 사와베예요. 이 대륙이 아닌 레프렌트 대륙 출신이니까 이름에 조금 차이가 있을 거예요."

레프렌트는 지금 유지로가 있는 라라이드아의 서쪽에 위치하고 있다. 대륙은 이 두개뿐으로, 라라이드아 쪽이 크고 레프렌트는 라라이드아의 절반도 안 되는 넓이다.

나라를 넘어 여행하는 자가 많지는 않기에 다른 대륙에서 찾아왔다고 하면 대부분 사람들은 이름에 위화감이 드는 것은 그런 이유 때문이라고 생각하고 넘긴다.

여자도 이해했는지 더 충궁하지 않고, 이름을 숙소장부에 기입했다.

"레프렌트에서요? 먼 곳에서 찾아왔군요."

그렇게까지 멀리서 온 손님은 처음이라 감탄한 듯 유지로를 바라보며 방 열쇠를 건넸다.

"6호실은 2층에 있습니다. 문에 크게 번호가 쓰여 있어 금방 찾으실 수 있어요. 화장실은 2층에는 없으므로 1층까지 내려가셔야 합니다. 목욕은 밖의 목욕탕에서, 빨래는 바구니에 넣어주시면 해드리겠습니다. ……하나 묻고 싶은 게 있는데요. 그 바구니는 뭔가요?"

"약 제조를 위해 채집해 온 풀이 있습니다."

"약사이신가요?"

"네."

"그렇다면 하나 주의를 부탁드려요. 방에 냄새가 배니까 냄새가 강한 약은 만들지 말아주셨으면 해요. 냄새가 강한 건 뜰에서 부탁드리겠습니다."

"알겠습니다. 잠시 신세를 지겠습니다."

"푹 쉬다 가세요."

2층으로 올라가니 여자 말대로 문에 크게 번호가 적혀 있어 찾기 쉬웠다.

방은 다다미 여섯 장 크기도 안 되지만, 잠만 잘 것이니 이걸로 충분했다. 꽉 닫혀 있던 미닫이창문을 열고 바람과 빛을 방에 들였다.

짐과 바구니를 바닥에 내려놓고 침대에 앉았다.

"조금 딱딱한가?"

침대의 감각에 고개를 갸웃했지만 현대 일본과 판타지의

차이일까 싶어 신경 쓰지 않기로 했다. 바닥에서 잠드는 것보다는 훨씬 낫다.

"얼른 약을 만들어볼까."

우선은 뭘 만들까 생각하며 뜯어 온 풀에서 간단히 제조할 수 있는 것을 골랐다.

"상처에 바르는 약과 해열제와 숙취약 정도인가. 맨 처음에 더러움을 잘 씻어낸다, 하면 우물이군."

씻을 때 전부 씻어버리자 싶어 바구니째 들고, 문을 잠그고, 1층으로 내려갔다.

숙소에 들어가기 전에 보았던 우물로 가니 그곳에는 소녀만이 남아 빨래를 하고 있었다.

"안녕? 우물을 써도 될까?"

자신에게 말을 걸어서 놀랐는지 소녀는 움찔 몸을 떨고 유지로를 보았다. 그리고 이내 고개를 끄덕이더니 다시 빨래를 했다.

소녀는 청소를 하던 여자와 닮은 것으로 보아 모녀지간인 걸까? 그렇게 생각했다.

소녀에게서 눈을 돌린 유지로는 통을 우물 밑으로 떨어뜨린 뒤 다시 통을 올렸다.

'우물을 쓰는 건 처음이지만 이 오래된 느낌이 좋네. 이세계에 왔다는 느낌이 들어.'

물을 바구니에 두 번 촤악 뿌린 뒤 마지막에 개별로 풀을 바구니 안의 물에 담가 더러움을 씻어냈다.

'그럼, 다음은…… 물을 말리는 마법이구나. 처음 쓰는 마법이다! 잘할 수 있을까?'

풀에 묻어 있는 물을 전부 말리기 위해 마법을 쓴다. 이대로 방에 가져가면 숙소에 폐가 되겠지.

태어나 처음 쓰는 마법에 긴장과 흥분이 뒤섞인 기분이 되었다. 심장소리가 들려올 정도로 긴장하며 짧은 영창을 외웠다.

접시를 씻거나 옷을 빨거나 건조시킬 때에도 쓰이는 간단한 마법이므로 실패는 안 하겠지.

지금 쓰려는 건 평원의 민족이 다루는 계통의 것이다. 이 세계에서는 간단한 부류의 계통일 것이다. 마력과 영창이 있으면 손쉽게 발동하기에 용이한 만큼 효과는 낮았다.

마법이 발동하고 풀과 바구니에 묻어 있던 물이 전부 지면으로 떨어졌다.

'오~ 됐다!'

굉장하다고 생각하며 풀을 들어 조금도 젖어 있지 않은 것에 감탄하고 있자니 소녀가 이쪽을 바라보고 있는 모습이 보였다.

'너무 들떴나?'

"뭔가 할 말이 있니?"

"그 풀은 뭐에 쓸 거야?"

소녀에게 그것은 단순한 잡초로 보였다. 왜 그런 걸 씻은 건지 궁금했다.

43

"약의 재료가 될 거야. 만들려는 건 상처에 바르는 약과 열을 내리는 약과 숙취약이야."

"모두 같은 걸로 보여."

"그렇지."

유지로도 약지식이 없으면 잡초라고 단언할 것 같았다.

"그럼 방으로 돌아갈게."

"바이바이."

소녀에게 손을 흔들고 방에 돌아와 바구니에서 오늘 쓸 것을 꺼냈다. 그다음 배낭에서 도구를 꺼냈다.

"유발에 막자, 나이프와 도마, 냄비에 큰 접시, 작은 접시에 작은 병, 기름에 접이식 받침대를 하고. 가장 손이 많이 가는 건 상처약인가. 그건 나중으로 미룰까."

과학실험에서도 쓰이는 받침대를 보고 오랫만이라며 감탄했다.

네 개의 다리에 냄비를 올리고 마법으로 물을 넣어 냄비 밑에 마법으로 촛불보다도 큰 불을 붙였다. 불은 연료도 없이 계속 타고 있다.

"알코올램프가 있었다면 그야말로 과학실험 같은데, 아니 요리인가? 물이 끓기 전에 가루약을 만들까. 해열제와 숙취약의 풀은 이것과 이것인가?"

풀 네 개를 도마에 놓고 풀 속에 있는 수분을 날리는 마법을 썼다.

약이 되는 성분이 함께 날아가지 않도록 고안된 마법으

로, 선인이 창의적으로 궁리해 만들어온 마법이다.

유지로가 쓸 수 있는 마법은 이러한 약 제조에 도움이 되는 것과 사생활에 도움 되는 마법뿐이다. 공격, 치유, 전투, 보조마법은 모른다. 알고 싶으면 누군가에게 배우거나 책을 읽는 방법이 있지만, 유지로와 비슷한 평원의 민족은 네 종족 중에서 가장 마력이 낮고 강력한 마법지식이 적어 습득하기가 쉽지 않았다.

유지로의 마력은 압축된 영혼의 은혜로 네 종족 중에서 가장 마력이 높은 숲의 민족과 같은 레벨이다. 평원의 민족보다 여섯 배 정도 더 되는 마력 양을 가지고 있어서 마법을 쓰는 데 고생은 하지 않을 거다.

숲의 민족이 쓰는 마법도 문제없이 쓸 수 있겠지만 배우는 데 고생할 것이다. 각 종족은 자신들의 마법을 타 종족에게 가르치고 싶어 하지 않는다.

이것은 파괴지진 탓이다. 1000년마다 종족절멸의 위험에 처하고, 그것을 극복하기 위해 동족과의 결속이 강해졌기에 다른 종족과의 협조는 꺼리게 되었다.

이 영향으로 혼혈인 하프에 대한 비난이 강하다. 두 가지 종족이 섞였다는 모호한 상태가 미움 받는 원인이다.

"음, 우선은…… 이것과 이것의 뿌리를 나누어 자른다. 그리고 뒤는 잎과 줄기를 나누어 갈아 으깨면."

쓰지 않는 부분을 제하고 한 종류씩 박박 문질렀다. 높아진 신체능력 덕분에 팔이 저리지 않아 전부 가루를 내고 각각 작은 접시에 담아간다.

그것들을 스푼으로 분량을 재어 작은 병 하나에 넣고 코르크마개를 덮어 잘 섞었다. 주어진 기량 덕에 각각의 가루를 섞는 솜씨에 막힘은 전혀 없었다. 완성에 보존기간을 늘리는 마법을 걸면 끝이다. 이 마법으로 열흘인 사용기한이 세 배로 늘어난다. 이건 식재료에도 쓸 수 있는 마법으로 여행하는 데 중요한 마법이다.

작은 병이 두 개. 한 병에 1작은술로 20회분의 약이 만들어졌다.

"이걸로 완성한 듯한데 어느 정도 효과가 있는지 모르겠네. 술 먹고 취해볼까? 아니, 일부러 괴로워지고 싶진 않아."

피실험자가 되어줄 사람에게 무료로 건네주기로 하고 다음은 상처에 바르는 약 제조에 들어갔다.

머릿속에 떠오르는 순서에 따라 완성했을 때에는 점심이 벌써 지나 있었다. 시계탑의 침은 오후 2시 30분을 가리켰다. 약을 만들기 시작하고 4시간 이상이 지났다. 처음 한 약제조가 순조로워 시간이 가는 걸 잊고 작업했다.

"집중했더니 배고픔도 못 느꼈구나."

마을 관광도 겸해 밖에서 뭔가 사 먹고 오려고 도구를 정리했다. 씻는 건 한데 모아 우물에서 얼른 씻었다.

물기를 빼서 방에 놓고 숙소 밖으로 나갔다.

주요 도로에는 돌이 깔려 있었고 다른 곳은 흙이었다. 마차를 끄는 것은 말 이외에 본 적 없는 네발짐승이고, 갑옷

차림으로 검이나 창을 든 자가 걸어다니는 등, 그냥 걷기만 하는데도 판타지라는 느낌이 들어 질리지 않았다. 여긴 평원의 민족 중심인 마을인지, 타 종족의 모습은 없다. 그것이 조금 아쉽다.

"뭐, 이쪽저쪽 가보면 조만간 볼 수 있을까."

이다음의 즐거움이라고 수긍하고 찻집 간판이 나와 있는 가게에 들어갔다. 바쁜 시간이 지난 덕분인지 손님은 거의 없었다.

"어서 와. 문자는 읽을 수 있나?"

"네, 괜찮아요. 샌드위치와 커피 주세요."

"알았어."

많이 먹으면 저녁밥 먹을 때 지장이 있으니 가벼운 것을 부탁했다.

멍하니 가게 밖을 바라보고 있을 때 나무접시에 담긴 샌드위치와 커피가 앞에 놓였다. 한 입 먹어보고 일본에서 먹었던 게 더 맛있구나 하고 생각했다. 맛이 없는 것은 아니므로 불평 않고 전부 먹었다.

요금은 150밀레로 은화로 지불했다. 거스름돈으로 큰 동화 여덟 닢과 동화 다섯 닢을 받아 가게를 나왔다.

"소화도 시킬 겸 산책하러 갈까."

그대로 걸으며 무기점을 눈을 빛내며 들여다보거나, 대장간에서 들려오는 작업소리에 귀를 기울이거나 남작의 저택을 멀찍이서 바라보거나 했다.

인상에 남은 건 교회와 소개소였다.

교회에는 신을 형태로 한 동상은 없었다. 그 대신 융단 같은 두꺼운 직물에 잘 모르는 모양이 그려진 것이 벽에 둘러져 있다.

평원의 민족이 주로 믿는 신은 법의 신과 자유의 신이다. 법의 신은 주로 간부들이 믿고 자유의 신은 상인들이 믿는다.

유지로가 믿는다면 자유의 신일 것이다. 실재하는 것이 아니라는 걸 알기에 열심히 믿을 일은 없겠지만. 일본에서 살았을 때부터 신앙심이 그리 강하지 않았다. 없는 것에 열중할 수는 없다.

자유의 신이라고는 하나 범죄를 권장하는 것은 아니지만, 폭주하는 의지를 규제하는 마음도 가지라고 교전에 실려 있다. 서로 경쟁하는 것을 주된 가르침으로 하고 있다.

숲의 민족은 대지의 신과 식물의 신을 신앙하고 산의 민족은 불의 신과 돌의 신을 신앙한다. 바다의 민족은 물의 신과 물고기 신을 신앙한다.

소개소는 옛날 일본에 있던 중개인, 헬로워크(일본의 공공 직업 안내소의 애칭)같은 것이다. 장기적인 일이나 평범한 의뢰를 모아 일을 구하는 사람에게 알선하고 있다.

중규모의 마을에도 소개소가 하나 정도는 있다. 세계규모로 점포를 넓히는 곳이 아니기에 크다고 해도 한 나라의 단위였다. 그렇기에 자국에서는 유명해도 이웃나라라면 그럭저럭, 먼 타국이라면 전혀 명성을 떨칠 수 없다.

소개소에 약 제조가 필요한 일이 있나 싶어 가보았다. 아쉽지만 지금은 없는 듯해서 어쩐지 견학만 하고 끝났다.

의뢰에는 짐마차와 밭 호위, 어딘가의 마물을 쓰러뜨려달라는 것에서부터 밭의 손질을 도와달라는 것, 수로 청소까지 어른부터 아이 모두 가능한 일이 다양하게 있었다.

"그만큼 일이 있는데도 약 제조가 없다는 게……. 전문적인 일이니까 의뢰가 어려운 건가?"

가게에 팔러 간다는 영업노력을 할 필요가 있는 걸지도 모르겠다는 생각을 했다. 약 제조로 생활이 어려우면 약초를 뽑아 와서 팔까, 하고 다른 생활수단도 생각해둔다. 약초 모으기는 의뢰가 몇 개 정도 있었다.

그런 것을 생각하며 마을을 한 차례 돌아보고 날이 저물기 전에 숙소로 돌아왔다.

저녁밥을 먹기 전에 목욕탕에 가려고 갈아입을 옷 같은 걸 가지고 또 숙소를 나왔다.

'목욕탕은 처음인데, 들어가기 전에 몸을 씻는 게 매너였던가?'

어딘가에서 들은 것을 생각하며 샴푸나 비누를 찾았다.

"없어?"

근처에 없을 뿐인가 하며 주위를 봐도 그 누구도 비누를 쓰지 않았다. 몸을 수건으로 비빌 뿐이었다.

"……비누, 혹은 그 비슷한 것을 만들면 팔릴지도?"

좋은 수입 정보를 얻었다고 생각하며 오늘은 모두가 하는 대로 물로 몸을 씻었다.

본가(本家)의 욕실보다 넓은 욕실에 만족하며 숙소로 돌아온 유지로는 비누나 그와 비슷한 것을 뇌내 지식에서 찾아냈으나 미묘하다는 생각이 들었다. 거품이 일어 깨끗이 씻을 수 있지만 살갗이 거칠어지기 쉬운 듯하다. 매일 쓰면 확실히 피부에 안 좋을 것이다.

"어떻게든 개선하면 팔릴지도."

바로 수입으로 이어지는 것은 아니라고 판단되지만 지금은 아직 돈에 여유가 있으므로 천천히 생각하기로 했다.

그날은 잘 때까지 재료 중 나쁜 것이 무엇인지, 만드는 법에 문제가 있는지 이런 생각을 하다 잠들었다.

이 세계에는 몸을 깨끗이 하는 마법이 있다. 그건 귀족이나 왕족이 주로 사용하고, 평민은 상당한 결벽증이 아니면 쓰지 않는다. 다른 이유로는 마력에 여유가 없는 탓이기도 하다. 그렇기에 안전한 비누를 만들 수 있다면 팔릴 가능성은 있다.

베개가 달라서 잠들지 못하는 일 없이 숙면하고 상쾌한 기분으로 눈을 떴다.

"자연스레 일찍 일어날 수 있었구나."

평소 자명종을 듣고서야 겨우 7시에 일어났었다. TV나 인터넷이라는 유혹이 없어 빨리 잠든 덕분이겠지.

씻기 위해 우물로 가니 안색이 안 좋은 남자가 있었다.

"좋은 아침입니다. 안색이 안 좋은데 괜찮은가요?"

"안녕. 아니, 어제 너무 마셔서 말이야. 숙취야. 아내에게 정도껏 마시라고 꾸중 들었어."

"숙취 해소용 약이 있는데 마실래요? 제가 만든 건데요."

좋은 타이밍이다 싶어 권해본다.

"효과 있는 건가?"

"전 술은 안 마시기에 잘 모르겠어요. 그리고 처음 만든 것이라 효과가 어느 정도인지 전혀 모르겠네요."

"조금은 불안한데. 그렇지만 가지고 있는 약을 다 먹었으니 받을까?"

"조금 기다려주세요, 방에서 갖고 올게요."

들고 온 작은 병과 작은 수저를 건넸다.

"수저로 한 숟갈 드시면 돼요."

"응."

약을 입에 머금고 우물물을 마셨다.

"나중에 약효가 들었는지, 어느 정도로 효과가 있었는지 들려주세요. 그러고 보니 아저씨도 숙소의 손님이세요?"

"아저씨인가…… 서른이 넘었으니까 아저씨겠구나. 난 숙소의 관리인 남편으로 요리를 담당하고 있지."

아직 젊다 할 수 있는 남자는 미묘하게 충격을 받은 모습으로 대답했다.

"아, 그러셨군요. 그럼 아침밥 먹은 후에라도 여쭈러 가면 되겠군요."

"그 정도의 시간대라면 바쁘지도 않을 테니 괜찮아."

유지로는 씻고 남자와 헤어져 방으로 돌아왔다.

오늘은 뭘 할까 생각하다가 마법약을 만들기로 정했다.

마법약과 그냥 약의 차이는 제작과정에서 마력을 부여했는가, 효과에 즉시성이 있는가이다.

예를 들면 조금 전의 남자에게 건넨 약이 그 장소에서 먹은 즉시 효과를 내면 마법약이라고 볼 수 있을 것이다.

"뭘 만들까——하면 역시 그거겠군. 즉시 상처가 낫는 약. 지구에선 있을 수 없는 무척 희한한 약."

만든다면 이거겠구나, 하고 재료 등을 알아봤다.

치료하는 약이 두 종류 있는 것을 알아냈다.

하나는 유지로가 바로 생각해낸 약. 다른 하나는 치유촉진약.

일반적으로 널리 퍼져 있는 것은 후자다. 이유는 제작기술 난이도, 기술 은닉에 있다.

효과가 높은 편이 당연히 가격이 비싸다. 빠르게 회복약의 제작법을 계승하거나 개발에 성공한 자는 그 기술을 은닉했다. 그러니 만들 수 있는 자는 한정되어 수량 문제로 가격이 올라간다.

회복약 한 개에 적어도 금화 세 닢, 3만 밀레라는 가격이 된다. 효과는 골절, 베인 상처가 한순간에 나을 정도이다. 그 이상 효과가 있는 회복약은 지금 세상에서는 개발되지 않았다. 만약 잘린 팔 등을 붙게 만드는 회복약이 있다면 적어도 각금화 세 닢의 가격이 붙을 것이다.

효과가 좋은 회복약이 개발되지 않은 것은 기술을 은닉하는 탓에 연구 진척이 느리기 때문이다. 회복약을 만들 수 있는 자끼리 교류를 가지면 바로 일반 이상의 약은 만들 수 있을 것이다. 회복약이라 해도 사용하는 재료나 만드는 법에는 차이가 있다. 그것들을 참고하면 연구는 진척된다.

그런 의미에서 유지로는 상위회복약을 만들 수 있는 유일한 인간이다. 고금동서의 약지식이 있으므로 얼마든지 조합이 가능하다.

파괴지진으로 잃어버린 기술 중에 상위회복약도 있으므로 그걸 참고하면 될 뿐이지만.

그리고 지식의 조합으로 회복약뿐 아니라 다양한 신약을 개발할 수 있다.

지식을 팔러 가기만 해도 평생 살 수 있는 만큼의 수입을 얻겠지만, 필요한 지식을 당연하게 찾을 수 있으므로 그 사실을 유지로는 깨닫지 못했다.

큰 금액을 얻는 것이 목적은 아니니까 깨닫더라도 팔러 가는 일은 없겠지만.

"처음에는 치유촉진약이 좋겠지. 재료도 모으기 쉽고."

예정을 정한 유지로는 귀중품이나 바구니 등을 들고 식당으로 향했다. 아침식사 후에 재료를 수집하러 가려고 준비를 한 것이다.

종업원들이 바쁘게 움직이는 모습을 보며 카운터에 앉았다.

"뭘 먹을지 정했어요?"

어제, 청소를 하던 여자가 눈앞에 다가왔다.

"B세트요."

"알았어요. 남편이 감사 인사를 전해달래요. 약이 효과가 좋았다면서."

"그 사람의 부인이라면, 당신이 관리인인가요?"

"그래요, 내가 이곳의 관리인 린드예요. 남편은 바르."

"잘 부탁드립니다. 약은 금방 효과가 나타났나요?"

"네, 그렇다고 해요. 먹고 10분쯤 지나니 아픔이 싹 가셨다며 기뻐했어요. 당신은 실력이 좋은 약사인가 봐요?"

"아직 신참이에요."

사실인데 겸손한 건가 하며 유지로의 어깨를 두드린 린드는 남편에게 메뉴를 전하러 갔다.

가져온 빵, 수프와 샐러드는 다른 손님들 것보다 명백히 많았다. 약에 대한 보답인 듯했다.

감사히 여기면서도 다 먹을 수 있을지 어떨지 일말의 불안을 느끼며 먹기 시작했다.

"아~ 너무 많이 먹었다."

부풀어 오른 배를 만지며 유지로는 길을 걸었다. 아침부터 2인분 가까이나 되는 식사는 부담스럽다고 생각하며 위장약을 만들어둘까 고민했다.

점심에 먹을 빵을 사서 마을 밖으로 향했다.

"응? 어제의 그 약사인가? 벌써 마을을 나가나?"

"아, 어제 본 사람입니까?"

말을 걸어온 사람은 마을 출입구에 선 병사였다.

"약의 재료를 얻으러 갈 뿐이지 아직 머물러 있어요."

"그런가. 혼자라면 위험해서 가까이 가지 않는 게 좋은 장소를 알려줄까?"

"그러네요, 혹시 모르니 알려주세요."

간단한 지형은 머릿속에 들어 있지만 현지 사람 쪽이 더 잘 알 거라 생각해 듣기로 했다.

"남쪽 언덕에는 빅앤트가 있어. 이 마물에 대해 아는가?"

"큰 개미라고는 예상이 되네요."

"그 말대로다. 최대 키 1미터. 나무줄기처럼 단단한 겉껍질에 강한 턱, 집단행동을 하는 습성. 잡식성이라서 인간도 덮친다. 특징은 이 정도네. 신출내기 용병이라면 일대일일 경우 다소 상처입고 이길 수 있지만 기본적으로 집단으로 다가오니까 신출내기라면 상대하기 어려울 거야."

"흐음. 거기엔 달리 뭔가 있나요?"

"빅앤트의 구역이니까 날쌘 작은 동물 이외에는 없군. 다른 요주의 장소라면 서쪽 숲에 쇠사슬참새가 있어."

그 모습을 상상할 수 없던 유지로는 고개를 갸웃거렸다.

"그 모습을 보아하니 모르는 듯하군. 참새의 세 배 가까이 되는 크기로, 항상 연계해서 움직인다. 육식성으로 자신들의 구역에 들어오면 인간이라도 덮치지. 연계의 궤적이 하나의 끈처럼 보인다. 하지만 그 대미지는 끈 정도가 아니니까 쇠사슬이라는 이름이 붙었지."

"그렇군요. 남쪽과 서쪽은 다가가지 않도록 해야겠습니다."

"그게 나아. 그럼 조심하게나."

"고생하세요."

어제 갔던 평원은 북쪽이었으니까 오늘은 동쪽으로 가보고자 그쪽으로 발을 돌렸다.

동쪽으로 20분 정도 느긋하게 걸어간 곳에 강이 있었다. 그곳을 목적지로 해서 콧노래를 부르며 걸었다. 오늘은 날씨도 맑고 햇볕이 기분 좋아 산책하기 딱 좋다.

강에 도착하고 그곳을 중심으로 풀을 뽑으며 나아갔다.

"어라?"

풀을 뽑을 때 돌을 보고 그것도 재료가 된다는 사실을 깨달았다.

"그러고 보니 옛날 사람은 수은 같은 것도 약으로 썼었지. 재료는 풀만 된다고 생각했네. 그러고 보니 어제의 마물도 약의 재료가 된다는 것을 알게 됐잖아."

실수했다고 계속 중얼거리며 폭넓게 바라보았다. 그곳에 있는 벌레나 도마뱀들도 재료가 된다는 것을 알게 되었고, 수집할 것이 늘어났다.

만들려던 치유촉진제 말고도 두통약, 복통약, 감기약이나 마비독을 비롯한 각종 독을 해소하는 약의 재료도 모았다. 게다가 일시적으로 능력을 올리는 약의 재료도 있었다.

"월척~!"

점심 전까지 많은 재료를 모아 유지로는 기분이 들떴다.

각각의 재료를 잘 씻고 수분을 털어 보존처리했다.

점심을 먹고 바로 돌아가서 약을 제조하기로 하고, 안에 잼을 넣은 빵과 치즈가 들어간 빵을 먹었다.

안면을 익힌 병사에게 인사하고 숙소로 돌아와서 마법약을 만들기 위한 준비를 시작했다.

만드는 법은, 일반적인 약을 만드는 방법에서 한 단계 정도 수고가 더 들 뿐이다.

유지로는 배낭에서 세 장의 천을 꺼내어 바닥에 펼쳤다. 그 천은 모두 금실로 문양이 그려져 있었다. 이것은 속성천이라 불리는 마법약용의 마법도구이다. 약을 만들기 전에 재료를 천 위에 올려놓아 마력을 흘려 한 시간 정도 방치해서 재료에 속성을 부여하는 것이다.

마법약이라면 재료에 꼭 강력한 속성을 부여할 필요는 없다. 이게 마법도구나 마법무기라면 속성천으로는 부여가 약해서 쓸 만한 것이 되지 않기에 방바닥에 큰 문양을 새길 필요가 있달까. 사용하는 마력도 비례해 많다. 그래서 혼자서 마법도구 같은 걸 만들 수 있는 평원의 민족은 없다. 산의 민족이라면 아슬아슬하게 가능하고 숲의 민족이나 바다의 민족이라면 여유롭게 만들 수 있다.

"노랑과 파랑과 녹색…… 응, 틀림없네."

천의 문양을 보고 속성 확인을 하고 재료를 놓는다. 천에 손을 올리고 체내의 마력을 천으로 이동시킨다.

마법을 쓸 수 있으므로 마력을 이동하는 작업을 실패할 거라 생각하지 않았으며 제대로 성공시켰다.

"한 시간 동안 기다리면서 다른 재료를 가공해둘까."

방 안에서 한동안 풀 등을 박박 긁어 으깨는 소리와 따뜻한 물이 보글보글 끓는 소리가 들려왔다.

"슬슬 됐나."

체감으로 한 시간 정도 지났다고 생각한 유지로는 노란 속성천에 올려두었던 풀을 하나 들어 보았다.

올려놓을 때에는 아무것도 느껴지지 않았지만 지금은 희미하게 따뜻함이 전해진다. 지식으로 봤을 때 성공했다 판단하고 치유촉진약을 만들기 위한 준비를 시작했다.

각각 가루로 만들고 우선은 1회분의 분량을 끓여 살균처리하고 식힌 물에 넣었다.

물은 옅은 유백색으로 변했다. 가루가 물에 섞여 천천히 색을 바꾼 것이 아니라 단숨에 유백색으로 물들었다.

"이건 고급 부류였던가."

색의 변화에는 여섯 종류가 있다. 붉은색, 노란색, 녹색, 흰색, 하늘색, 보라색이 된다. 하급은 붉은색이고 보라색이 가장 고급이다.

이건 달의 색 변화와 같다. 이 세계의 달은 지구의 달과 달라서 달의 차고 이지러짐도, 움직임도 없다. 항상 만월 상태로 남쪽 하늘에 떠 있다. 대신 1년에 여섯 가지 색의 변화가 있고 일수를 세는 법도 그에 따른다. 1년은 붉은 달에서 시작되어 보라색 달로 끝난다.

지금은 지구식으로 말하면 4월 13일로, 이쪽 식으로 말하면 노란 달의 43일이 된다.

달의 변화가 지구와 다른 이유는 이곳의 달이 바윗덩어리가 아니기 때문이다. 이쪽의 달은 영혼덩어리이다. 생물은 죽어 하늘로 올라가고 한동안 있다가 지상에 내려와 새로운 생을 받는다. 이것이 이쪽의 윤회이다.

"이 색이라면…… 골절이면 약 5일간 치료하는 건가. 역시 마법이라 불리는 약이구나."

작은 병에 넣은 치유촉진약을 감탄하며 바라본다.

가장 고급인 보라색이면 골절을 1일 만에, 가장 하급인 붉은색이라도 10일 만에 치료가 된다. 가격은 1만 밀레에서 1천 밀레 정도다.

매일 먹을 필요는 없다. 한 번 먹으면 그 기간 동안의 회복속도가 된다. 단 상처가 새로 생기거나, 이쪽저쪽 다친 경우는 몇 번이나 먹을 필요가 있다.

남은 것도 물로 녹이고 6회분의 치유촉진제를 만들었다. 이것의 사용기간은 보존마법을 썼기에 15일 정도였다.

"직접 노점을 열지 않아도 약방이나 도구점에 가져가면 팔 수 있었지. 잠시 갔다 오자."

유지로는 작은 병 여섯 개를 주머니에 넣고 숙소를 나왔다.

3 팔고, 읽고, 쓰고

어제 돌아다니며 발견한 도구점으로 향했다. 어제는 주인이 바쁜 듯했기에 안에는 들어가지 않고 밖에서 바라보기만 했었다.

'보어트 도구점'이라 쓰인 간판을 발견하고 문을 열었다. 도어벨이 울려 손님이 왔다고 가게 안에 알렸다. 가게 안에는 네 개의 선반이 있고 다양한 물건이 놓여 있었다. 안쪽에 카운터가 있고 귀중품 같은 물건이 놓인 선반이 있다.

"어서 오세요."

카운터에 앉아 있던 쉰 살이 넘어 보이는 남자가 인사를 했다. 백발이 섞인 짙은 갈색머리의 노인은 안경 너머 검은 눈으로 유지로를 쳐다보았다.

"치유촉진제를 팔러 왔습니다. 매입 가능한가요?"

"우선은 물건을 보여주게."

카운터에 갖고 온 약을 올려놓았다. 노인은 약의 색을 보고 놀란 표정을 지었다.

"호오, 흰색인가! 이건 네가 만들었나? 아니면 다른 사람이?"

"제가 만들었어요."

"젊은데 솜씨가 제법이군. 효과는 얼마나 좋은지 아는가?"

"아뇨, 처음 만든 거라 잘 모르겠어요."

여기서 두 사람 사이에 조금 말이 엇갈렸다. 유지로는 태어나 처음으로 마법약을 만들었다고 말했고 점주는 처음으로 흰색 마법약을 만들었다고 받아들였다. 서로 오해한 채 이야기는 진행되었지만 불편함은 없기에 이대로 눈치채지 못하고 이야기는 끝날 것이다.

"그러면 바로 사들일 수는 없겠구만. 시험 삼아 써보고 효과가 제대로 나오는지 확인하고 나서 매입하겠네."

"그렇군요. 어쩔 수 없다고 생각합니다만, 누구에게 쓰나요? 전 다친 곳이 없고 점주님도 마찬가지잖아요?"

"이 근처를 걷는 용병에게라도 쓰라고 주면 될 거야."

그리 말한 점주는 가게 안쪽을 향하여 소리를 질렀다.

"벳세, 벳세. 잠깐 와보렴."

"왜 그래, 할아버지. 기분 좋게 자고 있었는데."

나온 건 열대여섯 살 정도 되는 소년이었다. 눈과 머리색이 점주와 같았다.

"치유촉진제의 효과를 시험하고 싶으니 용병을 데리고 오거라."

"알았어. 그건 형이 만든 거야?"

벳세가 말하며 약을 가리켰다.

"맞아."

"흰색이라니 제법이잖아. 다음에 싸게 팔아줘."

"이놈, 빨리 안 가냐!"

"예이예이, 그럼 잠깐 뛰어갔다 오겠슴다."

벳세는 카운터에서 나와 가게를 뛰쳐나갔다.

"저 녀석은 진짜…… 딱히 싸게 안 팔아도 돼. 용병 같은 게 되고 싶다고 하는군. 늘 다쳐서 약을 필요로 하거든."

"음, 벳세라고 했던가요? 강한가요?"

"글쎄, 모친은 강한 용병이었지만 누군가의 지도를 받았는데 좋은 평가를 받지 못했던 듯해."

"경험자가 있다면 어이없는 행동은 안 하지 않을까요?"

"그럼 다행이지만, 젊으면 예상치 못한 행동을 하는 법이거든."

"그런가요?"

벳세와 같은 세대인 유지로는 점주의 말은 잘 이해할 수 없었다. 지구를 버리고 이 세계에 오는, 어이없는 행동이라고도 할 수 있는 일을 이미 저질렀기 때문이다.

그런 거라면 자신도 경험이 있으므로 쓴웃음을 지었다.

5분 정도 뒤 벳세는 다친 용병을 데리고 돌아와 약을 먹게 했다. 용병에게 내일 경과를 알려달라고 하고 돌아가도록 했다.

"결과는 내일이구먼. 오늘은 이만 그것들을 가지고 돌아가도록."

"알겠습니다."

"또 봐~."

유지로는 손을 흔드는 벳세에게 마찬가지로 손을 흔들어

주며 가게를 나왔다.

해가 저물고 마을은 저녁놀에 물들기 시작했다. 숙소 식당도 붐비기 시작해 약을 방에 놓고 온 유지로도 식당에서 북적거리는 소리를 들으며 느긋하게 저녁식사를 먹었다.

어딘가 멀리서 강한 마물이 날뛰었다든가, 마왕을 퇴치하러 용사가 떠났다든가, 봄채소의 작황은 어떤가 하는 소문에 귀를 기울인 뒤, 목욕탕에 가서 비누의 개발 및 개량을 생각하고 방에 돌아와 그대로 비누에 관한 생각을 하며 침대에 누웠다.

아침이 밝아 식사를 하는 내내 유지로는 비누에 관해 생각했다. 점심 전에 숙소를 나왔다. 점심을 먹는 김에 보어트 도구점에 가보기로 했다.

"안녕하세요."

"오~ 왔는가. 그 용병에게 결과는 들었다. 효과가 좋게 나타났고 부작용도 없었다구먼. 사들이는 데 문제는 없네."

"그럼 부탁드립니다."

"음."

점주는 하나하나 꼼꼼히 보았다.

"한 개에 4천 5백 밀레다. 2만 2천 5백 밀레가 되는데 괜찮은가?"

"네. 그렇게 해주세요."

교섭을 하면 조금 더 가격을 올릴 수 있을지도 모르지만 밑천이 들지 않았으므로 충분하다고 생각했다.

금화 두 닢, 각은화 두 닢과 은화 다섯 닢을 받아 지갑에 넣었다.

"약을 넣는 작은 병을 두 개 원하는데, 있나요?"

"있지. 거기 선반에서 가져오게나."

점주가 가리킨 선반에 지금 사용하고 있는 작은 병과 똑같은 게 있었다.

그걸 가지고 오는 김에 가게 안을 둘러보았다.

"달리 뭔가 원하는 게 있는가?"

"아뇨…… 아, 비누란 거 팔릴까요? 지금까지 쓰던 게 아닌 피부에 해가 없게 개량한 건데요."

"그렇구먼, 그런 게 있으면 일일이 마법을 쓸 필요가 없으니 팔릴지도 모르겠군. 만들었나?"

"만들어보려고 생각 중인데 비누를 대신할 마법이 있나요?"

점주의 물음에 대답하고 궁금해진 것을 물었다. 그런 마법이 있다면 만들지 않아도 되겠지 싶었다.

"몰랐는가? 제법 일반적인 마법이라 생각했었다만."

"제가 아는 건 약 제조에 도움이 되는 것뿐이라서요."

유지로의 말에 어렸을 때부터 한눈팔지 않고 약 제조에 정열을 쏟아온 건가 하고 점주는 생각했다. 그렇다면 이 나이에 흰색 약을 만들 수 있다는 사실도 납득할 수 있었다.

"그렇구먼. 그렇다면 책방에라도 가서 조사해보게나."

"그리 할게요."

이곳의 책방은 유료 도서관에 가깝다. 책이 한데 놓여 있어 대출할 수는 없지만 읽고 필사하는 것은 자유다.

종이 값이 비싸서 책도 비싸게 팔린다. 그렇기에 사서 보는 것보다 그렇게 이용하는 편이 싸게 먹힌다.

작은 병을 사고 책방의 위치를 물은 유지로는 가게를 나와 점심식사 후에 책방에 들렀다. 넓이는 초등학교의 교실 하나만큼 정도로, 그렇게 넓다고는 할 수 없었다. 좀 더 큰 마을이라면 넓은 책방도 있을 것이다. 책방이 없는 마을도 있으니까 이용할 수 있다는 것만으로도 다행이었다.

"어서 오세요. 이용은 5백 밀레입니다. 사생(寫生) 용지는 한 장에 1백 밀레입니다."

"종이 다섯 장 주세요."

각은화를 한 닢 내밀고 가로 15센티미터, 세로 20센티미터의 종이를 받았다. 일본에서 쓰던 것에 비하면 조금 질이 떨어지는 종이다. 손가락으로 어루만지니 조금 까슬까슬했다.

"마법에 관한 책은 어디에 있어요?"

"입구에서 오른쪽 방향입니다. 선반에 놓인 책의 종류가 쓰여 있으니까 바로 찾을 수 있을 거예요."

"감사합니다."

접수처에서 말한 대로 오른쪽으로 향하니 선반에 개인마법용이라는 문자가 새겨진 선반 두 개가 보였다.

개인마법은 말 그대로 혼자서 쓰는 마법이다. 그 외에 협력마법이라는 것이 있다. 그것은 일반인에게 개방되어 있지 않다. 읽고 싶은 경우에는 제대로 된 신분증명을 해야 했기에 여행자인 유지로가 볼 수는 없었다.

평원의 민족은 낮은 마력을 보강하기 위해 다수의 인원으로 하나의 마법을 써서 높은 효과를 낼 수 있는 협력마법을 개발하여 타 종족에게 대항해왔다. 마법도구나 마법약의 개발에도 힘을 쏟았다.

평원의 민족으로서 이 세계에 보내진 유지로는 문제없이 책방에 드나들 수 있었지만, 타 종족이라면 기술을 지키기 위해 입점을 거부당했다. 변장하고 들어오려고 해도 판별마법이 문에 걸려 있어 그것에 반응해 바로 경비원이 달려오게 되어 있었다.

평원의 민족에게 협력마법이 있는 것처럼 마법의 특색은 타 종족에게도 있다. 숲의 민족은 물과 식물과 흙의 마법이 특기이며 바다의 민족은 변화마법이 특기이다. 산의 민족은 미오기라는 격투기술이 특기이며, 그것이 마법 같은 것이다. 그 밖에 불에 관한 마법도 특기이다.

평원의 민족은 각 종족의 마법을 흉내 냈지만 마력의 관계상 열화마법밖에 재현할 수 없다.

"생활 관련 마법은…… 있다!"

정확히 생활마법이라 쓰인 제목의 책을 집어 들었다.

책상에 앉아 우선은 내용을 읽어갔다. 마법은 50가지 정도 실려 있었다. 길이를 재는 마법, 무게를 재는 마법, 방위를 파악하는 마법, 손을 공기막으로 감싸 보호하는 마법 등이었다.

그중에서 오염을 털어내는 마법을 찾아 종이에 옮겨 쓰려고 적을 것을 찾았다.

책상 모퉁이에 목재 컵이 있었고 그곳에 몇 개쯤 천이 감긴 얇은 봉이 꽂혀 있었다.

그것을 들고 말똥말똥 쳐다보았다. 연필심과 같은 소재의 두꺼운 봉에 천이 감겨 있었다. 목재 컵 안에는 줄판도 있었다. 봉의 끝을 깎는 용도인 듯했다.

"응, 쓸 수 있겠어."

시험 삼아 종이 끝에 동그라미를 그려본 후, 문제가 없는 것을 확인한 유지로는 책 내용을 옮겨 썼다. 책에 적혀 있는 마법은 천을 써서 몸을 닦아 오염을 씻는다는 내용이었다. 피부나 머리카락을 보호한다는 건 생각지 못한 것이다. 평민은 이걸로 만족하고 귀족은 약품을 써서 머리카락이나 피부를 보호하고 있었다.

"질은 떨어져도 값싼 머리카락이나 피부용 약을 만든다면 여자들이 좋아하겠어."

그런 생각을 한 뒤, 다른 마법에 대한 내용도 살펴 보며 편리하다고 생각되는 것을 옮겨 썼다.

다 옮겨 쓴 뒤, 중2병을 자극당해 공격마법이 쓰인 책을 꺼내 읽었다. 대부분이 대(對)개인용으로, 대복수용은 대미지를 주기보다 발을 묶어두는 정도의 마법만이 적혀 있었다.

마력이 낮기에 많은 것에 대미지를 줄 수 있는 마법은 혼자선 쓸 수 없다. 그러기 위해서는 협력마법이 필요하다.

치료마법도 비슷한 이유로 강력한 것이 없었다. 너무 크게 베인 상처는 평원의 민족의 마법으로는 회복할 수 없다.

불꽃 화살, 암석 투척, 얼음자갈 날리기라는 마법을 옮겨 쓰고 있을 때 폐점을 알리는 벨이 울렸다. 치유마법은 회복약을 만들면 되니 따로 적어두지 않았다.

"어서 와요, 오늘은 어디에 갔었어요?"

날이 저물어 돌아온 유지로에게 린드가 말을 걸었다.

"약을 판 뒤, 책방에서 마법을 베꼈어요."

"마법이 특기인가 봐요?"

"아뇨, 모르는 것이 있어서 그걸 알기 위해서요."

"그렇군요."

"바로 밥을 먹고 싶습니다만, 오늘의 추천은 뭔가요?"

"끓인 햄버그스테이크예요."

"그럼, 그걸 먹도록 하겠습니다."

"알았어요. 다른 건요?"

"음, 감자샐러드와 빵으로 할게요."

먼저 주문을 하고 방에 짐을 놓은 후 카운터로 돌아왔다.

이미 만들어져 있던 것뿐이라 식사는 바로 나왔다. 먹으려고 포크를 든 유지로에게 린드가 말을 걸었다.

"마침 부탁이 있는데 괜찮을까요?"

"뭔가요?"

대답하며 곁들여진 따뜻한 고명 채소에 포크를 찔러 소스를 묻혔다.

"요전에 남편이 먹은 약이 있지요? 그걸 받을 수 없나 해서말이에요."

"좋아요. 그런데 어째서인가요?"

"그 사람이 또 술을 마신다고 하니까 준비해두려고요."

"다 먹으면 들고 올게요."

"고마워요. 돈은 어느 정도 내면 되나요?"

수고가 드는 건 아니니까 그냥 준다고 대답했다.

"대신 효과가 좋다는 걸 손님들에게 넌지시 선전해주세요. 평판이 높아지면 약이 팔리니까요."

돈 대신 선전을 해달라고 제안하자 린드가 끄덕였다.

추천만큼 맛있는 햄버그스테이크에 만족하고 소스도 빵에 전부 묻혀 먹고 저녁식사를 마쳤다. 일단 방에 돌아와 목욕하러 가는 김에 약을 건넸다.

"오늘도 목욕하는 건가요? 목욕하는 걸 좋아하나 봐요."

"하루의 피로가 사라지는 것 같아서요."

일본에 있을 때부터 매일 목욕했었다. 여기서도 가능한 한 씻고 싶다.

목욕탕에 들어가 좀 전에 외운 마법을 썼다. 천으로는 다 씻어낼 수 없었던 더러움이 마법을 건 천으로 가볍게 닦는 것만으로 깨끗해졌다. 머리카락도 그것으로 닦고 개운해진 유지로는 느긋이 탕에서 몸을 풀고 난 후, 숙소로 돌아왔다.

복도에서 들리는 떠들썩한 소리를 들으며 베껴 쓴 마법을 익혀갔다. 생활용 마법은 그 장소에서 시험해봤지만 공격 마법은 무리니 내일 재료를 모으는 김에 써보자고 생각하고 잠들었다.

다음 날 아침, 예정대로 마을을 나와 동쪽으로 향했다. 강에 큰 바위가 있는 사실을 기억해내고, 그곳에 마법을 걸어 보기로 했다.

재료를 모으기 전에 마법을 쓰기로 하고 바위에서 5미터 정도 떨어진 위치에 섰다.

"우선은 불꽃 화살."

마법을 쓰려면 이미지가 중요하다. 쓰고 싶은 마법을 확실히 이미지화하여 그 이미지에 마력을 흘려 넣는다. 마력을 써서 상상을 현실로 만든다. 이미지를 확고히 하기 위해 마법의 이름을 말로 해본다. 마법의 이름은 그 마법이 어떤 효과를 내는지 알기 쉽게 지어져 있다. 알기 어려운 건 이미지화를 방해하고 효과를 낮추기 때문이다.

"불꽃 화살!"

내민 손에서 30센티미터의 불꽃 막대가 날아 바위에 명중했다.

어느 정도 위력이 있는지 다가가서 확인해 봤다.

"어디어디…… 이런 거군?"

바위에는 눌은 자국과 표면을 살짝 깎은 자국이 있었다. 결과가 이 정도라면 차라리 쇠망치로 힘껏 두드리는 편이 더 큰 상처를 남길 수 있을 것이다.

"다음은 바위 투척!"

흙 속에서 날아오른 소프트볼 크기의 바위가 목표물 바위에 부딪혀 조각났다. 마법의 위력으로 부서진 것은 아닌 모양이다. 던진 바위의 경질이 강하지 않았던 것이다. 유지로가 부서진 파편을 주워 힘을 주니 잘게 부서졌다.

그래도 위력은 불꽃 화살보다는 크다고 생각될 법했다. 얼음자갈 날리기도 비슷한 것이다.

"생각보다 위력은 작네."

맥이 빠져 중얼거렸다.

이 세 번으로 평원의 민족이라면 마력이 거의 제로가 될 것이다. 숲의 민족이라면 불꽃 화살은 열여덟 번은 쓸 수 있고, 산의 민족과 바다의 민족은 여덟 번이 한도일 것이다.

불꽃 화살의 상위마법에는 불꽃 창이 있다. 이것을 쓸 수 있는 평원의 민족은 전체 인구의 1퍼센트도 안 된다. 그래서인지 마법 교재에도 불꽃 창에 대한 내용은 실려 있지 않았다.

"이거라면 위력 증폭약은 몇 개 정도 만들어두는 편이 나으려나."

다른 평원의 민족들도 마물과 마법만으로 싸우지 않는다. 마법도구나 마법약으로 위력을 끌어올려 쓰고 있다.

질 좋은 불의 보강약을 쓰면 조금 전의 불꽃
화살도 바위표면을 손쉽게 부술 수 있게 된다.

"가장 간단히 만들 수 있는 보강약은…… 흙?"

지식 중에서 찾아낸 보강약 중에서 재료 조달이 용이한 건 흙의 보강약이었다.

"흙의 결정이 섞인 돌에 나무껍질, 세둘스 풀이나 야파흐 풀인가."

주위를 둘러보고 그것들을 주웠다. 품질을 신경 쓰지 않는다면 흙의 결정의 함유량이나 나무의 종류는 신경 쓰지 않아도 되니 좋았다.

그 밖에 회복약 재료도 모아 그것들을 씻는 등의 처리를 끝내고 오늘은 오전 중에 돌아왔다.

방에 돌아와 점심을 먹고 서둘러 보강약을 만들 준비를 시작했다. 회복약은 재료가 부족하므로 다음번으로 미루었다.

갈색 속성천을 꺼내고 그 위에 나무껍질과 풀 두 개를 놓았다.

속성을 부여하는 사이에 물을 끓이고 돌을 잘게 부순다. 돌에는 속성을 부여하지 않아도 된다. 흙의 결정이라는 자잘한 수정이 처음부터 흙의 속성을 띠었다.

한 시간 걸려 돌을 자잘하게 만들고 그다음 나무껍질과 세둘스 풀뿌리를 끓는 물에 넣어 성분을 추출한다. 야파흐 풀은 갈아 으깼다.

추출하는 데 30분 걸렸으며 껍질과 뿌리를 뽑아 도마 위에 놓아두었다. 이쪽은 이제 버려도 된다. 남은 건 부순 돌과 으깬 풀을 끓는 물에 넣어 한 번 더 하룻밤 동안 속성천 위에 두면 완성이다.

액체 색은 위에서 네 번째인 녹색이다. 재료를 엄선한 것 치고는 좋은 결과였다. 냄비에 들어 있는 분량은 작은 병 네 개 분량이다. 보존마법을 걸면 사용기한은 3개월로 늘어난다. 체내복용할 것은 아니기 때문에 치유촉진약 등보다 오래 간다.

다음 날, 이번에는 북쪽 평원에 가서 회복약의 재료를 찾으며 보강약의 실험을 했다.

사용법은 마법을 쓰기 전에 주위에 뿌리면 될 뿐이다.

"바위 투척!"

주위에 아무도 없는 것을 확인하고서 마법을 사용했다.

어제 날린 바위보다도 훨씬 큰 바위가 보다 멀리 날아갔다.

"성공인가? 음, 재능이 무섭군."

잘된 것이 기뻐서 미소를 지었다.

들뜬 듯 보이지만 들뜬 척만 하는 것이다.

유지로는 척척 간단히 약을 만들고 있지만 실제로는 이렇게까지 간단히 만들 수는 없다. 처음 만든 치유촉진제도 그 재료만으로 흰색을 만들기는 쉽지 않다. 그것을 가능케 하려면 재료를 미세하게 가공하는 조정이나 재료의 품질을 꿰뚫는 분별력이 필요하다. 유지로는 그것들을 바스티노에게 부여받아, 약사수행을 50년 간 한 사람과 동등한 실력을 가지게 되었다. 또, 지식을 뇌내에서 바로 찾을 수 있는 이점도 있다. 몇 가지쯤 되는 제법(製法) 중에서 뛰어난 기술을 뽑아내 약 제조에 이용하고 있다. 그런 경험과 기술, 지식이 합쳐져 약사경력 100일 미만인 유지로는 치유촉진제나 보강약을 만들 수 있는 것이다.

원래 약사수행을 시작한 지 열흘 정도 된 시점이라면 이론수업을 들으며 도구의 사용법을 배워야 하는 단계이다.

약사수행을 시작하고 2년이 지나야 겨우 마법약을 만들 수 있고 품질도 붉은색이 가능하면 대성공인 수준이다. 처음 만든 것이 흰색이었던 경우는 역사상 없었다.

보어트 도구점의 점주나 벳세는 유지로가 약사 수행을 시작하고 5년 이상 지났을 거라 생각했다.

"효과는 확인했고, 재료를 모을까."

회복약의 재료를 모으는 김에 다른 보강약의 재료도 모았다. 해가 기울 때까지 모으고 돌아갔다.

다음 날에는 약 제조에 힘썼다. 바람의 보강약의 재료가 모였기에 바람마법을 쓸 수는 없지만 만들었고, 린드에게 부탁받은 숙취약도 만들었다. 이 약이 잘 듣는다고 바르에게 들어 약을 먹은 동료가 시험 삼아 써보려고 주문을 했다.

가격은 다른 약과 마찬가지로 500밀레로 정해두었다.

약을 린드에게 건네고 숙소를 나온 유지로는 보어트 도구점으로 향했다.

"안녕하세요~."

두 개의 대답이 돌아왔다. 점주와 벳세다. 점주는 카운터에 있었고 벳세는 용돈벌이를 위해 가게 안을 청소 중이었다.

"오늘은 무슨 일인가?"

"우선은 약을 팔러요. 바람의 보강약을 만들었는데 매입 가능한가요?"

점주는 카운터에 놓인 약을 집어들었다.

"초록인가. 효과는 어떤가?"

"흙의 보강약도 만들었는데, 그건 마을 밖에서 시험해봤더니 제대로 된 효과가 있었어요."

"흙의 보강약을 팔지 않는 이유가 있는 겐가?"

"바람의 마법은 외우지 않았고, 이건 필요 없어서요."

"그렇군. 좋다마다, 매입하지. 한 개에 1천 2백은 어떤가?"

"그렇게 부탁합니다."

4천 8백 밀레를 받아들었다.

"우선은, 이라고 한 건 달리 뭔가 있는가?"

"유지리아라는 꽃이 어디에 있는지 아나요? 마취 재료로 쓰고 싶은데 북쪽에도 동쪽에도 나 있지 않아서요."

회복약의 재료로 필요하다는 말하지 않았다. 감춰진 기술을 안다고 들키면 귀찮아질 것이다. 주어진 지식에 따라 들키면 앞으로가 큰일이라는 것을 알고 있었다.

"유지리아인가…… 분명, 서쪽 숲에서 자랄 텐데."

"서쪽 숲이라면 쇠사슬참새가 있다고 들었는데요."

"틀림없어. 단, 그 꽃은 녹색 숲에도 있으니까 마주칠 일은 없을지도 모르네."

"그러면 한번 가볼까. 정 위험하다면 호위를 고용하면 되겠지요."

"그렇구먼. 무리는 하지 말게나."

"내가 함께 갈까?"

청소하던 손을 멈춘 벳세가 말을 걸어왔다.

"쇠사슬참새라면 싸운 적이 있어서 만나도 끄떡없어!"

정말일까 싶어, 유지로는 점주에게 눈짓으로 질문했다. 그러자 점주가 작게 고개를 가로저었다.

"싸운 적이 있다고 해도 이기지는 못했지. 혼자서 도망가는 게 최선이었지 않냐."

"도망간다면 혼자든 둘이든 마찬가지잖아."

"의뢰인을 두고 도망가면 용병으로서의 이름에 흠이 가지. 함께 갔다면 의뢰인을 먼저 도망치게 하고 그것의 발을 묶어둘 필요가 있어. 제대로 이긴 적 없는 네가 발을 묶을 수 있을까?"

"그건……."

불가능하다고 생각했는지 반론하지 못하고 입을 다물었다. 억지를 부리지 않는 건 모친의 가르침을 기억하고 있기 때문일 것이다.

"정보료를 낼 테니 쇠사슬참새에 대해 알려주지 않을래? 도망칠 수가 있다면 습성 같은 것을 알고 있을 거잖아?"

아무것도 모른 채 숲에 가기는 싫은 유지로가 제안을 했다.

뜻하지 않은 수입을 얻을 기회에 벳세가 얼굴을 빛냈다.

"싱겁구먼. 그 정보라면 책방에 가면 얻을 수 있네만."

"생생한 정보도 알고 싶으니까요. 그러고 보니 정보료는 얼마 정도 내면 될까요?"

"그렇구먼…… 쇠사슬참새는 그다지 드문 것도 아니니까 5백 밀레 정도려나."

"알겠습니다."

지갑에서 은화 다섯 닢을 꺼내 벳세에게 건넨다.

벳세는 기쁜 듯 돈을 주머니에 넣고 이야기를 시작했다.

"모습은 알아?"

"아니, 전혀. 참새의 세 배 크기란 것 정도?"

"색은 회색과 흰색이야. 날개가 회색이고 가슴이 흰색. 나무줄기에 머무르며 사냥감이 오기를 기다려. 사냥감이 오면 짧게 큰 울음소리를 내. 지지직 하고 보통 참새보다도 낮은 소리로 울어. 그리고 세로로, 일렬로 날아 사냥감 주위를 움직이며 공격해 와. 공격방법은 부리나 손톱으로 할퀴기. 이렇다 할 약점은 없지만 큰 소리에 놀라는 정도? 냄비를 나무막대기 같은 걸로 세게 치면 대열을 흐트러뜨릴 수 있어. 혼란을 수습하려 하니까 그동안에 도망칠 수 있거든."

냄비를 두드릴 땐 가볍게가 아니라 만약을 위해 세게 두드리면 된다고 덧붙였다.

"어느 정도로 강해?"

"그렇게까지 강한 건 아닌 듯해. 검의 일격으로도 죽음에 이르러. 단, 날쌔니까 공격하기 힘들지."

"무리하게 싸우지 않는 편이 좋은가."

"그렇겠네. 날개를 매입하긴 하지만 고생에 비해 수지가 맞지 않아. 구제 의뢰를 맡은 게 아니라면 상대하지 않는 게 정답일 거라고 봐."

"고마워. 도움이 됐어. 이제 갔다 올게."

"조심해!"

점주와 벳세가 배웅하는 가게를 나왔다. 유지로는 한번 숙소로 돌아가서 바구니와 격퇴용 냄비 같은 것을 들고 마을을 나왔다.

마을은 느긋하게 걸어도 도보로 1시간 반. 사람이 별로 오지 않는지 근처에는 길도 없었다.

숲을 따라 걸으며 유지리아를 찾았다. 숲가에는 없었지만 몇 미터 정도 들어간 곳에서 발견했다. 그곳에서 꽃을 캤다. 그 외에도 강변이나 평원에는 없는 재료가 보여 지나치게 열중한 나머지 쇠사슬참새의 소리를 듣지 못했다. 눈치챘을 때는 나무줄기에 쇠사슬참새 열 마리가 있었고 유지로를 발견하고 날아올랐다.

"날갯소리? 그렇다면 쇠사슬참새인가?!"

날갯짓 소리를 눈치챈 유지로는 서둘러 자리에서 일어섰다.

냄비를 꺼내려고 바구니를 보니 유지리아 사이에 파묻혀 있었다.

"아, 큰일 났다!"

서둘러 꺼내려고 웅크리기 전에 쇠사슬참새 쪽이 빨리 덤벼들어 왔다.

"위험해."

휙 가볍게 피했다. 우연이 아니라 움직임을 확실히 보고 피할 수 있었지만, 유지로는 그걸 눈치챌 여유가 없었다. 몇 번 정도 피하고 어떻게든 냄비를 꺼내든 유지로는 나무막자로 냄비 바닥을 두드렸다.

탕탕, 큰 소리가 숲에 울렸고 쇠사슬참새들은 벳세가 말한 대로 대열을 무너뜨렸다.

"지금이다!"

냄비와 막자를 바구니에 던져 넣고 이제 볼일은 없으니 숲에서 뛰쳐나갔다.

100미터를 7초라는 속도로 달려 숲에서 벗어났다. 지구의 상식이라면 터무니없이 빠르다. 이쪽에서도 빠르지만. 이쪽 사람들은 성인 남성이 100미터를 평균 10초에 달리기에 유지로의 다리가 세상에서 제일 빠른 것은 아니다. 상위 랭크이긴 하지만 전 세계를 뒤지면 같은 속도로 달리는 사람은 몇 명 정도 있을 것이다.

점점 강해져가는 마물에 대항하기 위해, 사람들은 긴 세월을 걸쳐 몸을 단련해 여기까지 능력을 올린 것이다. 올리지 않았더라면 지금쯤 평원의 민족 등은 절멸했을 것이다.

"아~ 깜짝 놀랐다아. 다음에는 더 조심해야지."

숨이 거친 기색도 없이 300미터 정도 앞에 보이는 숲을 돌아보았다. 쇠사슬참새가 쫓아오는 기색은 없었다. 처음 이곳에 왔을 때와 마찬가지로 주위는 평화로웠다.

멈춘 김에 여기서 채취한 것을 씻으려 바구니를 내려놓았다. 마법으로 물을 불러들여 씻었다.

숙소로 돌아와 회복약을 만들 준비를 했다. 기본적으로 치유촉진약과 순서는 다르지 않다. 속성천 위에 놓은 뒤 먹는 약용(藥用)의 작업을 진행한다. 차이는 종류가 다른 속성천를 겹쳐, 만드는 도중이나 완성 후에도 속성천 위에 올려놓을 필요가 있다는 것.

사용기간은 보존마법을 써도 열흘로, 길지는 않기에 두 번 분량만 만들었다.

완성은 날이 완전히 저물고 나서였다. 색은 아래에서 두 번째인 노란색이다. 이건 유지로의 솜씨가 나쁘거나, 재료가 나쁘기 때문이 아니다. 회복약의 최고품은 녹색이다. 그이상의 물건은 누구도 만들지 못했다. 제법을 공개하지 않고 소모임으로 연구를 진행하는 것이 한계의 이유일 것이다.

그래도 완성한 물건을 팔면 5만 밀레, 금화 다섯 닢이 최소가격이다.

"이건 섣불리 실험하거나 팔 수 없으니까. 다친 동물이 있으면 좋겠는데."

완성한 회복약을 손 위에서 굴리고 테이블 위에 두었다.

평소보다 늦은 저녁을 먹은 뒤, 씻으며 다음 약에 대한 것이나 비누에 대해 생각했다.

다음 날부터 사흘간은 마법약은 만들지 않고 보통 약을 만들었다. 린드와 바르 덕분에 좋은 약을 만든다는 소문이 퍼져 한번 사볼까 생각한 사람들에게 주문이 들어왔다. 강변이나 평원에서 재료를 수집하여 약 제조를 반복하게 되었다. 남들이 자신을 의지하는 일은 기쁘므로 오는 주문을 전부 받아들여 바빠졌다.

그런 다망함이 이어지고 마법약을 만들기 위한 재료를 얻으러 밖으로 나갔다 돌아오니, 티크가 무언가를 안고 울 것 같은 표정으로 걷고 있었다.

티크는 린드와 바르의 딸이다. 우물에서 빨래하던 여자아이다. 어깨에 닿는 머리카락 끝을 흰 라인이 들어간 검은 리본으로 묶었다.

"티크?"

저도 모르게 말을 거니 티크가 걸음을 멈췄다.

"아, 손님!"

"안고 있는 건 강아지야?"

"응. 다쳐서 엄마에게 낫게 할 수 없냐고 물어보려고."

안고 있는 흰색 바탕에 검은 반점의 강아지의 허벅지 주변에 피가 묻어 있었다. 다른 개와 싸움이라도 해서 진 것일까.

"치유촉진약이 있으니까 그걸 먹게 할까?"

"괜찮아?"

유지로가 끄덕이며 대답하니 티크가 기쁜 듯 웃었다.

우물 가까이서 기다리도록 하고 숙소로 들어가 회복약을 가지고 우물로 돌아왔다. 효과를 알기에 마침 좋은 기회라고, 강아지를 보고 생각했다.

작은 접시에 회복약을 넣어 강아지에게 내밀었다.

"……먹질 않아. 멍멍아, 먹지 않으면 상처가 안 나아. 부탁이니까 먹어."

티크가 슬픈 듯 부탁하지만 강아지는 냄새가 싫은지 얼굴을 돌렸다.

"어쩔 수 없네. 그 애를 잡고 있어. 숟가락으로 약을 입에 넣을 거야."

"응."

티크는 상처를 건드리지 않도록 강아지를 안고 유지로는 강아지의 입을 벌려 회복약을 몇 번 나눠 흘려 넣었다.

"이걸로 괜찮을 거라 생각하는데."

"어때? 멍멍아."

기운 없이 안겨 있던 강아지는 느릿느릿 움직이기 시작했다. 티크가 살짝 지면에 내려놓으니 아픈 곳이 없다는 듯 뛰어다녔다.

그 사실에 티크가 손뼉을 치며 기뻐했다.

유지로도 회복약 만들기에 성공한 것이 기뻐 미소를 지었다.

"왜 그래, 그렇게 들떠서."

"아, 엄마! 손님이 멍멍이를 치료해주셨어!"

"잠깐, 옷에 피가 묻었잖아! 강아지가 걱정돼서 그랬겠지만 어쩔 수 없는 애구나. 옷 갈아입어."

"네~에."

"아, 잠깐, 개를 데리고 들어가면 안 돼!"

티크 뒤를 따라가는 개를 린드가 안아올렸다.

"다친 건 다리구나. 약을 쓴 거예요?"

"네, 치유촉진약을 만든 참이었거든요. 상처도 생각보다 작아서 바로 나았어요."

"그래도 개에게 마법약은 과분하다는 생각도 드네요."

"만든 제가 멋대로 썼을 뿐이니까 괜찮아요."

"그걸로 괜찮다면 됐지만. 씻어서 피를 닦아내야겠어요."

"물을 준비하겠습니다."

유지로가 우물에서 나무통을 끌어올려 린드가 땅에 놓고 붙잡고 있는 강아지에게 뿌렸다. 물을 싫어해 날뛰지만 강아지의 힘으로는 도망치지 못하고 차츰 얌전해졌다.

세 번 정도 물을 뿌리니 더러움은 대강 씻겼다. 그 모습을 보며 더러움을 씻어내는 마법을 쓰면 좀 더 깨끗해질까 하는 생각이 들었다.

린드가 강아지에게 물을 증발하는 마법을 써서 말리니 티크가 돌아왔다. 강아지도 티크를 보고 활기차게 짖으며 뛰어서 다가갔다.

티크는 강아지를 안아올리고 린드를 바라보았다.

"엄마, 이 애 키워도 돼?"

"그리 말할 거라 생각했어. 제대로 돌볼 것. 가게에는 들일 수 없어. 이 두 가지를 지킬 수 있다면 키워도 돼."

"응. 지킬게!"

린드가 시원스레 허가를 한 이유는 자신에게도 비슷한 기억이 있었기 때문이다. 린드의 경우는 버려진 고양이였고, 린드의 모친은 두 마리의 여우. 그 여우가 이 숙소 이름의 유래가 되었다.

강아지의 이름을 무엇으로 할지 고민하는 딸의 모습이 사랑스러워 린드가 미소를 지었다.

파크라 이름 붙인 강아지와 노는 티크를 보고 유지로는 강아지 전용 약이라도 만들어둘까 싶어 뇌내에서 지식을 뒤져보았다. 주사 이외의 예방약만 있어 그것을 만들기로 했다. 수중에 주사가 없기에 만들어본 것인데 결과가 좋았다. 이 시대에 아직 주사는 만들어지지 않았고, 파괴지진으로 멸망한 이전 시대의 기술이므로 주사를 의료행위가 아닌 정체를 알 수 없는 것으로서 여겼던 것인지도 모른다.

다음 날부터 능력상승의 마법약 재료를 찾는 김에 강아지 약의 재료도 찾았고, 약을 만든 다음 티크에게 건네줬다.

4 벌레의 소란스러움

"좋은 아침, 오빠!"

능력상승약을 다 만든 뒤, 소개소에 무언가 일거리가 있는지 알아보러 가려고 숙소를 나오던 도중 현관 앞에서 티크를 만났다.

강아지를 도와준 일로 티크와 거리가 좁혀졌다. 자신을 잘 따르고 악감정은 없기에 유지로도 티크에게 친근하게 대했다.

"좋은 아침, 이제부터 산책 갈 거야?"

"응."

"난 소개소에 갈 거야. 도중까지 같이 갈까?"

"가자!"

티크가 웃는 얼굴로 끄덕이고 파크도 동의한 듯 씩씩하게 짖었다. 자신을 올려다보는 티크가 귀여워서 저도 모르게 머리를 쓰다듬고 싶어져 팔이 움직일 뻔했지만 생각만으로 그쳤다.

티크가 친구와 놀고 있을 때 일어난 일을 이야기했고 유지로는 그걸 들으며 맞장구를 쳤다.

도중에 난 여기로 간다며 말하는 티크와 헤어지고 유지로는 소개소로 향했다.

소개소는 2층 건물로, 1층에는 일감이 적힌 종이가 붙어 있는 게시판과 접수처가 있고 2층이 사무소이다. 넓이는 편의점의 2배 가까이 된다. 심부름 관련과 거친 일 관련이 제대로 나누어져 있어 사람의 종류도 두 종류로 나누어진다.

게임처럼 일에 랭크가 붙어 있진 않다. 창의적 생각으로 누구라도 일을 해낼 가능성이 있으니까. 하지만 희망자가 너무 못미더울 것 같으면 직원이 말리거나 조력을 다른 사람에게 부탁하는 경우도 있다.

이곳의 이용은 누구나 가능하다. 입회비를 낼 필요도 없다. 단, 일을 의뢰하거나 받을 때 수수료를 지불할 필요가 있다. 일을 실패했을 때는 벌금도 발생한다. 수수료는 적은 금액이지만 벌금은 보수와 동등하거나, 그 이상의 금액이 되므로 자신 있는 일을 의뢰받는 편이 좋다. 어쩔 수 없는 이유로 실패하면 벌금이 감액되는 경우도 있다. 한편, 이유가 없는 큰 실패, 예를 들어 청소를 의뢰받고 반대로 어지르거나 만지지 않도록 주의받은 물건을 부서뜨리거나 했을 때는 벌금은 보수의 배액이 되고 부서뜨린 물건의 수리비 같은 것도 지불해야 한다.

이용의 흐름은 의뢰가 적힌 종이를 접수처에 가져가 요금을 지불하고 승인받는다. 그때 보고서를 받는다. 다음으로 의뢰자의 장소에 가서 일을 시작한다고 전하고 일을 끝낸다. 마지막으로 보고서를 쓰고 의뢰자의 서명을 받아, 소개소로 돌아와 보고서와 교환하고 보수를 받는 것으로 끝난다.

이것이 기본적인 흐름이지만 소개소를 통하지 않거나 의

뢰자 상황에 따라 바뀌는 경우도 있다.

보고서를 작성하는 것은 일의 해결법을 기록으로 남기기 위함이다. 드물게 지금까지 알려지지 않는 방법으로 해결하는 사람이 있어서 일의 효율에 도움을 주는 경우가 있다.

"없구나~."

벽에 붙은 종이에서 약 관련 의뢰를 찾았지만 이렇다 할 것은 없었다. 약초 수집이라는 일은 있었지만 꼭 해야 할 정도로 절박하지도 않았기에 할 마음은 없었다. 절박하다면 하겠지만 여유가 있는 지금은 끌리지 않는다.

"엇, 유지로가 아닌가! 이런 데서 뭐 해?"

말을 걸어온 건 바르의 술친구였다. 금속제 갑옷을 입고 도끼를 등에 메었다. 유적탐색이나 마물토벌을 중심으로 한 모험가라고 들었다. 취기를 없애는 약을 주문한 사람 중 한 명이었다. 적갈색 머리를 짧게 깎고 같은 색의 눈을 가졌다. 이름은 쿠고트.

"아! 안녕하세요. 약과 관련해서 뭔가 있는지 싶어서요."

"약인가, 약이란 말이지~."

"잘 없는 이유를 알고 있나요?"

"그리 어려운 이야기가 아냐. 이 마을에도 약사는 있어. 그래서 평범한 약을 구하고 싶다면 모두 그곳에 가지. 의뢰를 낼 정도의 약은 제작이 곤란하기에 그 정도의 의뢰는 가끔 나오긴 한다만, 나와도 누구도 맡지 않아 시간이 흘러 철거된다. 눈에 안 띄는 이유는 그런 느낌이려나."

며칠 전까진 있었지만 유지로가 마을에 왔을 때 마침 철거되었다.

"아쉽네요. 그런데 어떤 약을 만들라는 의뢰였어요?"

"음, 아마…… 벌레계열 마물퇴치 약을 만들어달라는 의뢰였나. 남쪽에 빅앤트가 있는 건 알아?"

들은 적 있다고 고개를 끄덕였다.

"그곳에 있는 약초를 모으고 싶다 해서 의뢰가 나왔었어."

"마물퇴치라니. 그렇게까지 어렵지 않은데 약사는 약을 못 만들었나요?"

"다른 의뢰를 받아 바빴던 듯해. 양도 나름 많이 준비했으면 좋겠다는 의뢰였으니까 제대로 해낼 수 없다고 거절했다지."

"그런 이유인가요. 이해했어요."

"어라? 쿠고트 씨와 유지로, 뭐 해?"

두 사람에게 벳세가 다가왔다. 단단해 보이는 검은 가죽 갑옷을 입고 짧은 창을 등에 지고 있었다.

"약 관련 일에 관해 이야기를 물었어. 벳세는?"

"난 일이 없나 찾으러 왔어. 쿠고트 씨, 뭔가 내가 할 만한 거 있었나요?"

"있어, 저거다."

두 사람이 의뢰 종이를 보러 간다기에 유지로는 작별 인사를 하고 숙소로 돌아왔다.

카운터에 있던 린드가 유지로가 돌아온 것을 눈치채고 말을 걸었다.

"어서 와요. 당신에게 손님이 찾아왔었어요."

"손님이요? 또 약 의뢰에 관련해서 인가요?"

"아니요. 이 마을에 이전부터 있던 약사인 베세르세 씨가 왔어요."

"약사? 혹시 장사하는 데 방해되니까 불만이라도 말하러 온 건가?"

유지로는 약사에게 경쟁자라 여겨질 정도로 많이 벌지는 않았다고 생각하며 고개를 갸웃했다. 지금까지 번 것은 생활비 한 달분 미만이었다.

"그것도 아닌 것 같아요. 기분이 나빠 보이지는 않았어요."

"주소를 알려주실 수 있나요? 한가하니 제 쪽에서 가볼게요."

베세르세의 인상이나 나이를 듣고 유지로는 숙소를 나왔다. 시각은 11시 전으로 아직 점심식사는 이르다. 이야기하고 돌아갈 때 먹어야겠다고 생각하며 베세르세의 집에 도착했다. 저택 같은 것이 아닌 평범한 집이었다.

현관을 노크해도 대답이 없어서 문을 살짝 열어보니 옅은 약 냄새가 감돌았다. 역시 약사의 집이구나 생각하며 베세르세의 이름을 불렀다. 곧바로 집안에서 발소리가 들려왔다. 안경을 쓴 열다섯 정도의 성실해 보이는 소녀가 나왔다. 유지로가 들었던 베세르세의 인상과는 전혀 달랐다. 애초에 베세르세는 남자고 쉰 살 정도라고 들었다.

"누구신가요?"

"사와베 유지로라고 합니다. 두 마리 여우라는 숙소에 베세르세 씨가 저를 찾아왔다고 들어서 어떤 용건인가 싶어 직접 찾아왔습니다."

"사와베 유지로 씨? 아, 확실히 선생님이 그런 이름을 말했었어요. 잠시만 기다려주세요."

선생님에게 알리고 오겠다고 집안으로 들어갔다. 그 등에는 푸른색의 땋은 머리가 흔들리고 있었다.

3분 정도 지나 돌아온 소녀에게 안내받아 집에 들어갔다.

객실 같은 방에 린드에게 들은 인상의 남자가 앉아 있었다. 유지로의 모습을 보고 조금 놀라더니 일어나 머리를 숙였다. 유지로가 생각보다도 젊어서 놀란 것 같았다.

"볼일이 있는 건 이쪽인데 일부러 찾아오게 만들어서 미안하네."

"아뇨, 한가했으니까 괜찮습니다. 볼일이란 뭔가요?"

"약 제조에 관해 이야기를 나누고 싶어서라네."

"제가 장사에 방해가 되요?"

린드가 아니라 말했었지만 일단 물어본다.

그 말에 베세르세는 웃으며 고개를 가로저었다.

"아니. 실례지만 마을에 막 온 자네와 쭉 여기서 살아온 나는 신뢰의 깊이가 달라. 다소 손님이 줄어도 약의 수요가 크게 내려가진 않지. 이야기하고 싶었던 건 그런 것이 아니고 지식이나 기술적인 것이네."

"지식이나 기술이요?"

"그래, 나는 약사 경력이 30년이 넘었지만 모르는 약이 아직 많고, 안다고 해도 만드는 법을 모르는 경우도 있지. 그런 약을 알고 만들 수 있게 되기 위해 이야기를 나누지 않겠나? 물론 이쪽에서도 지식과 기술의 제공은 하겠네."

숙소에 온 것은 그런 사정인가, 하고 유지로는 끄덕였다. 공부에 열심인 사람이구나 싶어 경의도 느꼈다. 특별히 하고 싶은 것 없이 타성으로 학교에서 공부하던 자신과는 무척 달랐다. 뭔가 하고 싶은 것이 있었다면 공부에 의욕이 생겼을지도 모른다.

회복약처럼 제작법을 누설하기 싫다는 사람도 있기에 여기서 거절해도 베세르세가 화낼 일은 없다.

비누 제작에 어떤 힌트를 얻을 수 있을지도 모르기에 승낙했다.

"기다려주세요."

의자에 앉아 이야기를 시작하려 했을 때 조용했던 소녀가 입을 열었다.

"보아하니 저와 그리 나이 차이가 나지 않아 보입니다. 선생님께서 배울 수 있을 만큼의 지식을 가졌는지는 알 수 없습니다. 어쩌면 일방적으로 상대가 득을 보는 건 아닐는지요?"

"비아나, 무례한 말을 하면 안 돼. 미안하군."

베세르세가 사전에 부추긴 게 아니라 비아나가 동년배 약사에게 조금 라이벌 의식을 가진 것뿐이다.

약사로서 일한 지 열흘도 되지 않은 유지로는 특별히 기분이 나쁘지는 않았다.

"……만든 약을 보여주면 이해해줄 수 있으려나요?"

"아니, 내가 들은 자네의 평판으로 괜찮다고 생각하네만."

"저는 이해할 수 없습니다."

베세르세는 쓴웃음을 짓고 시선으로 사과했다. 그에 유지로도 쓴웃음으로 답하고 어떤 약을 보여줄지 생각했다.

바로 떠오른 것은 회복약이었지만 이건 안 된다. 직접 만들었다는 사실을 믿어줄지도 모르겠고 제조법을 아는 것이 알려지는 일도 귀찮았다.

치유촉진약은 숙소에 두었다. 회복약으로 충분했기에 들고 오지 않았다. 숙취약과 두통약도 마찬가지로 들고 온 건 진통제, 지혈제와 흙의 보강약이었다.

보여줄 만한 것을 전부 꺼내면 좋을까 싶어 숄더백에서 약을 꺼냈다.

"진통제에 바르는 지혈제, 흙의 보강약입니다. ……내가 만들었다는 것을 못 믿겠다면 보어트 도구점 점주에게 물어보면 될 거야. 몇 개쯤 만들어 팔았으니까."

사용기간으로 볼 때 만든 지 얼마 안 된 것을 팔았다고 점주는 알고 있기에 증언해줄 것이다.

"마법약도 만들 수 있습니까?"

비아나는 녹색 보강약을 들고 분한 모습으로 약을 바라

보았다.

비아나도 일단 만들 수는 있지만 최근에 허가가 나왔고 붉은색 약을 만드는 것이 고작이었다.

"어릴 때부터 만들었으니, 비아나도 앞으로 몇 년 정도 있으면 같은 걸 만들 수 있게 될 걸세."

만들기 시작하고 한 달도 지나지 않았다고는 말할 수 없기에 유지로도 끄덕였다. 쓸데없이 적의를 부추기는 행동은 할 필요가 없다.

"네, 정진하겠습니다. 사와베 씨, 실례했습니다."

고개 숙인 비아나는 두 사람의 대화를 흘려듣지 않겠다는 듯 진지한 표정으로 귀를 기울였다.

한 번 인정하면 반감 없이 조금이라도 더 기술이나 지식을 얻으려 한다. 열정적인 모습을 보이는 제자에게 베세르세는 조금 표정을 누그러뜨렸다.

"그럼 이야기를 진행할까. 내가 먼저 물어봐도 되겠나?"

"네."

"피의 흐름을 컨트롤할 수 있는 약을 원하는데 그런 약은 몰라서. 알고 있다면 가르쳐주었으면 하네."

"조금 기다려주세요, 생각해볼게요."

혈압 관련 약이면 괜찮겠다며 지식을 뒤졌다. 바로 떠오른 것이 피의 흐름을 빨리 하는 것과 느리게 하는 것, 두 가지가 해당되었다.

그것을 말하니 기쁜 듯 베세르세가 끄덕였다. 비아나도

감탄의 시선을 보냈다.

"종이에 적을 건데, 종이와 쓸 것을 빌려주실 수 있나요?"

"아, 바로 준비하겠네."

일어서려 한 베세르세에게 비아나가 가져오겠다고 말하고 방을 나갔다.

"알고 있어서 도움이 됐어. 나도 그걸 필요로 하고 있어서 책을 구해봤지만 제조법까지는 몰라서 곤란했지."

"종이를 받을 때까지 제가 묻고 싶은 걸 물어도 되나요?"

"아아, 무엇이든 물어보게."

"저기, 비누라는 게 있잖아요, 그건 살갗이 심하게 거칠어지니까 사용되지 않지요."

"확실히. 물로 희석해도 별반 다르지 않고, 너무 희석하면 비누로써의 의미가 없어지지."

"실은 비누의 개량(改良)형을 만들고 싶은데 그에 관해 뭔가 조언을 주셨으면 합니다."

"비누를 개량한다라, 그러면 편리하겠지. 어느 정도 생각해둔 것이 있는가?"

머릿속에서만 생각한 개량 내용을 이야기했다.

베세르세는 그것에 끄덕이거나 자신의 생각을 말하거나 했고, 두 사람이 비누에 대해 서로 이야기하는 건 비아나가 돌아와서도 계속되었다. 베세르세는 지식이 부족하기에 상상에 의한 의견을 말했고, 유지로는 지식이 있지만 생각지 못했던 방법을 알 수 있었기에 비누 제작에 많은 진전이 있었다.

대화는 점심을 지나서도 계속되었기에 비아나가 만든 점심을 먹게 되었다.

"거참, 열중해버렸군."

"제가 대접받게 되어 폐를 끼치게 되었습니다."

식사를 기다리는 동안에 유지로는 혈압약을 종이에 적었다. 두 종류 다 젖은 천 같은 것으로 심장 위에 붙이는 것이다.

"여기, 다 됐습니다."

"고맙네. 나름대로 공부해왔지만 사와베 군의 지식에는 놀랐구나."

"스승님이 지식을 우선하는 사람이었습니다."

유지로는 적당히 둘러댔고 비아나가 생선구이와 아침에 남은 빵과 베이컨이 들어간 야채수프를 들고 왔다.

"드세요."

"감사합니다."

요리를 받아들었다.

법과 자유의 신의 기도를 올리고 먹기 시작했다.

식사 후에는 종이에 적은 약에 관해 이야기를 하고, 마을 주변에서 얻을 수 있는 약초 등의 종류를 듣고 베세르세의 집을 나왔다.

유지로와 베세르세에게 서로 유익한 이야기를 나눌 수 있었기에 오늘의 만남은 좋았다.

돌아와 있던 티크와 파크에게 인사를 받고 방에 돌아왔다.

서로 이야기함으로써 진전(進展)한 비누의 지식을 종이에 적었다. 바스티노에게 주입 받은 지식을 잊지는 않았지만 이쪽에 와서 얻은 지식은 잊기도 하므로 중요한 건 기록으로 남겨둘 필요가 있었다.

다음 날부터 비누를 제작하기 위해 본격적인 준비를 시작했다.

재료를 수집한다며 동쪽 강 너머 평원에 갔을 때 빅앤트에게 둘러싸였다. 낌새를 알아차리는 일에 익숙하지 않아서 수풀에 숨어 있었던 것을 눈치채지 못했다.

"도망칠 수 없나? 싸우다가 빈틈을 봐서 도망치자."

그런 걸 생각하자니 한 마리가 다가왔다.

"으악?! 이쪽으로 오지 마!"

붕 하고 공을 차듯 힘차게 뻗은 다리가 빅앤트의 머리 부분에 맞았다. 충격을 받아 조금은 물러가줬으면 하고 생각한 참에 퐁 하고 간단히 머리가 떨어져서 멀뚱멀뚱한 표정을 지었다.

"……의외로 약한가?"

이 정도라면 괜찮을 것 같아서 남은 네 마리도 머리를 떼어내고 재료수집을 계속했다. 이 일로 유지로는 빅앤트는 피라미라 인식했지만 이건 강화된 육체 덕분이고, 원래라면 일반인은커녕 평범한 용병이 발로 찬들 머리를 떨어뜨릴 수 없었다.

다음 날에는 북쪽 평원을 넘은 바위터에 가서 재료수집을 했다. 이때는 본 적 없는 마물을 멀찍이서 바라볼 뿐이었고 싸우는 일은 없었다.

재료를 다 모은 유지로는 재빨리 비누를 만들기 시작했다. 만드는 것은 가루비누로 일본에서 찾아보기 쉬운 고체형 타입은 아니다.

바짝 졸여 건조하고 으깨고 섞는 작업을 진행해 일단 완성시켰다. 유지로의 눈앞에는 30회분 정도 쓸 수 있는 갈색 가루비누가 있다.

"일단 완성했다. 그다음은 직접 실험해서 효과를 확인하는 건데. 매일 손을 씻어보면 되려나."

보통 비누는 3일이나 쓰면 피부가 푸석해지므로 혹시 모르니 5일을 기준으로 하기로 했다.

그동안 뇌내지식을 찾아 어떤 약이 있는지 조사하거나 책방에 들러 마법이나 마물에 대해 조사하고, 티크와 놀거나 하며 지냈다.

지식을 습득하는 과정에서 어떤 일족의 비전약, 숲의 민족과 산의 민족 비장의 약이 있다는 사실을 알게 되었고, 사용할 경우에는 신경 써서 주의를 기울였다. 만들지 않으면 될 뿐이지만 마력회복이나 피로회복, 피로무시라는 편리한 효과라 만들지 않을 수 없었다. 재료가 특수하기에 간단히는 만들 수 없었지만.

그 밖에는 치료용으로는 쓰지 않는 약도 있었다. 독은 아니고 심심풀이라고 해야 하나. 목소리를 바꾸는 사탕, 동물의 신체적 특징을 내는 약, 말끝을 이상하게 하는 약, 특정한 말에 반응해 재채기를 하게 되는 약. 옛날 약사가 시간 때우기로 만들다가 실패한 것 같은 약이 있었고 짬이 나면 만들어보고 싶다고 생각했다.

그런 식으로 지내고 4일째.

"손이 빨개졌어!"

보통의 붉은기와 다른 붉은색이 손 전체를 덮었다.

베세르세가 있는 곳에 가서 보여주니 피부가 거친 전조라고 알려주었다. 조금 더 개량해야겠다고 베세르세와 둘이서 이야기를 나누었다.

그리고 두 번째 제작을 준비하려고 재료를 수집하러 마을을 나가려 했을 때 마을 출입구에 많은 사람들이 모여 있는 것을 발견했다. 무기를 가진 자의 모임으로, 어떻게 봐도 거친 일에 관계되어 있는 것 같았다.

"뭐지? 아, 벳세 발견!"

뭔가 사정을 알 수 있을까 싶어 다가가서 말을 걸었다.

"누구? 뭐야, 유지로냐."

"여기 모인 사람들은 뭐야?"

"많은 마물을 봤다는 녀석이 있어서 그게 진짜인지 확인하기 위해 조사대를 결성할 거야. 그걸 위한 모임이야."

"어떤 마물을, 어디서 봤다는데?"

"빅앤트를 중심으로 한 벌레계 마물로 남쪽을 중심으로 여기저기서 발견했다는 보고가 올라와 있는 듯해."

"빅앤트인가, 그러고 보니 며칠 정도 전에 동쪽 강을 넘은 평원에서 봤었지. 그쪽 주변은 처음 갔고, 나오는 게 당연하다고 생각했는데 관계가 있는 건가?"

"강 맞은편의 평원인가, 때때로 혼자 움직이는 빅앤트를 봤다는 보고는 있었던 모양인데."

한 마리 정도라면 드물진 않다고 말하는 벳세에게 유지로는 말을 덧붙였다.

"내가 본 건 다섯 마리였어."

"지금 이야기, 정말인가?"

다른 누군가와 이야기하던 쿠고트가 들려온 두 사람의 대화에 관심을 가지고 말을 걸어왔다.

사실이라며 유지로가 끄덕이니 쿠고트는 미간을 찌푸렸다.

"다섯 마리가 움직였다는 보고는 없었는데. 이거 큰일인데."

"재료를 모으러 가고 싶은데. 혹시, 마을에서 나갈 수 없나요?"

"남쪽은 못 가게 막을 테고 북쪽이라면 괜찮겠지. 그러고 보니 넌 마법약도 만들 수 있다며? 세돌프 할아버지께 들었는데."

"세돌프?"

처음 듣는 이름에 유지로는 고개를 갸웃했다.

그것에 벳세도 신기한 듯 고개를 갸웃했다.

"이름은 말하지 않았나? 우리 할아버지야. 세돌프 보어트라고 해."

"점주의 이름인가. 그분이라면 당연히 알지. 확실히 만들 수 있어. 치유촉진약이나 보강약 같은 걸 팔았으니."

"그렇다면 재료의 채집을 부탁하는 편이 좋겠군. 상황에 따라선 마법약이 많이 필요하게 될지도 몰라. 조금 기다려, 약 제작을 의뢰할지 물어보고 올 테니."

그렇게 말하고 쿠고트는 이 장소의 책임자로 보이는 인물에게 다가가 말을 걸었다.

2분 정도 이야기하고 돌아왔다.

"의뢰가 나왔어. 재료를 모으러 간다면 내가 호위로 함께 할까?"

"호위가 함께하면 동쪽이나 서쪽으로 갈 수 있나요? 북쪽만이라면 재료가 모자라서요."

"괜찮아."

"나도 갈래!"

벳세가 손을 들었다. 그에 쿠고트는 조금 망설이는 모습을 보였다. 실력이 부족해 호위가 늘게 되지 않을까 하고 생각했다. 그렇다면 벳세의 실력을 파악하는 사람에게 허가를 받으면 좋을까 싶었다.

"……리네 씨에게 허가를 받아와라. 허가가 나면 데리고 간다."

"알았어요. 어머님이 있는 곳에 갔다 올 테니까 아직 출발하지 말아주세요!"

벳세는 뛰어서 집으로 돌아갔다. 어쩌면 자신을 두고 갈지도 모른다고 생각했나 보다.

"벳세의 모친은 전직 용병이었던가요?"

"응, 나름대로 강하지만 벳세가 태어나고 은퇴했어. 지금은 가게를 도우며 자경단의 훈련을 지도 중이야."

"부친은요? 이야기에 나오지 않았는데."

"이름은 볼레오. 물건을 매입하는 일을 하고 있어서 1년에 절반은 마을 밖에 나가 있지."

"돌아오는데 마물을 만나거나, 그런 일은 없나요?"

"없어. 아직 건너편 마을에 있을 거야."

"그렇다면 안심이네요."

그런 이야기를 하고 있으니 10분 뒤 헐레벌떡 벳세가 돌아왔다. 등에는 바구니가 있어서 허락를 받았다는 걸 알 수 있었다.

"그렇게까지 서두르지 않아도 되는데. 그래서 리네 씨는 뭐라고 했어?"

"쿠고트 씨가 말하는 걸 제대로 들으면 가도 된다고."

"그럼 데리고 갈까. 우선은 숨을 골라."

알았다며 끄덕인 뒤 그 장소에 웅크리고 앉았다.

"벳세가 쉬는 동안에 루트를 정하자. 우선은 어디부터 갈까?"

"글쎄요⋯⋯ 서쪽으로 간 뒤, 북쪽 주변에서 동쪽으로."

서쪽의 쇠사슬참새와 싸우게 된다면 컨디션이 좋은 편이 좋을 거라 생각하여 먼저 서쪽으로 가기로 했다.

5분 정도 숨을 고른 벳세와 쿠고트를 데리고 유지로는 마을을 나섰다. 10분 뒤에 마물을 쫓는 약이 도착했고 조사대도 마을을 나섰다.

서쪽 숲에 도착해 얼른 재료를 모았다. 마법약의 재료를 중심으로 모으는 편이 나을까 묻는 유지로에게 쿠고트가 끄덕였다. 진통제처럼 상처에 관련된 약 이외는 무시하기로 했다.

숲 안쪽까지는 들어가지 않았기에 쇠사슬참새에게 습격받지 않고 세 명은 북쪽으로 향했다.

"이전에는 입구에서도 습격받았었는데."

같은 위치에서 전혀 낌새가 없어 유지로는 고개를 갸웃했다.

"빅앤트들의 이변에 이쪽의 마물도 눈치챈 걸지도 몰라. 그래서 살펴보려고 조용히 있는 게 아닐까?"

"그런 일도 있을 수 있나요?"

쿠고트의 말에 벳세가 의문을 표했다.

"강한 마물이 근처에 있으면 인간도 동물도 숨을 죽이는 법이잖아? 이변을 깨달은 마물이 신중해지는 건 있을 법하지 않나 싶은데?"

"뭐, 그 덕에 채취하기 편하니 지금 상황에 불만은 없지만."

손을 멈추지 않고 유지로가 말하자 두 사람은 동의하듯 끄덕였다.

생각과는 달리 여유가 있어 온 김에 가루비누 재료도 모으고 북쪽으로 이동했다. 그곳은 원래부터 위험이 적다고 알려졌던 것처럼 멀리서 마물의 모습이 보일 뿐 별다른 트러블은 없었다. 채취하는 동안 벳세와 쿠고트는 경계하며 발견한 마물에 대해 이야기했다.

"여기가 마지막이구나."

"유지로는 여기서 본 모양이니 주의해둬야겠지."

벳세는 창을 들고 주위를 주의 깊게 경계했다.

오드레 캐터필러가 몇 마리나 나왔지만, 그것 말고는 별다른 일은 없었다.

하지만 30분 정도 지났을 때 쿠고트가 떨어진 위치에서 움직이는 덩어리 세 개를 발견했다.

"있다, 빅앤트다. 우선은 상황을 보자. 가까이 다가오지 않으면 싸우지 말자."

"알았어."

긴장한 표정으로 끄덕이는 벳세에게 그렇게까지 긴장할 상대인가 싶어 유지로는 고개를 갸웃거렸다.

"세 마리만이라면 쓰러뜨려도 문제없잖아?"

"그 세 마리만이라면 내가 끝낼 수도 있지만 복병이 없다고 단정할 수 없으니까. 빅앤트가 너희 둘을 노리면 힘들 거라 생각하는데?"

"복병 세 마리 정도라면 괜찮지요?"

"아니, 너희를 지켜야 하는 벳세가 무리일 듯싶은데."

쿠고트는 어떠냐는 시선으로 벳세에게 물었다. 그에 벳세
는 허세 부리지 않고 끄덕였다.

"누군가를 지켜도 되지 않는다면야 두 마리와 싸울 수는
있지만 지키면서 두 마리는 힘들어."

"그래도 저건 피라미잖아?"

"피라미? 한 마리여도 신참은 편히는 싸울 수 없는 상대
인데."

움직이는 빅앤트에게 시선을 떼지 않으며 쿠고트는 고개
를 갸웃했다.

"약점이 있으니 그곳을 찌르면 괜찮을 것 같은데요."

"약점이 있었나? 어디지?"

"목 아닐까요? 발로 차니 간단히 떨어졌었는데."

"발로 찼어? 전에 봤다고 했었잖아, 그때 싸웠었나?"

"둘러싸여 도망갈 수 없었으니 기죽였을 때 기회다 싶어
서 찼지요. 그러니 목이 떨어졌어요. 약점이라 생각해서 다
른 빅앤트도 찼더니 마찬가지였어요."

"……목 쪽이 무르다고 들은 적 없는데, 벳세는 리네 씨에
게 들은 적 있어?"

기억을 더듬어도 생각나지 않아 벳세에게 물었다. 벳세도
기억은 없는지 고개를 옆으로 저었다.

리네도 피라미라고는 말했었지만 그건 리네가 강해서 정면에서 상대를 때려눕힐 수 있었기 때문이다. 약점을 찔렀다는 이야기는 들은 적이 없었다.

"정말로 발로 차서 쓰러뜨린 거야?"

시원스레 끄덕는 것으로 대답을 대신한 유지로가 거짓말하는 것 같지 않았다.

"시도해봐도 좋겠지. 저 녀석들과 싸워볼까. 유지로의 말이 사실이라면 복병이 있어도 문제는 없을 거야."

"한 명이 한 마리씩이요?"

벳세의 확인에 쿠고트는 끄덕였다.

세 명은 주위를 경계하며 빅앤트에게 접근했다. 빅앤트 쪽도 세 명을 눈치채고 그들에게 다가왔다.

"난 한가운데다. 벳세는 오른쪽, 유지로는 왼쪽으로 가!"

"넵!"

쿠고트의 지시에 따라 두 사람이 움직였다.

유지로는 이전의 경험을 살려 개미의 옆으로 돌아 두 사람을 방해하지 않는 쪽으로 머리 부분을 차서 날렸다. 역시 간단히 떨어져나갔기에 약점이 확실한 것 같았다.

간단히 끝마친 건 유지로와 쿠고트였다. 쿠고트가 쓰러뜨린 개미는 머리가 으깨져 있었다.

한편, 벳세는 다가가 찌른 뒤 공격을 피해 거리를 두는 히트 앤 어웨이 방식으로 싸웠다. 개미는 다섯 군데 정도 찔려 상처를 입었지만 멀쩡하게 움직였다. 그것을 보고 유지로는 피라미가 아닌 걸까 생각했다. 단순한 짐승이라면 이미 죽을 대미지를 입었는데도 아직 멀쩡하니까 피라미는 아니다.

여덟 번째로 지금까지의 공격 중에서 제일 강하고 날카로운 찌르기로 측두부를 크게 깎아낸 것을 끝으로 벳세가 이겼다.

처음에 사용한 것은 마술 중 하나로 호섬(豪閃)찌르기라 불리는 것이다.

마술이라 하면 지구에서 마법과 비슷한 것이다. 하지만 여기서는 다르다.

마물이 강해짐에 따라 사람들은 더욱 힘을 원해 마법을 만들어나갔다. 하지만 마법에 익숙지 않은 자도 있었기에 그런 사람들이 마력을 써 자신들의 싸움을 강화할 수 없을까 하며 고안해서 만들어낸 것이 마술이다.

마력을 사용한 전투술, 줄여서 마술.

산의 민족이 쓰는 미오기라는 무술은 마술을 더욱 발전시킨 것이다. 그 위력은 숙련자라면 곰을 일격에 쓰러뜨릴 수 있을 정도다.

"발로 차 쓰러뜨렸다는 건 진짜구나. 얼마나 세게 찬 거야?"

목이 없는 개미 사체를 보고 쿠고트는 어이없음과 감탄이 섞인 표정을 지었다.

발로 차는 마술이라도 수양하는 건가 생각했지만 발로 차는 상황을 보지 못했기에 확신은 갖지 않았다.

"힘이 세다는 건 알았지만, 이렇게까지일 줄은 나도 처음 알았어."

벳세가 싸우는 걸 보고 자신의 힘을 정확히 알게 되었다. 인간도 발로 차 죽일 수 있을 것 같으니 섣불리 발로 차지 말자고 마음속으로 결심했다.

"생각지도 못한 곳에서 전투력을 썼네."

"전투력이라 해도 싸우는 방법 같은 건 모르지만."

격투에 재능이 있는 걸 알았지만 약 제조 재능과 달리 경험 부여라는 잔꾀는 받지 않았으므로 전투력으로 쓸모 있을지는 의문이었다.

"약사니까."

싸우는 방법을 모르는 것은 어쩔 수 없다고 벳세는 동의했다.

빅앤트를 쓰러뜨린 세 명은 채집을 계속하며 경계태세로 돌아갔다. 유지로가 약 재료를 모으는 사이에 쿠고트 일행은 빅앤트의 겉껍질을 벗겼다. 나름대로의 가격이 되니 도구점에 팔 수 있다.

날이 기울기 시작한 것을 보고 쿠고트가 마을로 돌아가기를 제안해 세 명은 돌아갔다.

"나는 조사대가 돌아와 있을지 물으러 갈 거야. 벳세와 유지로는 어떻게 할래?"

"마법약을 만들게요."

"나도 이야기를 들으러 갈게요."

"알겠어. 그럼."

두 사람은 조사대가 있을 법한 술집이나 소개소를 향해 걷기 시작했다. 바구니 두 개를 든 유지로도 숙소로 돌아왔다.

"어머, 돌아오셨어요. 어디 갔었던 건가요?"

"어서 와~."

숙소 앞을 빗자루로 쓸던 가족이 마중했다. 파크는 숙소 입구에서 잠들어 있었다.

"마법약의 재료를 모으기 위해 잠시 밖에."

"마물의 움직임이 이상하단 이야기가 있는데 괜찮았나요?"

티크도 마찬가지로 괜찮았어? 하고 고개를 갸웃거렸다.

"호위가 함께했어요."

"아, 그렇다면 밖으로 나가도 괜찮겠네요."

"오늘의 저녁 추천은 뭐예요?"

이쪽저쪽 돌아다녔기에 때마침 배가 고팠다.

"오늘은 산나물과 베이컨 크림파스타예요."

식사가 기대된다고 말하자 티크가 자기도 기대된다며 웃었다. 그런 티크를 보고 마음이 누그러진 유지로는 방으로 돌아왔다. 저녁을 먹으러 가기 전에 재료를 분류한 뒤 속성천 위에 올려놓았다.

티크와 함께 크림파스타를 먹으며 실뜨기를 알려주며 논 뒤 목욕하고 마법약을 만들기 시작했다.

마법 조명 아래에서 저녁 11시를 지날 때까지 만들고 졸린 유지로는 작업을 멈추고 침대에 누웠다.

조사대는 저녁 9시 전에 마을에 돌아와 그 보고를 받고선 서로 이야기를 나눴다. 이야기는 유지로가 잠든 뒤에도 계속되었고 오전 1시가 넘어서야 끝났다.

5 유괴당한 새끼개미

다음 날은 아침부터 약 제조를 계속해서 점심때까지 바람의 보강약 (녹색)을 여덟 개, 치유촉진약 (흰색)을 다섯 개 완성했다.

재료가 없어 바람의 보강약은 이걸로 끝이다. 남은 건 치유촉진약과 흙의 보강약 재료뿐이다. 능력상승약의 재료도 있지만 그건 자신이 쓸 몫만 있기에 다음으로 미루기로 했다.

약 제조를 일시중단하고 식당에서 티크와 점심을 먹고 있으니 비아나가 찾아왔다.

"비아나 씨도 점심 먹으러 왔어?"

"아뇨, 당신을 부르러 왔어요. 선생님께서 유지로 씨를 불러와달라고 하셔서요. 죄송하지만 와주실 수 있나요?"

"상관없어. 일단 점심은 다 먹고 나서."

"네."

무슨 일일까 싶어 고개를 갸웃하는 티크와 마찬가지로 유지로도 무슨 일일까 하고 고개를 갸웃했다.

식사를 다 하고 비아나와 함께 숙소를 나왔다.

"비아나 씨는 나를 부른 이유를 알아요?"

걸으며 이유를 물으니 비아나가 자세한 건 모른다고 고개를 가로저었다.

"마물 소동에 관한 게 아닐까 해요. 남작가의 의사도 와 있고. 관련된 이야기도 오갔고."

"소동이 일어나기 전에 약을 준비하기 위해 서로 이야기를 나누려는 걸까."

"아마도요."

베세르세의 집에 들어가 객실로 갔다.

그곳엔 베세르세 외에 서른 살 정도로 보이는 여자가 있었다. 짙은 보라색 장발을 늘어뜨린 여자였다. 이 여자가 남작가 전속 의사일까. 미인이며 백의에 타이트 스커트가 잘 어울릴 것 같았다. 지금은 스웨터에 롱스커트 차림이었지만.

"당신이 떠돌이 약사군? 나는 쿠시. 남작가에서 일하는 의사이자 약사야. 잘 부탁해."

"자, 잘 부탁해요."

어른의 색기에 조금 긴장하며 대답했다. 그 모습에 그녀가 작게 웃으며 앉기를 재촉했다. 유지로와 비아나가 자리에 앉자 쿠시가 말을 꺼냈다.

"오늘 와달라고 한 이유는 마물의 이변에 관해 우리가 할 일에 대한 이야기를 나누기 위해서야. 당신은 마물의 이변에 대해 들은 것이 있어?"

"남쪽에 있는 빅앤트를 중심으로 벌레계 마물이 여기저기서 발견된다는 것밖엔 없어요."

"충분해. 추가 정보로는 남쪽에선 빅앤트의 활동이 활발

해졌다는 거야. 조사대는 우글우글대며 돌아다니는 빅앤트를 보고 온 듯해."

"갑자기 움직이기 시작한 이유가 뭔지 알아냈나요?"

비아나의 물음에 어쩌면, 이라며 서두를 말했다.

"조금 전에 마물퇴치약 제작 의뢰가 나온 것 같은데?"

"네, 다른 일이 있기에 받지는 않았지만요."

알고는 있다며 베세르세가 대답했다.

"그 의뢰주 말인데, 마을 밖에서 온 인간인 건 알고 있었나?"

"소개소에서 상세한 이야기는 듣지 못했기에 몰랐어요."

"그래, 그 사람 말인데 단순히 남쪽 언덕에 간 것치고는 돌아오는 데 시간이 걸렸고, 꾀죄죄하고 지친 기색이었다고 해. 그리고 짐을 챙겨 서둘러 마을을 나갔다니 수상하지 않나?"

확실히 수상하다며 세 명은 수긍했다.

"아침부터 많은 문헌을 찾으러 다녔는데, 이게 이유가 아닐까 생각되는 문헌을 발견했어."

"그것은?"

꿀꺽 숨을 삼키며 비아나가 그다음 말을 재촉했다.

"그 문헌에는 차기 여왕의 알이 도둑맞아 알을 찾기 위해 빅앤트들이 행동 범위를 넓혔다고 쓰여 있었어."

"그 모험가들이 알을 훔쳤다는 건가요?"

유지로의 말에 어쩌면, 하고 그가 동의했다. 이미 모험가는 없었기에 확인할 방법이 없다. 어디에 갔는지도 모르므로 되찾아서 빅앤트에게 돌려줄 수도 없다. 덧붙이자면 싸우지 않고선 되찾을 수 있을지 어떨지도 모른다.

마을에 폐를 끼친 것은 사실이기에 남작 대리가 왕궁으로 모험가들의 용모파기를 보내게 되었다.

"지금 남작 대리는 빅앤트를 섬멸하는 쪽으로 이야기를 진행시키고 있어. 이대로 개미의 행동범위를 넓히면 마을과 충돌할 테니까. 우리에게 빅앤트의 사정이 관계없는 것과 마찬가지로 빅앤트도 우리의 사정 따윈 관계없이 마을로 침입해 오겠지."

"마을이 피해를 입기 전에 선수를 치자는 건가요?"

베세르세가 말했고 세 명은 어쩔 수 없다고 생각했다.

"그렇게 생각한다는 건 마을에 그만한 전력이 있다는 말이죠? 어째서 좀 더 빨리 섬멸하지 않았어요?"

"전력이 여유롭다는 게 아냐. 그래도 이번 일은 무리해서라도 하지 않으면 피해를 입게 돼 있고. 이제는 언덕, 그리고 남쪽에도 마물의 영역이 있어서 빅앤트는 벽이 되었어. 그러니 남쪽에는 접촉하지 않도록 해왔어."

섬멸 후 새로운 마물이 침입할 것도 생각해야 하기에 마을 상층부는 고민했다. 행동범위를 넓힌 개미가 남쪽에 있는 마물을 자극할지도 몰라 조급한 대책이 필요하다 여겨지고 있다.

용병 측에서 보면 한동안 시간벌이가 계속되기에 그걸 노리고 다른 시골이나 마을에서도 사람이 찾아올지도 모른다. 그때 일어날지도 모르는 폭군에 대한 대책도 생각해두지 않으면 안 될 것이다.

일시적으로 머무는 유지로에겐 심사숙고할 필요가 없는 이야기다.

"그런 건가요."

"이해해준 차에 본론으로 들어갈까."

"아, 그러고 보니 아직 본론을 못 들었네요! 이유를 알고 만족해서 그만 깜빡했어요."

비아나가 그리 말했다. 유지로도 내심 이제 이야기는 끝났나 생각했었기에 동의한다는 듯 끄덕였다.

"기분은 알지만. 본론을 말하면 섬멸할 때 사용할 약의 제작해줘. 물론 만든 만큼 대금은 인건비도 덧붙여 지불하겠어. 부디 협력해주겠어?"

"알겠소. 고향을 지키기 위해 아니라고는 말할 수 없으니."

베세르세와 같은 마음인 비아나도 끄덕인다.

시선이 유지로에게 모였고 유지로도 끄덕여 대답했다. 그 대답에 세 명은 안도한 듯 웃었다.

티크 일행에게 피해가 미칠지도 모른다 생각하니 거절할 생각은 들지 않았다.

"고마워. 그래서 만들 것이란 치유촉진약과 보강약과 벌레에게 효과가 있는 구제제(驅除劑) 세 개가 될 거야."

"바람의 보강약과 치유촉진약은 만들기 시작했어요. 바람은 녹색이 여덟 개, 치료는 흰색이 다섯 개예요. 바람은 재료가 부족해서 더 못 만들었어요. 그리고 흙의 보강약이 열다섯 개 정도고, 치료가 스무 개 이하쯤 됩니다."

"실력이 좋다고 베세르세 씨에게 들었었는데 흰색까지 만들 수 있다니. 젊은데도 대단한걸. 구제제는 만든 적 있어?"

"없습니다. 재료도…… 없네요."

가진 재료로 만들 수 있나 생각한 뒤 무리라고 판단했다.

"그럼 그 두 개를 만들어줄래? 그리고 완성하면 베세르세 씨에게 건네줘."

"알겠습니다."

만들 수 있을 만큼은 만들어두자 생각하고 끄덕였다.

그다음 서로 이야기를 나눠 베세르세가 구제제를 만들게 되었고 재료는 마을에서 모으기로 했다. 쿠시는 불과 물이라는 유지로가 만들지 않은 보강약을 만들게 되었다.

베세르세가 구제제를 담당한 이유는 약사로서의 실력이 쿠시보다도 높기 때문이다. 많은 수의 빅앤트를 조금이라도 줄이려면 효과가 좋은 것이 필요할 테고, 구제제를 몇 번이고 만든 적이 있는 베세르세가 담당하는 편이 좋다고 판단했다.

병사들이 움직이는 건 약이 만들어지고 나서이므로 네 명에게는 재빠른 행동이 요구되었기에 서로 이야기를 나눈 뒤네 명은 바로 움직이기 시작했다.

"어서 와요."

식당 청소를 하던 린드가 돌아온 유지로에게 말을 걸었다.

"다녀 왔습니다. 이번 소동에 쓸 약을 만들 거라 방에 사람을 들이지 않도록 해주실 수 있나요?"

"알았어요. 그러고 보니 이번 일로 용병 등이 어떻게 움직일지 알게 됐나요?"

특별히 함구될 것도 아니므로 간단히라면 사정을 이야기해도 괜찮겠다며 빅앤트의 섬멸을 행할 것을 이야기했다.

"이대로라면 마을에 올 테니 선수를 친다, 뭐, 어쩔 수 없겠네요."

마을에 오지 않으면 좋겠지만, 하며 불안한 듯 말했다.

"그럼 이제부터 약을 만들어야겠어요."

"저녁은 어떻게 할래요? 먹어두는 편이 좋지 않아요?"

"휴식을 겸해 내려올 거라서 지금은 괜찮아요."

그리 말하고 유지로는 2층으로 올라갔다.

모두가 잠든 뒤에도 작업을 계속했으며 다음 날의 늦은 오후에는 재료를 다 써서 예정했던 개수는 다 만들었다. 조금 초조했기 때문인지 품질은 조금 떨어져 치유촉진약은 녹색이 되었다. 그걸 보고 허둥대지 않기로 마음을 다잡았기에 흙의 보강약의 품질은 떨어지지 않았다.

다 만든 약을 바구니에 넣고 베세르세의 집으로 향했다.

노크한 뒤에도 대답이 없었기에 문을 여니 마물퇴치약의 독특한 냄새가 집에서 흘러나왔다. 이 냄새가 숙소에서 떠돌면 이유가 있어도 불평이 생길 것 같아 담당을 맡지 않아 다행이라 생각했다.

세 명 중 가장 작업이 힘들 거라고 생각하며 안에 들어가 집에 있을 두 사람에게 말을 걸며 복도를 걸었다.

유지로가 들어간 적 없는 방에서 비아나가 나왔다.

"죄송합니다. 집중하느라 오신 걸 늦게 알았습니다."

"신경쓰지 마. 약 가져왔는데 어디에 둘까?"

"이쪽으로 와주세요."

비아나가 앞장서 재고창고로 안내했다.

"이 나무상자에 종류별로 넣어주실래요? 그동안 저는 치유촉진약의 재료를 준비할게요."

나무상자에는 약의 이름이 쓰여 있었고 그에 따라 세 개의 약을 넣었다.

다 넣었을 때는 비아나는 재료를 다 꺼낸 상태였다. 대충 마흔 개 가까이는 되어 보이는 양이다.

"이 재료를 써서 만들어주실래요?"

"알았어."

바구니에 넣으며 구제제의 작업상태에 대해 듣는다.

"마흔 개 정도 마련할 수 있었어요. 선생님은 재료는 아직 있으니 아흔 개는 가능하지 않을까 하고 말씀하셨어요."

"내가 맡은 약이 다 완성되면 재료가공이라도 도와주는 편이 좋을까?"

"그렇군요, 그렇게 해주시면 좋을 것 같아요."

바구니를 지고서 비아나에게 물어본 뒤 현관까지 배웅받아 집을 나섰다.

숙소로 돌아가 약 제조를 재개하고 다음 날 점심 전까지 완성시켰다.

이 이틀간 빅앤트는 행동범위를 넓혔고 용병들이 정기적으로 토벌하러 나섰다.

치유촉진약을 가지고 갔던 유지로를 보고 베세르세와 비아나가 놀랐다. 마력 관계상 완성은 빨라도 내일일 거라 생각했었기에. 마법약 제작에 사용할 마력은 그리 많지 않다고는 해도 한꺼번에 만들게 되면 나름대로 필요해진다. 보유마력 관계상 보존마법을 사용하지 않고 하루에 서른 개가 안 되는 정도를 만드는 것이 평원의 민족의 한계라고 들었다. 그렇기에 아직도 여유로운 유지로를 보고 두 사람이 놀란 것도 무리는 아니었다.

선천적인 마력이 강한 것이라고 얼버무리고 구제제 제조를 돕기 시작했다. 벌써 끝이 보였기에 도와주는 것은 그리 어렵지 않았다.

"이걸로 끝입니다. 남은 건 쿠시 씨에게 가지고 가면 됩니다. 비아나는 집에 돌아가도 좋다. 힘들지? 나 혼자서도 들고 갈 수 있으니."

"……감사합니다. 그럼 실례하겠습니다."

어딘지 피곤해 보이는 비아나는 감사하다는 듯 베세르세에게 고개를 숙이고 방을 나갔다.

"사와베 씨도 수고했네."

"전 조금 더 도울게요. 피곤한 건 베세르세 씨도 마찬가지 잖아요? 전 아직 여유로워요."

"그래? 그럼 부탁할게. 젊다는 건 좋군. 나도 예전에는 체력이 있었지만 요즘은 쉽게 지치는구먼."

작게 웃으며 완성된 걸 들고 일어섰다.

"저도 언젠가 그렇게 되겠지요."

"모두 나이를 먹는 것에선 도망칠 수 없으니까."

두 사람은 이야기하며 재고창고로 갔다. 약이 들어간 상자를 뒤쪽에 놓여 있는 손수레에 실었다.

그것만으로 비틀거리는 베세르세가 몸짓으로 부탁해 유지로가 남은 걸 옮겼다.

"여기, 열쇠요."

"그래. 미안하네, 거의 혼자 옮기게 한 데다가 문단속까지."

"이 정도는 아무 일도 아녜요. 제가 손수레를 옮길 테니 길 안내를 부탁드려요."

"알겠네."

자신이 도와도 방해밖에 되지 않겠다고 판단한 베세르세는 끄덕였다.

목적지는 남작가다. 이전에 멀찍이서 봤을 뿐인 저택에 베세르세의 인맥으로 들어갈 수 있었다. 본가 쪽이 아닌 별택 쪽으로 향했다. 몇 번이나 지났을까, 베세르세가 똑바로 그쪽으로 걸어갔다.

문을 노크하니 쿠시가 나왔다.

"부탁하신 약을 가져왔습니다. 구제제 아흔 개, 치유촉
진약 여든 개, 바람의 보강약 여덟 개, 흙의 보강약 열다
섯 개입니다."

"고마워. 그리고 수고했어, 조금 안에서 기다려줄 수 있
어? 남작 대리에게 완성했다고 전하고 올게."

소파에 앉길 권해서 느긋하게 기다렸다. 방 안은 청결감
이 있는 흰색과 청색의 가구 등으로 통일되어 있었다. 여기
도 베세르세의 집과 마찬가지로 약 냄새가 떠돌았다.

10분 정도 기다리니 쿠시와 함께 마흔 넘은 남자가 찾아
왔다. 베세르세가 일어서서 머리를 숙였기에 유지로도 허
둥거리며 따라 숙였다.

"그쪽 약사분과는 처음 만나기에 자기소개 할까요. 저는
이 마을의 관리를 남작에게 위임받은 보르츠라고 합니다,
잘 부탁하오."

보르츠는 남작의 사촌 남동생이다. 현상유지라는 남작의
뜻을 이어받아 마을을 무리하게 발전시키려 하지 않고 예전
과 같이 운영하고 있다.

남작이 보유한 마을은 하나 더 있었고 그쪽은 남작의 남
동생이 통솔한다. 남동생도 현상유지에 찬성해 유지에 힘
을 쏟았다.

발전시키려 해도 자금이나 일손이 부족하다는 이유도 있

다.

"처음 뵙겠습니다. 저는 떠돌이 약사인 사와베라고 합니다."

"이 마을에 관계없는 사와베 님께서 도와주셔서 정말 감사하게 생각하오."

"아뇨, 짧은 체류라고는 해도 지인이 생겨서요. 그 사람들을 본체만체해도 후환이 두렵거든요."

"고맙소."

평온하게 미소 짓고 고개를 숙였다.

"급한 의뢰에 응해주신 답례요. 받아주시오."

쿠시에게 눈짓해서 테이블에 작은 주머니 두 개가 놓였다.

유지로와 베세르세 앞에 각각 놓였기에 잘못 받을 일은 없었다.

이 장소에서 내용물을 확인하는 건 아무래도 실례겠지 해서 감사인사를 하고 주머니에 넣었다. 베세르세도 마찬가지였다. 무게는 그리 무겁진 않았다.

"5일 정도 마을 밖에 나갈 것을 금지할 생각이오. 답답할지도 모르겠소."

모험가의 활동으로 인해 빅앤트들도 살기를 띌지도 모른다. 외출을 금지하는 건 당연할 것이다.

그건 이해할 수 있기에 유지로도 베세르세도 알겠다며 끄덕였다.

이다음 바로 모험가들을 불러모아 이야기하기로 했기에

잡담은 빨리 끝내고 유지로 일행은 저택을 나왔다.

손수레를 그 상태로 끌고 가니 유지로를 베세르세가 멈춰 세웠다.

"빈 손수레 정도는 내가 끌 수 있어."

"그럼 여기서 이만 헤어져야겠군요. 고생하셨습니다. 푹 쉬세요."

"그래, 남은 건 결과를 기다리는 것뿐이군. 천천히 기다려야겠어."

인사하고 베세르세는 느긋하게 손수레를 끌고 갔다.

그 뒷모습을 잠시 보며 유지로도 숙소로 돌아왔다. 침대에 앉아 보수가 들어 있는 작은 주머니를 꺼냈다.

"얼마가 들었을까. 치유촉진약만으로 20만은 넘었을 텐데."

내용물을 침대 위에 꺼내니 각금화 세 닢이 굴러나왔다.

"30만인가, 마법약을 합쳐도 이렇게까진 안 할 테니 정말 더 얹어준 거구나."

3개월분의 생활비를 벌었다 생각하며 지갑에 넣었다.

베세르세는 보수로 40만 밀레를 받았다. 비아나는 그중에서 10만을 받았다. 10만이라도 견습생에겐 파격적인 보수다.

점심을 먹기 위해 1층으로 내려와 점심을 먹은 후 티크가 한가한 듯해 함께 놀며 시간을 보냈다.

바쁘고 항상 부상당하는 용병과 달리 마을 안에 있는 자들은 평소와 별반 다르지 않은 나날을 보냈다. 용병들이 부상을 입어 약간의 불안은 있지만 마을의 피해는 없다. 위기감을 크게 가질 필요는 없었다.

그리고 3일이 지나고 4일째의 오후 2시경, 경비를 서던 자경단 중 한 명이 경종을 울렸다.

마을사람들이 무슨 일인지 궁금해했다.

마을 바로 가까이서 빅앤트가 구멍을 열고 거기서 잇따라 빅앤트가 나온다는 소식이었다. 그 정보에 마을의 분위기는 단숨에 소란스러워졌다.

"집에 들어가서 제대로 문단속하십시오. 그리고 싸울 수 있는 사람은 힘을 빌려주십시오!"

몇 명의 자경단이 그리 말하며 마을 전체를 돌아다녔다.

숙소 안도 술렁이며 소란스러워졌다. 서둘러 린드 일행이 문을 잠그는 와중, 티크가 밖에 나갔다. 이것저것 바빴기에 린드 일동은 그 사실을 깨닫지 못했다.

깨달은 건 문단속을 전부 끝내고 안도했을 때였다.

"유지로. 이곳에 티크 안 왔어?"

바르가 유지로의 방에 들어와 물었다.

"안 왔는데요? 없어요?"

"아, 그러면 밖에 나갔나? 그러고 보니 파크를 들이는 걸 잊었네. 들이기 위해 밖으로 나간 걸지도 몰라."

"그래도 그럼 문을 두드리거나 해서 밖에 있다고 알릴 수 있잖아요?"

"사람들이 소란스럽게 했으니 겁먹어 도망갔다, 그래서 따라갔다는 게 맞을까?"

"아, 그렇다면, 아니 침착할 상황이 아니잖아요?!"

"그러고 보니 그러네?!"

두 사람은 서둘러 밖으로 나왔다.

"난 이쪽을 찾을게, 유지로는 그쪽을 부탁해!"

"알았어요!"

두 사람은 각기 달려나갔다.

지나가는 사람들이 없었기에 누군가에게 물을 수도 없어 경로를 짐작할 수 없었다. 이름을 불러도 대답이 없었다.

"곤란하네. 자경단 같은 사람들에게 못 봤는지 이야기를 들어볼까."

찾으며 밖으로 향했다.

유지로가 향한 마을의 출입구에는 열네 명의 무장한 사람들이 있다. 마을을 지키는 사람은 이곳에 있는 사람과 다른 출입구에 있는 열여섯 명을 합쳐 서른 명이다. 그 외에도 여섯 명이 구멍을 연 빅앤트 퇴치에 나섰다. 토벌을 위해 남쪽 언덕에 나와 있는 건 팔십 명이다.

마을을 지키는 건 자경단, 빅앤트를 토벌하러 나와 있는 건 용병이나 모험자였고 남작의 사병은 양쪽 다 동행했다.

"실례합니다."

자경단이나 모험자에게 지시를 내리던 여자에게 말을 걸었다. 여자는 서른 후반으로 자잘한 흠이 있는 무거워 보이는 금속갑옷을 거뜬히 입고 있다. 어쩐지 벳세와 닮은 것 같다.

"뭔가요? 나와 있으면 위험해요."

"두 마리 여우라는 숙소의 아이가 없어졌어요. 여자애고 강아지와 함께 있을 텐데, 못 봤나요?"

"아뇨, 그런 보고는 없었군요. 어딘가에 숨어 있을지도 모르겠네요."

"그렇군요. 발견하면 숙소로 데리고 와주실 수 있나요?"

"알겠어요."

"감사합니다."

고개를 숙이고 유지로는 마을 중심으로 돌아왔다.

"어디로 갔을까."

10분 정도 돌아다니니 멀리서 강아지의 울음소리가 들려왔다. 파크의 울음소리인 것 같아 유지로는 그쪽으로 향했다.

울음소리는 마을을 둘러싼 담 근처에서 들렸다.

그곳에 가니 바르가 티크를 뒤로 감싸듯 땅에 무릎을 꿇고 다가오는 빅앤트로부터 티크를 지키고 있었다. 파크는 바르의 발밑에서 위협하듯 힘껏 짖었다. 하지만 이렇다 할 효과는 없는 듯 빅앤트의 움직임을 저지하지는 못하고 있었다. 바르의 바지에는 피가 번져 있었다. 이미 수차례 공격을 당한 듯하다.

빅앤트 뒤쪽에는 구멍이 열려 있었고 거기서 나온 것이다.

"유지로인가?! 미안하네만 도와줄 사람을 불러주겠나?!"

자신의 말을 무시하고 빅앤트에게 다가가는 유지로에게

바르가 터무니없는 짓 하지 말라고 외쳤으나 발차기로 머리를 날린 광경을 보고 놀란 표정을 지었다. 바르도 가까이 있던 농기구로 공격은 했기에 빅앤트가 어느 정도로 단단한지는 알고 있었다. 그런데 저런 식으로 간단히 쓰러질 것이라고는 믿지 못한 듯했다.

"너, 강했구나."

다가온 유지로에게 놀란 표정으로 말했다.

"빅앤트 정도라면 어떻게든 되는 것 같아요. 자, 이걸 마셔요."

"약인가, 고마워."

치유촉진약일 거라 생각하고 마셨지만 유지로가 건넨 건 회복약이었다.

깜짝할 새에 낫는 상처에 이 이상 놀랄 수 없을 거라 생각했지만 더욱더 놀라고 말았다. 눈을 크게 뜨고 유지로를 올려다봤다.

"이건 회복약?! 혹시 네가 만든 건가?"

회복약은 이 마을에선 얻을 수 없고 주변 마을에서도 마찬가지다. 만드는 방법이 없고 수입되는 것도 없기 때문이다. 딴 데서 가져왔다고 해도 유지로가 이 마을에 온 것은 며칠 전인 데다, 구매 가능한 마을에서의 이동 일수를 생각하면 사용기간이 모자란다. 그렇다면 누군가가 만들었다는 말이 되며 이 마을에 있는 약사들이 만들기엔 무리이므로 유지로가 만들었다는 말이 된다.

질문을 들은 유지로는 검지를 입에 가져다댔다.

"비밀이에요. 이 장소는 제가 지켜볼 테니 티크를 숙소로 돌려보내고 원군을 불러와주세요."

"아, 알았어. 비밀로 할 거고 도울 사람도 불러오마. 그러니 터무니없는 일은 하지 마."

"빅앤트의 상위종이 나오지 않는다면 괜찮습니다."

말이 씨가 되지 않으면 좋겠다 생각하며 구멍을 쳐다봤다.

"오빠, 고마워."

"파크가 도망가지 않도록 제대로 껴안아야 해."

"응."

멀어져 가는 두 사람을 배웅하며 유지로는 구멍에 다가갔다. 바스락거리며 흙 속을 이동하는 소리가 나서 다음 빅앤트가 나오려는 것을 알았다.

그리고 빅앤트가 나온 순간 머리를 차고 동체를 구멍에 떨궜다. 그리고 그다음이 나왔다.

"게임이라면 근위대에게 보호받은 여왕 같은 게 나올 장면인데."

실제는 그런 일 없이 나온 건 지금까지와 똑같은 빅앤트였다.

유지로의 예상은 남쪽 언덕에서 일어났다. 하얀 빅앤트에게 보호받은 날개가 있는 키 3미터 정도의 빅앤트가 나와 모험가들이 기합을 넣어 한창 싸우는 중이었다.

유지로가 구멍에서 나오는 빅앤트를 세 마리 쓰러뜨린 차에 유지로가 티크가 있는 곳을 질문한 여자와 바르와 다른 자경단 네 명이 찾아왔다.

"괜찮습니까?!"

허둥거리던 여자는 땅위에 굴러다니는 빅앤트의 머리를 보고 고개를 갸웃거렸다.

"동체는요?"

"구멍에다 발로 떨어뜨렸어요. 그걸로 구멍이 막히면 좋겠다 싶어서요."

효과가 있는지 없는지, 빅앤트가 불쑥거리며 얼굴을 내밀어 왔다.

여자들이 다시 나타난 빅앤트가 움직이기 전에 죽이고 동체를 떨어뜨렸다. 전투라기보단 작업이라는 느낌이 들었다.

"대단히 간단히 죽이는군요. 아, 당신이 벳세가 말하던 강한 약사인가요?"

"역시 벳세의 어머니셨군요. 어쩐지 닮았다고 생각했습니다. 리네 씨였던가요?"

유지로의 확인에 끄덕였다.

"여기는 저희가 없어도 괜찮았던 듯하네요."

"아뇨아뇨, 혼자서 계속 대처하기는 힘들어요!"

허둥거리는 유지로에게 작게 웃으며 농담이라고 말하고 자경단원에게 지시를 내렸다.

지시를 받은 두 명이 다른 곳에 구멍이 열려 있지 않은지 순찰에 나섰다. 바르는 출입구에 있는 자경단에게 전언을 부탁받고 숙소로 돌아가게 되었다.

유지로는 이대로 여기서 돕게 되었다.

"유지로, 숙소에 돌아오면 맛있는 걸 먹게 해주마!"

"기대할게요."

힘내라는 성원을 보내며 바르가 떠나갔다.

2시간 정도, 가끔 나오는 빅앤트를 짜부라뜨리며 망을 보았다. 리네의 무기는 150센티미터 정도의 메이스다. 그걸 양손으로 사용해 빅앤트를 일격에 쓰러뜨렸다. 은퇴했다고는 해도 빅앤트라면 피라미 취급하는, 알기 쉬운 광경이었다.

그러고 있자니 순찰에 나갔던 자경단원이 돌아왔다.

"어땠나요?"

"여기 이외에 마을 내에 구멍이 열린 장소는 없었습니다."

"그렇군요. 그럼 이곳을 막기로 할까요. 밖에서 나뭇가지나 돌이나 흙을 옮겨 와줄 수 있을까요?"

"알겠습니다."

유지로가 동체를 넣어 막으려던 것처럼 리네는 그것들을 넣어 막으려고 생각한 것 같다.

2시간이 더 지나고 날이 저물기 시작할 쯤, 구멍 옆에는 옮겨 온 흙과 돌이 산처럼 쌓여 있었다. 그것들은 유지로가 만들어낸 마법 조명으로 비추었다.

"그럼 메워버릴까요. 처음에 가지와 돌을, 그다음 흙을 넣는 식으로 반복하죠."

유지로와 자경단원들은 끄덕인 뒤 영차 끙차 하며 구멍에 던져 넣었다.

그 작업은 30분 걸려 끝났다. 쌓아놓은 흙과 돌이 조금 부족했기에 옅게 구멍이 열려 있었지만 내일 마저 밖에서 흙을 가져오기로 했다.

"이다음은 우리가 잘 살필 테니, 사와베 군은 돌아가도 좋아요."

"말씀대로 할게요. 수고하셨어요."

덩달아 수고했다는 대답이 돌아와 유지로는 미소를 지으며 숙소로 돌아왔다.

마을은 아직 경비체제라 날이 막 저물었다지만 조용했다. 평소였다면 일을 끝마치고 돌아가는 사람이나 저녁식사로 활기찬 소리가 여기저기서 들려왔을 것이다.

숙소로 돌아와 뒷문을 노크하니 바르가 문을 열어주었다.

"다녀왔습니다."

"어서 와. 그 구멍에서는 아직 빅앤트가 나오고 있나?"

"아뇨, 막았으니까 안 나올 거예요. 구멍을 파고 나올 가능성도 제로가 아니지만요."

"구멍을 막은 건가."

후유, 한숨을 쉬고 안도한 표정을 지었다.

"망 보는 사람도 있으니 빅앤트가 활보하는 일은 일어나지 않을 거라 생각해요."

"아, 어서 와요! 우리 가족을 도와줬다면서요? 고마워요."

이야기하는 소리를 듣고 린드가 다가왔다.

"다녀왔어요. 못 본 척할 수는 없으니까요."

"뭔가 먹을 건가요?"

"부탁해요. 뭐 만드실 거예요?"

"조금 시간이 걸려도 괜찮다면 피자를 만들게요."

음식을 부탁하고 밖에 나와 우물에서 가볍게 더러움을 씻었다. 그러는 김에 린드에게 부탁받은 물병에 물을 넣어 가져다주었다.

티크의 말상대를 하며 시간을 보냈고 린드가 만든 피자를 바르 일동과 함께 먹었다.

오늘은 온천을 열지 않았고 저녁식사 이후에 티크가 빨리 잠든 것도 있어 유지로는 나머지 시간을 자기 방에 들어가 보냈다.

소동 이전에 만들려던 가루비누 만들기를 재개했고 졸음이 와 침대에 누워 잠들었다.

엄중 경계체제는 다음 날 점심에 풀렸고 마을 전체에 안도한 분위기가 감돌았다. 섬멸전도 사망자를 내면서도 그 다음 날 용병들의 승리로 끝이 났다.

싸움이 끝나고 용병의 일도 거의 끝났지만 보르츠와 쿠시의 일은 아직도 계속되었다. 남쪽 언덕을 비롯한 남쪽 방향의 마물조사나 남작에게 보낼 보고서 작성, 부상당한 자의 간병 등 뒤처리가 많았다.

보고서 작성을 위해 보르츠는 정보를 모았고, 보고서에서 유지로의 이름을 발견했다.

보고서는 리네가 작성했으며 빅앤트 퇴치를 도운 것이나 강했다는 내용이 적혀 있었다.

약사로서의 실력이 좋고 지식이 풍부하다고 말했던 베세르세의 평가는 쿠시를 통해 들었다.

마력이 높고 힘이 세다. 혹시 용사일까 하고 생각했지만 다른 지역에 있다고 알고 있었기에 그건 아닐 거라며 부정했다.

"싸울 수 있고 약 제조 실력이 좋아. 그렇다면 정착을 권해보는 것도 좋을까?"

본인이 바란다면 남작에게 소개도 해줘야겠다 생각하며 정착을 위한 교환조건을 생각했다.

남작에게 소개한다면 그가 이 마을에서 떨어져 지낸들 실력이 좋은 약사와 연이 있다면 중환자나 역병이 발생했을 경우 등에 마을에 도움이 된다.

휴식하는 동안 조건을 정리하며 짬이 나면 인품을 제대로 확인한 뒤 권유해보자 생각하며 만든 서류를 서랍에 넣었다.

2장

만남과 동행

cheat kusushi no
isekai tabi

Tona Akayuki
illustration / kona

6 각성

마을에 평온함이 돌아왔다. 티크 일행과 친해지게 되어 헤어지기 힘들 것 같아 이대로 정착해버릴까 하는 생각에 이끌리며 유지로는 재료를 모으러 동쪽 평원으로 향했다.

형제로는 형만 있었고 친척 중에서도 연하의 여자는 없었기에 자신을 잘 따르는 티크가 귀여웠다.

평원에 도착하니 그 광경에 한숨이 나왔다. 감탄이 아닌 그 반대였다. 예전의 아름다운 녹색 융단과도 같았던 평원은 황폐해진 뒤였다.

"빅앤트가 큰 소동을 벌였겠지."

일단 재료를 찾아는 봤지만 모두 품질이 낮아 채취에 기대를 가지지 않았다.

조금 더 앞쪽까지 가볼까 해서 걷기 시작했다. 1시간 정도 걸어보니 80센티미터 정도인 새(여러해살이 풀)같은 풀이 나는 장소가 보였다. 잎이 바람에 사락사락 흔들리는 소리가 들려왔다.

"마음이 차분해지는 소리구나."

흔들리는 풀을 집어들어 뇌내지식을 뒤졌다. 이 풀은 빅앤트 토벌에 사용된 구제제의 재료가 된다는 걸 알았다.

"이건 채취하지 않아도 되나. 돌아갈까, 어쩔까."

뿌리 근처에 다른 풀이 나 있을지도 몰라 풀을 헤치며 지나갔다.

15분 정도 천천히 나아가다 유지로는 예상외의 것을 발견했다.

"여자? 괜찮은가?"

여행복 차림인 여자가 풀이 침대인 양 엎어져 쓰러져 있었다. 잘 보니 옷이 군데군데 찢어졌고 몸 전체에 흉터가 있었다. 주변에는 빅앤트 사체가 다섯 구 있었다. 토벌 때문에 여기로 도망쳐 온 빅앤트들이다. 여자를 먹이로 삼기 위해 습격한 듯했다. 여자는 유지로처럼 둘러싸여서 도망가지 못하고 마주 싸웠을 것이다.

의식이 있는 여자를 똑바로 눕혔을 때 유지로는 몸에 전기가 내달린 듯 굳었다. 그리고 호흡하는 걸 잊을 듯 여자를 뚫어지게 바라보았다.

얼핏 봤을 때 유지로와 같은 나이거나 조금 연상이다. 하얀 눈 같은 등까지 오는 머리카락에 매끄럽고 차분한 상아색 피부. 가녀린 듯 보이나 만지니 알맞게 근육이 붙어 있었다. 부드러운 감촉도 느껴진다. 분홍빛 입술은 옅게 호흡을 반복하며 그에 따라 가슴도 올라갔다 내려갔다 했다.

미인이었다. 그것도 유지로의 취향에 직격할 정도였다. 감은 눈이 떠지면 얼마나 아름다울까 생각하며 눈 뜨기를 기다렸다.

"숲의 민족, 이구나?"

긴 귀를 보고 고개를 갸웃했다. 엘프 같은 외모는 숲의 민족과 일치하지만 머리색이 바스티노가 알려준 지식과 일치하지 않았고 귀도 조금 짧은 듯했다. 하프가 아닐까 하고 지식이 알렸다.

숲의 민족은 녹색이나 푸른색이나 노란색 머리와 눈이다. 하얀 머리는 없다. 이런 특징은 타 종족 사이에서 생긴 아이인 경우다.

"뭐, 상관없어. 상처를 낫는 걸 우선해야겠어."

바구니를 내려놓고 주머니에서 회복약을 꺼냈다.

"입으로 옮겨주고 싶지만 자중하자."

치료행위라곤 해도 했다고 들키면 미움 받을 것 같아 참았다. 여자의 머리를 무릎 위에 올려놓고 턱 아래쪽을 눌러 입을 벌렸다. 한 번에 넣으면 숨이 막힐 테니 혀에 닿는 정도로 조금씩 시간을 들여 흘려 넣었다.

이 작업에 10분쯤 걸렸지만 얼굴을 보면서 작업하니 10분이라는 시간이 짧게 느껴졌다.

몸 전체의 상처가 사라지고 약이 효과를 발휘한 걸 확인한다.

"빨리 안 일어나려나."

무릎베개를 한 채 여자의 부드러운 머리카락을 만졌다.

모르는 남자가 무릎베개를 해주었다는 것을 알면 놀라 경계하겠지만 여자가 일어나기를 기대하는 유지로는 그 사실을 깨닫지 못했다.

"평원의 민족의 피가 흐르고 있다고."

……시끄러.

"어떻게 데려온 걸까."

시끄러워, 시끄러웟.

"이 집에는 어울리지 않는걸."

그리 생각한다면 왜 가만 내버려두지 않았어!

"당주님도 그냥 내버려두면 좋았을 텐데."

한 번 쫓아낸 아버지를 무리하게 데려온 건 그쪽이잖아!

"방에 틀어박히기만 하는 것 같은데 그 상태로 나오지 않으면 좋겠네."

"정나미도 떨어졌고, 이러니까 하프는."

"나가주지 않으려나. 같은 집에서 생활하기 싫은걸."

아버지와 함께라면 어디라도 나가줄 수 있어. 그러니까 우리에게 상관하지 마…….

"고생을 시키는구나."

아버지는 잘못 없어. 아버지와 어머니의 아이라는 것이 자랑스러워. 불만은 없어.

"미안하다."

사과하지 마, 하프는 나쁜 것이라 인정하지 마. 나를 부정하지 마.

"사랑해."

나도야, 아버지. 그러니까 언젠가 또 어머니와 함께 살자.

그것만을 기대하며 살았었는데…….

1시간이 지나고 약에 대해 생각하던 유지로는 여자가 희미하게 움직이는 것을 느껴 내려다보았다.

　같은 타이밍에 여자가 눈을 떴다. 방금 싹을 틔운 듯한 풀빛 에메랄드그린색 눈이 내려다보는 유지로의 눈과 마주쳤다. 신기한 색깔을 지닌 맑은 눈동자는 바로 경계심으로 물든 험한 눈빛으로 변했다. 여자는 재빨리 몸을 일으켜 유지로에게서 거리를 두고 노려봤다.

　'어리둥절한 표정도 귀엽지만 날카로운 눈매도 멋있구나.'

　자신을 노려보고 있건만, 오히려 그걸 눈치채지 못하고 반한 상태다. 한눈에 반했다고 말해도 좋을 것이다. 어떤 행동이든 간에 좋은 인상을 주었다.

　노려보는데 감탄한 시선을 보내는지라 여자는 당황했지만 겉으로는 드러내지 않고 경계한 채 어째서 이런 상황이 되었는지 기억을 더듬어갔다. 그리고 빅앤트와 싸우다 쓰러졌던 것을 깨달았다. 하지만 그런 것치고는 몸에 아픔은 없어 이상했다. 기절한 자신에게 무슨 일이 생겼을 리도 없겠고 원인은 눈앞의 남자일 거라 생각해 입을 열었다.

　"나는 분명 상처를 입었을 텐데, 치료한 건 당신이야?"

　경계하고 있기에 말투가 딱딱하다.

　상상한 것보다도 아름다운 목소리가 유지로의 귓가에 들렸다. 아니, 너무나도 아름답다는 건 아니지만 반했다는 이유가 미화시켰다.

　"응. 회복약을 마시게 했어."

"회복약? 그렇다면 바로 상처가 나은 것도 이상하지 않네."

여자는 속셈이 무엇이냐며 미소 짓는 유지로를 쏘아보았다. 지나가던 사람이 쓸 법한 약이 아니다. 그렇다면 뭔가의 목적이 있을 터였다.

"뭘 꾀하고 있지?"

"꾀해? 아니, 속셈은 없어. 잘하면 친해질 수 있다거나, 사귈 수 있으면 좋겠다는 생각은 하지 않았어. 진짜야."

진심이 줄줄 새어 나왔다. 하지만 그걸 여자는 믿지 않았다. 믿을 수 있을 리가 없었다. 호의 따윈 벌써 오랫동안 받지 않았다.

"거짓말은 됐어. 진심이 뭔데!"

"미인이니까 도운 것인데."

"미인이니까? 그렇다면 몸이 목적인가!"

몸을 껴안으며 한 걸음 더 물러났다. 원래라면 자신을 그런 눈으로 보는 사람은 있을 수 없다고 단정했다. 하지만 갑자기 일어난 상황에 생명의 위협을 느껴 당황한 나머지 생각이 거기까지 미치지 못했다.

"언젠가는……이 아니라, 그렇지 않아. 몸이 목적이라면 일어나기 전에 뭔가 했을 거야. 몸에 뭔가 이변을 느껴?"

여자는 여러모로 생각하는 표정을 짓고 몸 상태를 살핀 뒤 아무 데도 이변이 없다는 걸 확인했다.

진정하기 위해 심호흡하고 여자는 생각했다. 미인이기 때문이라서 비싼 약을 사용했다. 같은 평원의 민족이라면 이해할 수 있지만 하프인 자신에게는 해당되지 않을 테니 여자는 유지로가 무슨 생각을 하는지 이해할 수 없었다.

그러니 여자는 혼자서 생각한들 답을 모를 거라 생각해 물어보았다.

"당신은 뭐야."

"이름은 사와베 유지로. 떠돌이 약사. 네게 첫눈에 반했다!"

척, 손가락으로 여자를 가리켰다. 이렇게까지 올곧은 호의를 보이는 건 부모 외에 처음이라 여자는 희미하게 뺨을 물들였지만 곧 차가운 표정으로 돌아왔다.

"바보 같군."

여자가 부정한 것엔 이유가 있다. 연애라는 개념이 지구와 약간 다르다.

같은 종족끼리라면 지구와 동일하지만 다른 종족이라면 기본적으로 연애 감정은 생기지 않는다. 아름답다고는 생각해도 생각뿐이다. 사귀고 싶다, 결혼하고 싶다, 관계를 맺고 싶다는 생각은 들지 않는다.

다른 종족이라면 서로 첫눈에 반한 경우에만 연애가 성립한다. 일방적으로 반한다는 일은 없다. 서로가 끌린다.

여자는 하프이기에 그 사실을 잘 알았다. 부정은 해봤지만 절반은 유지로와 같은 평원의 민족의 피가 흐른다. 그래서 다른 종족끼리의 연애에 해당되지 않을 가능성이 있겠다는 생각도 들었다.

그렇지만 지금까지 하프라는 이유로 평원의 민족과 숲의 민족에게 미움 받아왔다. 외모가 좋고 나쁘고는 관계없다. 그런 자신을 모친 이외에 좋아한다고 말하는 사람이 나타나다니, 믿을 수 없었다.

있을지도 모르지, 아니야, 불가능해! 그런 생각이 머릿속에서 뒤죽박죽 섞여 곤혹스러운 여자는 유지로와 헤어지고 싶어졌다. 헤어지고 잊어버리면 이런 생각은 없어진다.

주위를 언뜻 둘러보고 짐의 위치를 확인했다. 짐은 자신과 떨어져 유지로 옆에 있기 때문에 회수가 어렵게 됐다. 두고 간다는 선택은 불가능하다. 짐 없는 여행은 바보나 하는 짓이다. 그것은 배달 중이던 물건이었다.

어떻게든 틈을 만들어 도망갈 수 없을까 생각했다.

"바보라니 심하네. 한눈에 반한 건 처음인데."

"하프에게 한눈에 반하다니, 이상한 사람이네."

"역시 하프였어? 응, 너에 대한 걸 하나 알았어. 그러고 보니 자꾸 너라고 부르는 것도 이상하네. 이름을 가르쳐주지 않을래?"

"싫어."

흥 하고 얼굴을 돌려 이름을 가르쳐주지 않겠다는 것을 태도로 나타냈다.

그런 반응도 귀엽다고 생각하면서 입을 열었다.

"이런 말은 조금 주제넘을지도 모르겠지만, 나는 너의 생명의 은인이야. 그렇게 쓰러져 있으면 부상이 악화되거나 다른 마물에게 습격당해 죽었을지도 몰라. 은인에게 이름 정도는 가르쳐줘도 좋을 것 같은데."

"……세리에야."

유지로의 말에 얼굴을 찡그린 세리에는 짧게 이름을 댔다. 아버지의 성은 버렸고 어머니의 성은 모르기 때문에 그냥 세리에다.

이름을 듣고 유지로는 작게 고개를 끄덕였다.

"세리에…… 음, 마음에 새겼다. 세리에, 동료는 없어? 또 누가 쓰러져 있다면 치료해줄게."

"없어. 나 혼자야."

"없구나…… 아까처럼 마물에게 습격당하면 큰일이야."

"이번에는…… 그래, 우연이었어! 평소에는 도망쳐!"

"하지만 도망칠 수 없는 경우도 있잖아? 그렇지만 오늘부터는 괜찮아! 내가 함께 갈 테니까!"

결정한 듯 단언한 유지로를 당황한 표정으로 바라본 후, 말이 뇌에 스며든 뒤에야 이해한 세리에는 크게 놀란 표정을 지었다.

"왜 함께 가는데?!"

"반한 사람과 함께 있고 싶고, 세리에가 어딘가에서 헛되이 죽는다면 세계의 손실이잖아!"

"싫어! 여태까지 혼자서 어떻게든 해왔어! 앞으로도 알아서 어떻게든 할 거야!"

"어떻게든 되지 않았기 때문에 오늘 쓰러져 있었으면서.

이래 봬도 빅앤트를 피라미 취급할 수 있는 데다 약 만들기
도 나름대로 자신 있다고. 회복약을 만들어 부상을 바로 낫
게 할 수 있지. 함께 간다는 건 좋은 제안이라고 생각하는
데."

"먹인 회복약은 직접 만든 거야?! 그렇다면 확실히, 싫어
도……."

항상 강력한 회복수단이 있다는 것은 모험가에게 매력적
인 법이다. 그리고 회복약을 만들 수 있다면 다른 마법약 솜
씨도 기대할 수 있다. 빅앤트를 피라미 취급한다는 이야기
가 사실이라면 전력도 기대할 수 있다.

곤혹스러움을 계속 느끼고 싶지 않다는 생각과 동행하면
득이 될 거라는 생각이 뒤섞였다.

이래저래 고민하는 세리에를 유지로는 가만히 바라봤다.

그렇게 수십 분 이상을 고민한 세리에는 마지못해 승낙을
고했다. 동행을 승낙한 이유는 여기서 승낙하지 않으면 평
원의 민족에게 자신에 대한 나쁜 소문을 낼지도 모른다고
생각했기 때문이다. 고작 하프라는 이유로 미움받는데 나
쁜 소문이 난다면 더욱 살아가기 힘들게 될 것이다. 호의에
서 우러나와 동행하고 싶다는 말을 믿지 않는다. 하프를 놀
리기 위해 말하는 것이라고 생각했고 자신에게 질리면 헤어
지겠지 싶어, 불쾌하지만 심심하지 않게 어울려주자고 생
각한 것이다.

"이상한 짓을 하면 용서하지 않을 거야!"

"오히려 그 이상한 짓을 기대하고 있어!"

속마음을 숨기지 않은 유지로에게 입을 뻐끔뻐끔거리며 세리에는 얼굴을 붉혔다. 기대한다는 말에 감정이 담겨 있어 연기란 생각이 들지 않아 무심코 얼굴이 빨개지고 말았다. 유지로는 진심을 말했기에 감정이 담긴 게 당연할 것이다.

지구에 있었을 무렵에는 이렇게까지 개방적이고 적극적이지 않았지만 첫눈에 반했으니까 마음이 풀어진 것 같았다. 자칫 잘못하면 스토킹이 될 수도 있었다.

"짐을 가지러 마을에 돌아가야 하는데 따라올래?"

"안 가. 근처의 마을은 평원의 민족 중심인걸."

일부러 불편한 장소에 가고 싶지 않았다.

하프가 환영받지 못하는 것은 유지로도 지식으로 알고 있기 때문에 강요하지는 않았다.

"그럼 짐을 가지고 올 건데 먼저 출발하면 안 돼! 그리고 회복약과 보강약은 건네줄게. 흙과 바람의 보강약인데 괜찮아?"

"흙의 마법은 사용할 수 없어."

건네받은 회복약과 보강약을 바라보았다.

녹색 보강제 같은 건 세리에의 재정 상황으론 살 수 없어 처음 가져본다. 회복약은 말할 것도 없다.

간단히 전달받은 자신에게는 값비싼 물건인데 유지로에게는 간단히 줄 수 있는 물건일까 싶었고 자신과 유지로의 가치관이 다르단 것을 깨달았다.

"보강약도 만들었구나?"

"응. 더 좋은 재료가 있으면 더 좋은 것을 만들었겠지만 여기 재료라면 그게 한계더라. 아, 뭔가 사 올 게 있어?"

"식재료가 좀 불안한데."

"알았어."

한 번 더 기다리라고 전하고 유지로는 달려 마을로 돌아왔다. 그 들뜬 모습에 세리에는 뭐가 즐거운 건지 싶어 우울한 한숨을 내쉬었다. 앞으로의 여행에 관해 생각하니 더욱 기분이 가라앉는다.

"얼른 질려주면 좋을 텐데."

떠나가는 유지로의 등을 향해 그런 말을 내뱉었다.

대화도 하는 둥 마는 둥 달려 방으로 돌아온 유지로에게 린드는 고개를 갸웃거렸다.

서둘러 짐을 싸서 1층으로 내려온 유지로는 린드에게 출발한다고 전했다.

"무척 서둘러 나가네요?"

"네, 급한 일이 생겼거든요."

"조금만 기다려주지 않을래요? 남편과 티크를 불러올게요. 두 사람도 작별을 고하고 싶을 것 같아서요."

유지로도 두 사람에게 인사하고 나갈 생각이었기 때문에 고개를 끄덕였다.

5분 정도 지나 두 사람은 식당에서 나왔다. 바르는 안타

까워했고 티크는 울상을 지었다. 유지로에게 매달리면 떠나지 말라고 했다.

이렇게까지 따라주니 고마웠지만 지금의 유지로는 세리에가 더 중요했다.

"어머어머, 완전히 따르게 됐구나."

"놀아주거나 했으니까 좀 더 머물러도 되지 않아?"

"죄송합니다. 원래 조만간 나가려고 생각했어요."

"그런가."

"티크, 이리 오렴."

린드가 불렀지만 티크는 유지로에게 떨어지지 않았다

"어떡하죠?"

"곤란하네."

"티크, 또 만나러 올 테니까 놔줄래? 꼭 올게."

머리를 쓰다듬으며 말하니 고개를 들었다. 눈물로 젖은 눈으로 올려다봤다.

"정말? 또 올 거야?"

"그래. 꼭 만나러 여기 올 거야."

"약속?"

"약속."

티크가 이별을 빠르게 받아들일 수 있었던 것은 숙소에서 살고 있기 때문이었다. 숙소를 운영하는 부부의 딸인 티크는 출입하는 손님을 보며 계속 함께하는 것은 불가능하다는 것을 알았다.

아쉬운 듯 유지로에게서 물러나고 린드에게 달라붙었다.

"그럼 또 오겠습니다."

"그래, 유지로라면 언제든지 환영할게."

"또 와요, 맛있는 요리를 먹여줄 테니까요."

일가족에게 배웅받으며 유지로는 숙소를 뒤로했다. 돌아보니 티크가 붕붕 손을 흔들었다.

고기와 채소를 사고 바구니에 넣어 보존마법을 건 후, 유지로는 마을을 나오려다가 문득 떠올렸다.

"나도 세리에도 텐트를 안 가지고 있어."

세리에가 가진 짐의 양으로 볼 때 텐트는 없을 것 같아서 보어트 도구 상점으로 걸음을 옮겼다.

"안녕하세요~."

"어서 와. 오늘은 꽤 짐이 많구나?"

"지금부터 마을을 나가려고요."

"아, 그렇군. 그러고 보니 떠돌이 약사였지."

"두 사람용 텐트가 있나요?"

"있는데, 동료라도 생긴 건가?"

"예~!"

점주는 유지로의 활기 넘치는 대답에 좋은 만남이겠구나 생각하며 크게 미소 지었다. 평원의 민족과 숲의 민족의 하프라고 말하니 얼굴을 찡그렸지만. 솜씨 좋은 약사가 없어지는 것은 유감이라 말하면서 텐트를 재고 창고에서 꺼내와서 영차 하고 카운터에 올렸다.

유지로는 대금을 지불하고 텐트를 들었다.

"무겁진 않은가?"

"아직 괜찮네요."

"힘이 세군그래."

큰 배낭, 재료가 들어간 바구니와 텐트를 들고 있다. 상당한 무게임을 알 수 있는 그것을 가볍게 드는 유지로를 부러운 표정으로 바라보았다.

"그럼 또 언젠가 뵈어요."

"어라? 또 이 마을에 올 건가?"

"숙소의 아이와 약속했거든요."

"재회를 기대하고 있으마."

준비를 갖춘 유지로는 이번에야말로 마을을 나갔다.

그날 저녁에 보르츠가 보낸 사람이 두 마리 여우에 찾아왔다. 저녁식사에 초대한 뒤 정착을 권할 생각이었지만 이미 떠났다는 사실을 듣고 한발 늦었다며 보르츠는 침울해했다.

"아, 있다있다. 세리에에~!"

짧은 사벨을 휘두르던 세리에에게 유지로가 달려갔다. 먼저 가버린 게 아닐까 걱정했던 유지로는 그녀가 기다려준 사실에 기쁨을 느꼈다.

거동을 멈춘 세리에는 정말 왔다며 말하고 싶어 하는 표정을 숨기지도 않았다.

"그 큰 짐은 뭐야?"

자신은 들 수도 없을 것 같은 큰 짐에 어이없는 시선을 보냈다.

"부탁한 식재료와 텐트를 사 왔어. 텐트 안 갖고 있지?"

"안 갖고 있지만. 나는 텐트 비용을 낼 수 없어. 그렇게까지 여유도 없고."

"이 정도면 괜찮아. 돈은 아직 반년 이상의 생활비를 가지고 있거든."

"부러운걸."

"오늘부턴 공동재산이야. 너무 비싸지 않다면 신경 쓰지 않고 사용해도 돼. 화려해지고 싶으면 사치도 가능해."

"……생각해볼게."

무조건적인 호의에서 도망가듯 고개를 돌리고 세리에는 짐을 들고 걷기 시작했다.

"이제 어디로 가?"

"마테르트."

"마테르트? 들어본 적이 없는데. 얼마나 멀어?"

"거리는…… 여기에서 도보로 남쪽으로 열흘쯤 가면 돼."

"그곳에 배달물을 전해주면 의뢰는 끝이야?"

"그래."

유지로는 세리에를 보고 있지만 세리에는 앞쪽에 시선을 고정하고 대답했다.

무정하지만 세리에와 함께 있는 것만으로도 기쁘기에 들뜬 기분으로 말을 건넨다.

그런 상태에서 두 사람의 여행은 시작되었다.

세리에는 유지로의 걸음걸이를 신경 쓰지 않고 자신의 페이스로 걸었다. 세리에 쪽이 짐이 가볍고 길이 익숙하기에 걸음이 빠르지만 유지로는 한숨도 헐떡이지 않고 세리에를 따라갔다.

여유로이 따라오는 유지로에게 대항심을 가진 세리에는 조금씩 걷는 속도를 올렸다. 그러나 유지로는 신경 쓰지 않고 따라갔다. 서두르는 줄 알았는지라 자신에 대한 대항심으로 걸음이 빨라졌다고는 생각하지 않았다.

빠른 속도로 걸어 체력이 떨어진 세리에는 점차 속도가 느려졌다.

"괜찮아? 지치면 쉬는 편이 좋을 것 같은데."

"신경 쓰지 마."

속도가 늦어졌지만 걸음은 멈추려고 하지 않았다. 유지로가 지친 모습을 보여줄 때까지 멈출까 보냐 싶어 고집스레 다리를 움직였다.

이런 상태에서 걸었기 때문에 세리에는 주위의 경계를 게을리했다. 유지로는 그다지 경계를 잘 못하기 때문에 마물이 미행하고 있다는 사실을 깨닫지 못했다.

세리에가 이변을 눈치챘을 때에는 두 사람 주위를 마물이 포위한 뒤였다.

혀를 차며 사벨을 빼든 세리에를 보고 유지로도 이변을 깨닫고 양손에 들고 있던 물건을 지면에 놓았다.

바로 양옆의 풀숲에서 개가 나타났다. 아키타개(일본의 대표적 개 품종)보다 조금 작고 털색은 검정과 회색과 감색이었다. 여기에 있는 강아지는 일곱 마리. 두꺼운 네발로 지면을 똑바로 딛고 두 사람을 향해 으르렁거렸다.

"이것도 마물?"

"몰라? 바하독이야. 물리적 충격도 동반되는 포효로 사냥감을 공격해."

등을 맞대고 두 사람은 바하독의 모습을 엿보았다.

"빅앤트와 비교해서 어느 쪽이 강해?"

"얘네들. 빅앤트가 더 단단하지만 속도와 체력은 얘네가 우위야."

"약점 같은 건 있어?"

"딱히 약점은 없어. 포효는 조금 틈이 있으니 파악하고 옆으로 피할 것. 그러면 큰 소리에 귀가 아픈 것으로만 끝나."

"알았어."

정보에 거짓은 없다. 여기서 유지로를 속이면 세리에도 피해를 입을 테니까.

"그러고 보니 당신은 어떻게 싸워?"

"발차기와 마법. 세리에는?"

"칼과 활과 마법이야."

"마법은 숲의 민족의 것이야?"

"아냐."

숲의 민족의 마법을 중심으로 사용한다면 흙의 보강약을 돌려주지 않았을 것이다.

이야기를 할 수 있었던 것은 여기까지, 참을 수 없다는 듯 덤벼든 바하독들을 상대한다.

"불꽃의 화살."

달려든 한 마리에게 유지로는 카운터로 불꽃의 화살을 퍼부어 때렸다.

달려온 두 마리에겐 가까운 쪽의 머리를 걷어차고 다른 한 마리는 걷어차는 김에 이동해 직진코스에서 피했다.

걷어차여 비명을 지르며 굴러가는 바하독을 무시하고 코끝을 화상 입은 바하독의 턱을 걷어차올렸다.

또다시 비명을 지른 바하독을 신경 쓰지 않고 나머지를 노려봤다. 유지로를 덮치려던 나머지 두 마리는 노려보는 시선에 져서 풀숲 안으로 도망쳤다.

발로 찬 두 마리는 목뼈가 부러져서 움직이지 않았다. 여긴 끝이라며 시선을 세리에에게 돌리니 세리에도 세 마리째 베어죽인 참이었다.

바하독에게 이기고 빅앤트에게 진 것은 상성이다. 세리에는 딱딱한 마물을 까다로워했다. 딱딱한 껍질을 가를 만큼의 힘이 없고 껍데기를 베어낼 기량도 없었다.

"다치지는 않았어?"

"찰과상 정도야."

"큰일이네?! 빨리 회복약을 사용해야 해!"

세리에의 부드러운 살갗에 상처가 나는 것은 큰일이라며 허둥거렸다.

"호들갑이야. 이 정도로 회복약은 쓸 수 없어. 그것보다 정말 강했구나."

"나 같은 것보단 상처 치료를!"

"아, 잠깐!"

다친 손을 잡자 만지지 말라고 빼내려 했지만 힘의 차이로 꿈쩍도 하지 않았다.

어떻게든 손을 빼려 하는 동안에 유지로는 마법으로 불러낸 물로 피를 씻어내고 치유촉진제에 적신 깨끗한 붕대를 잽싸게 감았다.

"다 됐어."

붙잡는 힘이 느슨해지자 바로 세리에는 내밀어진 손을 물리고 몇 걸음 물러나 찌릿 째려보았다.

"내버려둬도 된다고 말했는데. 이 정도는 항상 있는 일이야!"

"작은 상처도 병의 원인이 되기 때문에 내버려두지 않는 편이 좋아."

세리에는 감사인사 한마디도 하지 않은 자신에게 화를 낼 것이라고 생각했지만, 전혀 신경 쓰지 않는 유지로에게 놀랐다. 오히려 유지로는 세리에의 손의 감촉을 되뇌이며 미

155

소를 짓고 있었다.

"그러고 보니 빅앤트는 겉껍데기를 벗기면 팔렸었는데, 이 녀석들 모피는 벗기면 팔려?"

"……팔릴지도 모르지만 딱히 수익이 되진 않을걸."

수입이 적은 세리에겐 모피도 만만치 않은 수익이 될 수 있겠지만 하프에게서 구입할 유별난 사람은 없을 것이다. 아니, 싸게라도 취급해주는 가게가 있기는 하지만, 이 부근에는 없다.

"그런가."

간이나 심장이 약의 재료는 되지만 다른 것을 써도 되는데다 거부감이 들어서 집어들 마음은 들지 않아 방치했다.

"계속 가자."

"쉬지 않아도 돼? 가뜩이나 피곤했는데 전투로 더 피곤해졌잖아?"

"피 냄새에 다른 마물이 모일지도 모르니까 쉰다면 더 가는 게 좋을 것 같아."

"그렇군. 그럼 가자!"

다시 걷기 시작한 두 사람은 속도를 늦춰 걸었다. 또 경계를 게을리해 둘러싸이기 싫은 세리에가 속도를 늦추고 유지로가 그에 맞췄다.

유지로가 계속 말을 걸고 세리에가 적은 말수로 답변하며 걸어갔고 해가 기울기 시작했다.

대화를 통해 세리에가 스물다섯 살이라는 것을 알게 됐다.

평원의 민족의 수명으로 환산하면 유지로와 같은 열일곱이다.

평원의 민족의 수명은 여든 살 전후이다. 숲의 민족은 삼백 살까지 산다. 양자의 하프라면 백을 좀 넘은 정도다. 참고로 산의 민족과 바다의 민족은 백이십 살 정도까지 산다.

이는 마력이 많은 순서와 같다. 이 세상에서는 기본적으로 마력이 많을수록 장수한다. 가장 장수하는 건 용이나 마왕이겠지. 어느 쪽이든 1000년마다 도래하는 파괴지진을 극복하지 못하고 죽거나 하겠지만.

"이제 야영 준비를 시작하자."

"알았어."

세리에가 텐트를 세울 장소를 정하고 거기에 텐트를 폈다.

"저녁은…… 네가 만들래?"

"요리는 못해."

요리 경험은 적다. 학교에서 한 조리 실습이나 인스턴트 라면 정도밖에 만들어본적이 없다. 지금 있는 재료라면 볶음요리가 가능한 정도일까. 맛있게 만들 자신도 없다.

"못한다고? 여행한다면 간단한 것이라도 만들 수 있지 않아?"

"빵이나 과일을 사서 끼니를 때웠어."

그렇게 말하니 세리에는 이해한 듯 끄덕였다. 보존마법이 있으니까 그것이 가능했다.

"어쩔 수 없네. 내가 할게."

"와아! 세리에가 직접 만든 요리!"

야호 하고 기뻐하는 유지로를 기가 막힌 표정으로 바라봤다.

"혹시 내가 만든 것을 먹고 싶어서 못한다고 말한 거야?"

"아니, 못하는 건 진짜야. 가르쳐주면 할 수 있게 될지도 모르겠지만. 가르쳐주면 공동 작업을 할 수 있군."

"안 알려줄 거야."

세리에는 단호히 말하고는 재료를 넣은 바구니를 보고 무엇을 만들 수 있는지 생각했다.

계속 직접 만든 요리를 먹을 수 있으니까 그건 그걸로 좋다며 유지로는 배낭에서 약 제작 도구와 재료를 꺼냈다.

"나는 약의 재료를 모으거나 만들 테니까."

"알았어."

주위의 풀과 벌레 등을 모아 보존처리를 해나갔다. 장소가 바뀐 덕분에 만들 수 있는 약물의 종류도 달라졌다.

신약 제조는 미루고 우선은 거의 완성된 가루비누를 만든다. 이를 세리에가 써서 거품투성이 나체 모습을 볼 수 있을 거라고 생각하니 기합이 들어갔다.

주위에 바람소리, 유지로의 콧노래, 세리에의 요리하는 소리가 들렸다. 조용하다고도 할 수 있는 시간이 15분 정도 지나니 음식 냄새가 감돌기 시작했다. 카레 냄새가 나서 카레라이스일까 생각했지만 카레맛 닭고기 수프였다. 저녁식사는 그것과 장기보존이 용이한 딱딱한 빵이다.

"음, 맛있다! 애정이 들어 있기 때문인가!"

"그런 건 들어 있지 않아."

"조금도?"

"그래."

"그럼 애정이 들어가면 좀 더 맛있어지는 건가. 그것을 먹는 게 기다려지네."

"그런 기회가 있었으면 좋겠네."

차갑게 대답했지만 대화가 불쾌한 것은 아니었다. 오히려 약간 따뜻함을 느꼈다. 누군가와 함께 식사를 하는 건 오랜만이다. 게다가 자신에게 호의를 보이며 무조건적으로 칭찬한다. 불쾌감은 들기 어려운 상황이었다. 세리에는 유지로가 연기하는 것이라고 굳게 믿어 방심하지 않도록 신경을 쓰고 식사에 집중했다. 그런데 평소보다 많은 조미료를 쓴 덕에 맛있을 터인 요리를 즐길 수가 없었다.

"잘 먹었습니다. 식기는 내가 씻을 테니 그사이에 텐트에서 몸이라도 닦을래?"

"……그리 할게."

약간 생각한 세리에는 텐트에 들어갔다.

식기를 씻으면서 세리에의 뒷모습을 바라본 유지로는 고민하기 시작했다.

"엿보고 싶다. 엄청 들여다보고 싶다. 좋아하는 사람의 나체가 있는데 엿보지 않는 건 여간내기도 아닐 거야. 하지만 들여다보면 그나마 있는 호감도가 떨어질 테니 만회는 힘들 것 같네. 그럼 어찌할까. 폭주할까, 자중할까. 고민되는구나."

음음, 골똘히 생각하며 설거지한다. 설거지가 끝나 물기를 털어낸 후에도 고민하는 동안 재빨리 끝마친 세리에가 나왔다.

"엿보려나 생각했었는데."

엿보면 그걸 이유 삼아 헤어지려 생각했다.

"고민하는 동안 세리에가 나온 거야. 다음엔 엿볼 거야. 보고 싶으니."

"엿보지 마."

"들키지 않도록 노력할게!"

"그런 노력은 필요 없어."

"그럼 역전의 발상! 네가 나를 엿본단 건 어때?"

모든 걸 보란 듯 양팔을 벌렸다.

"당신의 나체 따위 관심 없어."

"나중에 보게 될 텐데."

"멋대로 말하렴."

세리에는 한없이 개방적인 유지로를 바라보고 한숨을 쉬며 그 자리에 앉았다.

"다른 이야기인데 모은 재료로 능력상승계 약을 만들 수 있어. 힘과 속도와 동체시력 세 가지 중 어떤 걸 원해?"

"세 가지 다."

전부 자신 없어 세 개 모두 원했다.

"알았어. 이왕이면 하나의 약으로 여러 효과가 나오도록 하고 싶네. 가루비누를 만든 다음에는 그것을 연구해야겠구나."

"비누? 비누 따위 만들어 어디에 써. 쓰기에 불편하잖아."

"비누를 아는구나. 피부가 거칠어지지 않는 개량판을 만드는 중이야. 며칠 전에 만든 건 피부가 거칠어질 때까지의 기간을 늦춘 것뿐이라서. 이번 건 성공하면 좋겠는데."

"흐음."

세리에는 흥미 없다는 듯 대충 대답하고 무릎을 세워 모닥불로 시선을 돌렸다.

유지로는 흔들거리는 불에 비치는 미인은 좋구나 하는 생각을 하며 가루비누 제조를 진행했다.

침묵의 시간이 지나고 이윽고 세리에의 숨소리가 들려왔다.

"자나? 텐트에 들어가서 자면 좋을 텐데."

안아들어 텐트에 들일지 어쩔지 망설인다.

"다가가서 반응한다 싶으면 깨우는 게 좋을까?"

작업하는 손을 멈추고 세리에에게 다가갔다.

1미터 앞까지 다가가니 자는 숨소리가 멈추고 세리에가 고개를 들어올렸다. 조금 험한 시선으로 유지로를 올려다 봤다.

"……왜?"

"잔다면 텐트 안으로 들어가. 다가갔는데 일어나지 않으면 안아들어 옮기려 했어. 부드러운 몸을 느끼고 싶었어."

기적을 지우는 기능이 있다면 실현했었을 텐데, 하고 아쉬운 듯 말하는 유지로를 차가운 시선으로 쳐다보았다.

"그래. 먼저 잘게. 보초 교대 시간이 되면 밖에서 말을 걸어줘."

"알았어."

천천히 일어나 텐트에 들어갔다.

세리에가 텐트에 들어간 것을 확인하고 유지로는 약 제조를 재개해 작업에 집중했다. 곧 졸음이 와서 앉은 채 잠들었다.

세리에는 지쳐서 숙면했고 우연히 마물 같은 게 다가오지 않았기 때문에 아침까지 일어나지 않고 계속 잤다.

불이 꺼지고 산의 능선이 밝아졌을 무렵 유지로는 추위에 눈을 떴다. 날이 지날수록 따뜻해진다고는 해도 외투나 모포 없이 밖에서 잠들기에는 여전히 힘든 계절이었다.

"……아, 잠들었었나?! 이런, 전혀 주위를 지켜보지 않았어."

위험하다고 생각하며 주위를 둘러보고 이변이 없는 것을 확인한 뒤 크게 한숨을 내쉬었다.

"혼나려나. 내일부터는 제대로 보초를 서자."

잘못했구나 싶어 머리를 감싸쥐었다. 실패는 성공의 어머니라며 중얼거리고 불을 붙였다. 그리고 곧 다가올 새벽을 기다렸다.

주위가 완전히 밝아지니 세리에가 일어났다.

유지로는 그쪽을 보고 바로 넙죽 엎드렸다.

"뭐해?"

엎드려 사과하는 관습이 이쪽 세계에는 없어 세리에는 고개를 갸웃거렸다.

"이것은 내 고향에서 사과하는 자세야. 실은 맡은 보초 말인데 나도 모르게 잠들어서 제대로 못했어. 미안."

"그래서 그 자세였구나. 망을 안 봤다면 마물에게 습격당해 죽을지도 모르는데. 그 정도는 알지?"

"응, 충분히."

"……그럼 됐어. 내일부터 조심해줘."

"세리에?"

질책하지 않는 것이 의아해서 유지로는 세리에를 올려다봤지만 세리에는 이미 몸단장을 하기 위해 움직이고 있었다. 유지로는 세리에가 질책하지 않는 이유는 상냥하기 때문이라고 생각했지만 실은 세리에도 같은 실수를 한 적이 있기 때문이었다. 그리고 푹 잠들어선 일어나지 않은 자신에게도 책임이 있다고 생각했다.

게다가 약간 자존심의 충족이 있었다. 자버렸다는 건 유지로도 지쳤던 거라고 생각한 것이다. 지친 건 자신뿐만 아니라 유지로도 마찬가지라고 생각함으로써 오기가 채워졌다.

실은 유지로는 지쳐서 잔 게 아니다. 단조로운 작업에 그만 꾸벅꾸벅 졸았던 것뿐이다.

세리에가 착각함으로써 그녀가 고집스러워지는 건 피할 수 있었다. 호감도가 떨어지는 요인이 되지 않은 건 유지로에게 운이 좋았다.

아침을 먹고 두 사람은 마테르트로 출발했다.

7 하프 취급

마테르트에 도착하는 10일간 가루비누를 완성했다. 8일에 걸친 실험으로 피부가 거칠어지지 않았고 세리에가 써봐도 괜찮았다.

능력상승계 약도 능력 하나가 오르는 만큼을 완성한 뒤 유지로와 세리에 몫을 나눴다.

마을에 도착할 때까지 두 사람의 관계는 변하지 않았다. 유지로가 일방적으로 호의를 보였고 세리에는 받아주지 않았다. 시간은 충분하니 유지로는 초조해하지 않았고 세리에를 어디까지라도 따라갈 생각이었다.

참고로 유지로는 세리에가 목욕할 때 엿봤고 경계하던 세리에에게 보강약 없는 마법을 맞았다. 제대로 마법을 맞았는데 멍 하나 생기지 않은 유지로에게 세리에는 어이없는 시선을 보냈다.

10일째의 오후께를 지나 두 사람의 시선 끝에 마테르트 마을이 보였다.

이곳은 인구 천 오백 명으로 세겐트보다 크다. 높이 4미터의 외벽으로 둘러싸인 마을 입구는 북쪽과 남쪽에 하나씩 있다.

솜이나 마 같은 천의 재료를 주로 만드는 마을로 직물이

165

나름대로 발달해 있다.

북쪽 입구로 가려던 유지로는 그곳에 가지 않는 세리에에게 물었다.

"세리에, 입구에서 떨어져 있네. 안 들어가?"

"하프인 내가 들어갈 수 있을 리가 없잖아."

"그럼 배달은 어떻게 해."

"수취인이 밖에 있거든. 그에게 건넬 거야."

두 사람은 외벽에 붙듯 해서 오두막집이나 텐트 앞을 나아갔다.

이곳은 세금을 지불하지 못하는 자들이나 마을 외곽에 거주하는 것이 더 살기 좋은 자들이 모여 있다. 인간은 모두 평원의 민족이었고 세리에가 하프라는 사실을 알면 험한 눈으로 보았다.

그것에 익숙한 세리에는 신경 쓰지 않고 목적지로 이동했다. 그들을 상대한들 아무 의미도 없다는 사실을 알고 있기 때문이다.

시선을 불편하게 생각하는 것은 유지로다. 모두 세리에보다 어려 보이는데 멸시의 시선으로 세리에를 바라보았다. 그런 더러운 눈으로 보지 말라고 소리치기 전에 목적지에 도착했다.

다른 오두막집과 똑같이 보이는 오두막집 앞에 서서 세리에는 일정한 리듬으로 문을 노크했다.

10초 정도 있자니 문이 열리고 주위사람보다는 깔끔한 남자가 나왔다. 남자의 눈도 멸시를 띠는 시선이었다. 그러나 옆에 선 유지로를 보고 놀란 표정도 보였다.

"뭐야?"

"전해줄 물건이야."

퉁명스레 짐이 든 가방을 내밀었다. 그 자리에서 내용을 확인한 남자는 문을 연 채 안으로 들어가서 돈을 들고 나왔다.

"보수인 7천 밀레다."

"들었던 보상과 다른데? 예정으로는 2만 밀레일 터."

"지금 그것밖에 없어서. 볼일은 끝났지? 돌아가."

그렇게 말하고 남자는 곧바로 문을 닫았다.

잠시 문을 노려본 세리에는 작게 한숨을 내쉬고 문에서 떨어졌다.

"세리에, 그걸로 된 거야?! 저거 분명 거짓말하는 거야!"

"항상 있는 일이니 어쩔 수 없는걸."

"항상이라니, 항상 보수를 깎인다는 거야?!"

"그것이 이도저도 아닌 하프에 대한 취급이야. 나름대로 익숙해졌어."

모두가 그런 취급을 하진 않겠지만 평원의 민족과 숲의 민족과 산의 민족이 각각 중심이 된 장소에서 괜찮은 대우를 해주는 사람은 상당히 적어 만나기엔 어려웠다.

여러 종족이 섞여 사는 혼성도시라는 게 세계에 몇 개쯤 있었고 거긴 그나마 나았다. 낫다고 해서 차별로부터 해방

되는 건 아니었지만. 대부분의 하프는 차별하지 않는 사람을 만나기 전에 뒤틀려버려 호의를 순순히 받을 수 없게 된다.

유지로는 지식으로는 이러한 취급에 대해 알았지만 실제로 눈앞에서 보니 적잖은 충격을 받았다.

유지로가 침묵했고 세리에는 말이 없었기에 두 사람은 조용히 마을을 떠나려고 걸었다. 그 때 그 둘에게 말을 걸어오는 사람이 있었다.

"거기 둘, 멈춰라."

등 뒤에서 들려온 목소리에 둘이 돌아보니 마을 주민과 별반 다르지 않은 복장의 남자가 서 있었다. 대략적인 나이는 마흔 정도였고 다소 날카로운 눈빛으로 두 사람을 보았다.

"뭐야?"

그 사람이 대답한 세리에를 보고 얼굴을 찡그렸다.

그것을 보고 유지로의 불쾌 포인트가 하나 더 쌓였다.

"너희가 짐을 배달한 장소에 대해 이야기를 듣고 싶은데."

"의뢰로 전해준 것뿐이라 아무것도 모르는데."

"입 다물어. 내 질문에 대답하도록."

"그렇다면 빨리 말해주지 않을래? 우리도 한가하지 않거든."

험악한 유지로의 말에 남자는 짜증 난 표정을 지었지만 작게 심호흡하고 말을 이었다.

"저기에 무엇을 가져다 주었지?"

"몰라. 내용물은 확인하지 않았어."

"저기가 어떤 곳인지는 아나?"

"제대로 된 장소는 아니겠지."

"저기에 있던 남자와 너희의 관계는?"

"배달원과 수취인이야."

담담히 대답하는 정보가 자신이 원하던 것이 아니라는 사실에 남자는 실망하고, 작게 혀를 찼다. 하지만 이내 다시 무언가를 떠올린 표정을 지었다. 그것을 본 세리에는 성가신 일이라고밖에 생각되지 않았다.

"협력하자. 그렇지 않으면 너희들이 지령서를 작성하고 국내에 배부한다."

"뭐? 바보 같은 소리 마! 아까부터 듣자하니 윗사람처럼 지껄이고 뭐야!"

왜냐며 세리에가 묻기 전에 유지로가 입을 열었다.

"자작가 직속경비대다."

"잘난 듯 말하는 태도에 높은 사람인가 싶었는데, 겨우 그런 거냐. 가자, 세리에."

아무것도 아닌 듯 단언한 유지로를 남자는 놀란 표정으로 바라봤다.

지식으로 귀족이 훌륭하다는 것은 알고 있다. 그렇지만 일본에는 귀족이 없기 때문에 어느 정도로 대단한지 유지로는 잘 몰랐으니, 아무리 귀족의 부하라도 협박은 통하지 않았다. 실제로 눈앞에 자작 본인이 있으면 이야기는 달라졌

169

겠지만 부하가 으스대니 딱히 아무렇지 않았다.

그리고 국가의 병사라면 이 나라에서 나가면 상관없겠다고 생각했다.

"기다려. 왜 저런 태도인지 모르겠지만, 협력할 거야."

"왜?"

"왜냐니, 상대는 귀족의 부하야. 귀찮은 일을 크게 만드는 건 싫어."

"그래도."

"싫으면 혼자 가. 여기서 작별이야."

"……알았어. 협력하면 되지."

유지로는 불만스러운 표정으로 그 자리에 머물렀다. 세리에는 표정으로 드러내지는 않았지만 의외라 생각했다. 남자가 고압적으로 접촉해 온 이유는 자신이 하프이기 때문이다. 유지로만 있었다면 더 온화하게 접촉해 왔을 거다.

여기서 세리에를 베어버리고 유지로가 사라져도 남자는 같은 종족끼리의 친분 혹은 증거 불충분으로 묵인해줄 터. 유지로 한 사람이라면 성가신 일에 상관하지 않아도 된다. 그런데 일부러 자신을 떠나길 거부하고 성가신 일에 관련되려 한다. 그렇게까지 연기를 계속하는 의미 같은 건 없을 텐데. 놀라운 일이다. 남자도 세리에와 비슷한 생각을 했다.

"뭘 하면 돼?"

유지로가 언짢은 듯 재촉하며 말하자 남자는 당황하며 이야기를 시작했다.

"……아, 너희가 짐을 배달한 장소는 이 마을의 폭한들이 숨어 있다고 알려진 곳이다. 우린 그걸 근절하기 위해 움직였었다. 하지만 우린 얼굴이 알려졌기에 상대도 경계하며 빈틈을 보이지 않는다. 그래서 너희들을 쓰기로 생각했다. 이야기를 들었는데 보수를 적게 받은 것 같더군. 불만스러워 보복할 생각으로 놈들의 정보를 알아낸다는 식으로 행동해라. 그들이 너희의 움직임을 견제할지, 배제할진 모르겠지만 어떠한 행동은 일으키겠지. 요컨대 미끼다. 그것을 이용하여 우리가 놈들의 본거지를 알아내서 근절하겠다."

어딜 가나 어두운 부분은 있는 법이다. 남자가 잡으려는 것은 그런 류일 것이다. 큰 장소라면 폭한(暴漢)을 처리함으로써 치안유지를 한다.

그러나 이 마을 정도의 규모라면 치안유지는 남자들 경비대로도 충분했다. 그것을 남자도 이해하고 근절하려 했다.

"알아내라니, 당신들의 반응을 보면 하프가 마을에 들어가 제대로 된 정보를 수집할 수 있다고는 생각되지 않는데?"

"그것은 어떻게든 변장하거나 해서 속여라."

"할 수 있어?"

유지로가 바라보자 세리에가 고개를 끄덕였다.

"장기체류는 무리지만 짧은 기간이라면 어떻게든 될 거야."

어떻게든 마을에 들어가야 할 때 후드나 모자를 쓰고 들어왔다. 세리에의 몸에서 가장 눈에 띄는 것은 귀다. 귀를

171

숨기면 평원의 민족의 특징도 가진 만큼 위화감을 주기만 할 정도로 속이는 건 가능하다.

정체가 발각되면 주위 사람들로부터 쫓겨나지만. 실제로 쫓겨난 적이 있어 적극적으로 변장할 생각은 없었다.

"그럼 그쪽은 마음대로 움직여, 우리는 순찰 중이다."

떠나려는 남자를 유지로가 불러세웠다.

"이를테면 정보수집 같은 걸 어떻게 해야 좋을지 모르겠는데? 대충 하면 기대에 못 미칠 거고, 의심받을 일만 할 거아냐? 기본이라 해야 하나, 남이 어느 정도 수상하게 여길 만한 조사방법을 알려줘."

일리가 있다며 남자는 입을 열었다.

"간단한 건 술집에 가서 남자의 특징을 전해 묻는 것이다. 혹은 그 오두막집을 눈에 띄는 형태로 감시한다. 정보소를 찾아내 입막음 비용을 지불하지 않고 정보 요금만 지불하고 묻는다. 그리 하면 정보소에 남자들을 찾고 있다는 정보가 흐르지."

"그 정보소는 어디 있어?"

남자는 그곳을 알려줘도 좋을지 조금 망설였으나 미끼로 충분히 일해줘야 했기 때문에 장소를 가르쳐주고 떠나갔다.

"세리에."

"왜?"

"다음부턴 좀 더 나은 의뢰를 고르자."

"선택할 수 있다면 고생하지 않을 거야."

이번 배송 일은 혼성도시에서 받았지만 대우가 좋다고 해도 괜찮은 의뢰는 이래저래 이유가 붙어 받을 수 없었다. 그렇기에 다른 사람이 피할 법한 의뢰를 받아 돈을 벌어야 한다.

"음. 역시 하프라서?"

"그래."

"근데 정체를 숨기면 마을 출입은 가능하잖아. 그렇다면 정체를 숨기면 괜찮은 의뢰도 받을 수 있어?"

"그럴지도 모르지만 나는 변장 정도로는 쉽게 간파당해."

"내가 아는 약 중에 몸의 일부를 변화시킬 수 것이 있는데 그걸로 귀 모양을 바꾸면 괜찮지 않을까?"

장난용 마법약 중에 그런 것이 있다.

"……그렇다면 변장한 것처럼 보이지 않기에 괜찮을지도 몰라."

"그럼 만들까?"

"…………"

세리에는 고민했다. 정체를 숨기는 건 도망치는 느낌이 들어서 싫다. 변장도 마찬가지. 그래서 아까도 귀를 숨기지 않고 마을로 들어온 것이다. 그러나 생활이 힘든 건 사실이었다. 약을 사용함으로써 조금이라도 편해지면 좋겠다는 생각이 샘솟았다.

"……일단 만들어줘."

세리에는 조금 고민한 뒤 보류한다는 듯 말했다. 좀 전의 언짢은 기분은 어디로 갔어, 하고 말할 정도로 밝게 미소 지은 유지로가 끄덕였다. 세리에에게 도움이 될 수 있다는 것이 기뻤다.

마을에 들어가기 위해 세리에는 짐에서 큰 흰색 카스케트 모자를 꺼내 귀를 감추도록 머리카락을 모자 속에 넣어 썼다.

"풀어헤친 머리카락도 좋지만 그것도 좋구나!"

엄지손가락을 치켜세운 유지로에게 세리에는 작게 한숨을 내쉬며 마을로 들어갔다.

입구에 선 문지기가 세리에를 보고 약간 고개를 갸웃했지만, 달리 출입하는 사람에게도 주의를 기울여야 하기에 즉시 외면했다. 옆에 유지로라는 평원의 민족이 있던 것도 신경 쓰지 않은 요인 중 하나였다. 평원의 민족이 혐오감을 보이지 않고 하프과 함께 있는 것은 원래라면 있을 수 없는 일이었다. 들키지 않아 안도의 한숨을 내쉰 세리에는 당당히 나아갔다.

"일단 숙소를 잡을까?"

"그럴까."

어디가 좋을까 하며 주위를 둘러보고 눈에 띈 숙소로 가려는 유지로를 세리에는 말리려 했으나 그만두었다. 싼 숙소에 묵고 싶었지만 적기는 해도 수입이 있었기 때문에 일반적인 숙소에 머무는 것도 좋은 방법이라고 생각했다.

숙소의 주인도 세리에를 보고 위화감을 느낀 것 같지만 문지기와 같은 이유로 그다지 신경 쓰지 않았다.

"방은 개인실과 2인실, 큰 방 중 어떤 걸로 드릴까요?"

"어쩔래?"

"2인실로요."

유지로가 묻자마자 세리에가 대답했다.

"알겠습니다."

"1인실로 할 거라 생각했어. 이건 고백이라 생각해도 돼? 괜찮지? 야호!"

"아냐."

단칼에 부정하고 열쇠를 받아 먼저 걸어갔다.

세리에를 쫓는 유지로의 뒷모습을 주인은, 둘의 사이가 좋아 보인다고 생각하면서 바라보았다.

방에 들어가 가방을 바닥에 놓았다.

"2인실로 잡은 이유는?"

모자를 벗는 세리에에게 유지로가 물었다. 세리에가 머리를 흔들고 밀어넣었던 머리카락을 빗었다.

두둥실 흩날리는 머리카락을 잡으려고 무심코 손을 내민 유지로를 세리에는 이상하다는 표정으로 바라보았다.

"큰 의미는 없어. 미끼가 된 이상, 상대가 여기에 침입할 수도 있다고 생각해. 그럴 경우 곧바로 함께 이동할 수 있도록 하려고."

"즉, 나와 함께 방에서 자고 싶었다는 거지?"

"아, 니, 야!"

농담이라고 웃으며 손을 젓는 유지로를 세리에가 노려보았다.

"그런데 바로 움직여?"

"물론! 그러는 김에 필요한 물건도 사갈 거야."

"나는 딱히 없는데 세리에는 뭔가 필요한 게 있어?"

식재료는 거의 다 떨어졌지만 그것은 마을을 떠날 때 사면 된다. 약 재료도 지금은 있는 걸로 충분했다. 그렇게 생각하니 변화약 재료에 생각이 미쳤다. 보이면 사는 것도 좋겠다고 결정했다. 하는 김에 여기에서 팔려고 만들어놓은 치유촉진제도 가지고 갔다.

"조미료가 거의 다 떨어졌어. 딴 것도 마찬가진데 그건 말할 생각은 없어."

생리용 약이나 여성 특유의 약이다. 모처럼 마을에 들렸으니 사두고 싶었다. 유지로에게 말하면 기합을 넣어 고급약을 만들어주겠지만 되도록 의지하고 싶지 않다는 생각과 부끄러움에 말하지 않았다.

"나갈까."

"모자를 벗는 게 아니었어."

갑갑했기 때문에 벗었었다. 세리에는 다시 모자 안으로 머리카락을 집어넣고 방을 나섰다.

"아, 그리고 보니."

숙소를 나오자마자 유지로는 잠시 생각한 뒤 지갑에서 돈의 절반을 내서 건넨다.

"공유라고 말했잖아? 반반씩이라는 걸로."

"……진심이었어?"

"진심이기도 하고. 조미료는 나도 쓰니까."

유지로가 내민 돈을 세리에가 머뭇거리며 받았다.

세리에의 소지금으로는 이 숙소에 열흘 정도 묵으면 빈털
터리가 되었을 것이다. 하지만 이걸로 꽤 여유가 생겼다.

자신을 동정해서 준 것이라면 손을 뿌리쳤겠지만 선의와
호의에서다. 그 마음을 그대로 느낄 수 있었다. 연기가 아
닐 거라고 세리에도 생각하기 시작했다. 하지만 그걸 인정
했다 해서 사이좋게 지내자는 생각은 들지 않았다.

"우선 장보기부터 끝낼래? 탐문하게 되면 장 볼 짬이 없
어질지도 모르고."

"그 편이 좋겠네."

식재료를 파는 거리로 가서 필요한 물건을 구입했다. 그
다음 약방에 들러 세리에가 저쪽에 가 있으라는 말에 고개
를 끄덕이고 카운터로 향했다.

"실례합니다. 이걸 매입해주세요."

흰색 치유촉진제를 카운터에 올려두었다.

세돌프 때와 같이 효과가 있는지, 사용 기한은 언제까지
인지 등을 물었기에 사용후기와 다른 곳에서 매입해줬던 것
을 이야기했다.

"하나에 4천 밀레 어때?"

"예전에는 4천 5백 밀레에 팔았는데요."

"그때는 효과를 제대로 입증 받았었지? 지금은 그런 게 없으니까 조금 더 싸질 수밖에 없어."

"음…… 상관없겠지. 그렇게 부탁합니다."

"좋아. 열 개에 4만 밀레다."

금화 네 닢을 받은 뒤 변화약에 필요한 재료가 있는지 물었다. 필요한 재료는 네 가지로 그중 두 개는 근처에 자란다. 다른 하나는 보존해둔 것을 사용할 수 있다.

"코마헤드의 뿌리? 있어. 보존기간이 최대 반년인 물건이 열 개 있네. 그건 하나에 3백 밀레야."

"반년짜리를 전부, 3개월짜리를 다섯 개 주세요. 아, 베키르의 굵은 뿌리 있나요?"

베키르의 굵은 뿌리는 피로회복약의 재료가 된다. 세리에가 지쳤을 때 주려고 구입하기로 했다. 피로회복이라면 산의 민족 비장의 약이 최고지만 재료가 부족하기 때문에 이번에는 다른 것을 만들기로 했다.

"분명히 있었을 텐데…… 그래, 있다. 다섯 개 있다만."

"다섯 개 주세요."

"합해서 5천 5백 밀레야."

각은화를 건네고 기한별로 나누어 끈으로 묶은 코마헤드 뿌리와 베키르의 굵은 뿌리, 거스름돈을 받았다.

계산을 끝마치고 세리에도 제품을 가져와서 돈을 지불했다.

가게를 나온 두 사람은 정보수집을 위해 움직이기 시작했다.

"우선은 술집 같은 데서 탐문하면 되려나."

"진지하게 할 필요 없이 그걸로 좋다고 생각해."

"그렇담 술집에서 탐문하고 정보소에서 물은 뒤 감시하는 게 좋겠다."

어슬렁어슬렁 걷다가 눈에 띄는 술집에 들어갔다. 아직 저녁도 안 됐기에 사람은 없지만 가게 자체는 열려 있는 것 같았다.

가게에 들어온 두 사람을 본 주인은 이들이 가게를 착각하고 온 것이라고 생각했다.

"이곳은 술과 안주 정도밖에 나오지 않아. 식사하려면 딴데 가."

"아뇨, 사람을 찾고 있어서 이야기를 듣고 싶습니다."

온 김에 약주용 술을 사려고 도수가 낮은 것을 작은 나무통에 부탁했다.

주인은 정보료라 판단했는지 술을 준비하면서 그다음을 재촉했다.

"남자고 키는 170 후반, 체격은 좋은 편. 머리는 진녹색이고 단발, 갈색 눈에 눈빛은 날카롭고, 오른쪽 손등에 긁힌 자국. 나이는 서른을 넘었어요."

"……미안하지만 기억에 없는데."

주인은 조금 생각하더니 이내 고개를 저었다. 준비한 술을 카운터에 두고 요금을 말했다.

돈을 지불하고 두 사람은 밖으로 나왔다.

"다음 술집에 갈까~."

세리에는 대충 대답을 하고 언뜻 주위를 둘러봤다. 미행하는 시선이 느껴졌다. 세리에가 그곳을 바라보았다.

"무엇을 본 거야?"

"미행하는 자를 찾아봤어."

있어? 라는 물음에 끄덕이며 대답했다.

"나는 모르겠다."

유지로는 능력은 높아도 경험이 부족해 기색을 잘 파악할수 없다. 반면 세리에는 늘 혼자서 여행을 했으므로 기색을 잘 파악한다. 그렇지 않았다면 노숙할 때 마물에게 기습을받고 말았을 것이다.

이후 두 사람은 네 채의 술집을 이동해 정보를 물어나갔다. 이 정도 물으면 충분하겠지 싶어 정보소가 있다는 찻집으로 향했다. 특별한 점이 없는, 어디에나 있을 법한 찻집이었다.

테이블 자리에 앉아 주문을 받으러 온 점원에게 경비병에게서 들은 암구호를 말했다.

"특제 커피 두 잔과 초코칩 쿠키. 커피는 머그컵에 끓여미지근하게. 은색 숟가락을 곁들이고."

점원은 끄덕이며 주머니에서 카드를 꺼내놓았다. 유지로는 카드를 들고 쓰인 문자를 읽었다.

내용은 이 카드를 들고 찻집 뒤쪽으로 돌아가서 문틈에 카드를 넣으라는 것이었다.

세리에에게도 카드를 건넨 뒤 가져온 커피와 쿠키를 먹고 찻집을 나왔다.

뒤쪽으로 돌아 지시대로 카드를 틈새에 넣으니 자물쇠가 열리는 소리가 났다. 문을 여니 3평 정도의 좁은 1인실이 있고 한가운데에 테이블과 의자 두 개가 있었다.

의자 중 하나에 온몸을 천으로 가린 사람이 앉아 있었다. 눈과 손, 발 정도만 보였다.

"앉도록."

천 너머의 목소리는 여자라는 것을 알 수 있었지만 웅얼거리는 말소리가 분명치 않아 나이까지는 알아낼 수 없었다. 누가 앉을지 두 사람은 시선을 주고받았고 앉기 싫었던 세리에는 한 걸음 물러났다.

"무엇을 묻고 싶어?"

유지로가 의자에 앉아 잽싸게 물었다.

"사람을 찾고 있어요."

세리에가 술집 주인에게 말한 정보에 덧붙여 어디서 봤는지도 말했다.

"괜찮은 일당들이 아니란 건 알지? 그래도 정보를 바라는가?"

"일을 했는데요. 상대가 보수를 마음대로 깎아서 보복이라도 하지 않으면 가만있을 수가 없어요."

"당신은 장수할 타입이 아니구나."

"나 같은 타입은 비교적 오래 살아요."

실실 웃으며 자신과잉 같은 연기도 해봤다.

다루기 쉬운 사람 같다는 정보를 흘려 상대가 방심해준다면 다행이었다.

여자는 어떻게 생각했는지 작게 한숨을 내쉬고는 말했다.

"선금으로 금화 다섯 닢이다."

"깎을 수 없어요?"

즉시 그렇게 대답한 유지로에게 여자는 또다시 작게 한숨을 내쉬었다. 유지로와 세리에는 어쩐지 바보 같다는 마음의 목소리가 들린 것 같았다.

"금화 세 닢. 더 이상은 못 깎아."

"말해보길 잘했네."

입막음 비용이 금화 두 닢이었다고 생각하면서 금화를 테이블에 놓았다.

"정보는 지금 받을 수 있는지요?"

"조사에 시간이 걸린다. 빨라도 사흘 후. 이후 다시 여기에 와라."

그렇게 말하고 카드를 테이블에 놓았다.

주머니에 카드를 넣은 유지로는 세리에와 함께 작은 방을 나섰다.

두 사람이 나간 문과는 다른 문에서 남자가 나왔고, 여자와 뭔가 이야기를 하더니 시치미 떼는 표정을 하고 정문으로 나갔다. 그는 맞은편의 폭한들이 모이는 큰길에서 벗어난 술집으로 향했다.

"그럼 이다음은 오두막집을 지켜볼 건데. 내일부터 하면 괜찮을 것 같아."

"좋아."

오늘은 이만큼 움직이면 충분하다고 끄덕였다.

두 사람은 숙소로 돌아와 세리에는 무기 손질이나 짐 정리를, 유지로는 재료를 가공하며 보냈다.

저녁식사는 숙소 식당에서 했고 목욕은 하지 않고 방에서 몸을 닦는 걸로 끝냈다.

그 뒤 딱히 특별한 일은 없었다. 세리에에게 몸을 닦는 것을 도와주겠다고 말한 유지로가 거절당한다는 평소와 같은 광경이 있었다.

밤이 되어 자신의 침대로 가려는 유지로를 세리에가 막았다. 자기와 한 침대를 쓰자고 하는 것은 아니었다. 오늘밤부터의 경계에 대해 이야기하기 위함이었다.

"경계?"

"그토록 움직이고 안전하게 있을 수 있을 리가 없잖아?"

"그건 아는데 빠르지 않아? 내일이라도 괜찮지 않아?"

"만약을 위해서야."

세리에의 말에 이의를 가질 이유가 없어 유지로는 끄덕였다. 먼저 유지로가 깨어 있기로 해서 세리에가 자신의 침대로 들어갔다.

유지로는 침대에 앉아 능력상승약에 여러 효과를 부여하는 방법을 생각하면서 시간을 보냈다.

그날 밤은 아무 일 없이 시간이 지나갔다.

다음 날 한 번 간 술집에 가서 다시 이야기를 들은 후 오두막집을 조금 떨어진 곳에서 지켜보았다. 완전히 숨지 않고 상대에게 몸의 일부가 보이도록 해서 그 자리에 서 있었다.

"빨리 행동을 일으켜주지 않으면 한가해서 어쩔 수 없어."

작은 소리로 푸념하는 유지로에게 세리에도 끄덕였다.

세리에는 이런 식으로 기다리는 일을 한 적이 있지만 그때와는 긴장감이 달랐다. 그때는 실패하고 싶지 않았기 때문에 한가하다는 생각은 들지 않았었다. 그러나 이번에는 들켜도 괜찮고 수입이 있는 것도 아니라 아무래도 기합이 들어가지 않는다.

점심 무렵까지 지켜본 두 사람은 배가 고프다며 감시를 멈추고 그 자리를 떠났다. 점심을 다 먹은 두 사람은 망을 보던 곳으로 돌아와 감시를 재개했다.

당연히 감시당하는 쪽에서는 눈치를 챘다. 어제쯤 정보가 들어왔기에 두 사람에게 감시를 붙인 것이었다. 세리에는 시선의 종류까진 짐작할 수 없기 때문에 감시자가 늘어난 것은 눈치챘으나 감시하는 경비병이 늘어났을 뿐이지 경계를 당하는지까지는 몰랐다.

두 사람의 움직임을 감시하는 사이 다른 사람이 두 사람의 배후 관계를 알아냈다. 다른 도시의 폭한들이 자신들의 섬을 휩쓸기 위해 보내 온 첨병(尖兵)일지도 모른다고 의심했기 때문이다.

결과, 첫날 누군가와 만났던 것은 알지만 그 뒤에 별다른 행동을 하지 않았기에, 정보소에서 흘러들어 온 정보 그대로 바보일 뿐인 게 아닐까 판단했다. 내일 에워싸고 때려눕혀 끝을 내기로 하고는 더 이상의 정보 수집은 하지 않았다.

다음 날 유지로와 세리에가 다시 망을 보려고 마을을 나와 벽을 따라 걷고 있을 때 남자들에게 포위됐다.

그것을 본 주위 사람들은 귀찮은 일이라고 판단해 텐트와 오두막집에 서둘러 들어갔다. 그들의 빠른 대응에 유지로는 감탄했다.

세리에는 주머니에 넣어뒀던 속도상승약을 마시고, 유지로는 본 적이 있는 남자를 가리키며 입을 열었다.

"그쪽에서 나왔냐! 받지 못한 보상을 지불할지 구타당할지 정해라!"

"해치워."

유지로의 말을 무시하고 남자는 둘러싼 자들에게 지시를 내렸다.

여덟 명의 남자들이 일제히 움직이기 시작했다.

상대는 맨손이므로 유지로도 맨손으로 맞서기로 했고 세

리에는 칼날을 빼지 않은 사벨을 휘둘렀다.

"무시하지 마라!"

유지로는 세리에를 향한 모멸감 가득한 시선으로 쌓인 스트레스를 여기에서 발산하듯 남자들을 때려나갔다. 싸운 적은 없었지만 치고받는 싸움이 두렵지는 않았다. 스트레스를 발산하느라 신경 쓰지 않은 이유도 있지만 그들이 자신보다 아래라고 무의식중에 깨달았기 때문이다.

유지로는 말없이 압도 중이었지만 세리에 역시 압도하고 있었다.

세리에는 마물과 싸워 익숙해졌고 조무래기가 위협하는 것에 겁먹을 필요가 없었다. 빠른 속도로 남자들 사이를 빠져나가 사벨로 팔과 정강이와 목처럼 방어에 약한 장소를 노렸다.

세리에도 스트레스가 쌓인 것일까, 공격하는 데 주저가 없었고 남자들은 뼈에 금이 가 바닥을 굴렀다.

네 사람을 땅에 눕히고 보수를 깎았던 남자에게 빠르게 다가가서 사벨로 배를 때렸다.

"도, 도망가자!"

10분도 지나지 않았는데 일방적인 전개였다. 배를 부여잡은 남자는 다른 부상자에게 부축받으며 떠나갔다.

그 뒤를 낯선 남자들이 쫓아갔다.

"이걸로 마무리하면 되겠지?"

좋게 땀을 흘렸다고 기분 좋은 듯한 목소리로 물었다.

"하라는 건 다 했으니 괜찮을 거야."

"그럼 얼른 마을을 떠날까?"

더 성가신 일이 일어나지 않길 바라며 세리에가 끄덕이고 두 사람은 그날 마을을 나왔다.

경비병들은 목적을 이루어 폭한들이 모이는 장소를 밝혀내고 대부분을 잡을 수 있었다.

도망친 이들도 있었다. 도망친 몇 명 중에는 세리에에게 배를 얻어맞은 남자도 있었다. 그들은 이렇게 된 원인인 세리에 일행에게 보복하기를 계획했다. 그러나 당시 두 사람은 마을을 나왔기에 경로를 짐작하지 못했다. 그들은 우선 마을에서 도망치는 것에 전념했다.

8 도마뱀 곱빼기

마테르트를 나온 두 사람은 남쪽으로 진로를 택했다.

세리에는 모자를 쓰지 않아도 되었기에 마음이 편하고 느긋한 상태다.

"앞으로 어디로 가는 거야?"

"목적지는 없어. 일단 남쪽으로 갈 뿐."

"'바람 부는 대로, 마음 가는 대로'인가."

그것도 좋다고 유지로는 생각했다.

사실 말하지 않았을 뿐이지 세리에는 목적이 있었다. 남쪽에 용무가 있는 것은 아니지만 찾는 장소와 사람이 있다. 둘도 없는 소중한 사람이다. 어디에 있는진 모르지만 어떤 힌트라도 있으면 좋겠다고 생각했다.

유지로를 만나지 않았다면 북상해 본거지로 삼은 혼성 도시로 돌아왔을 것이다. 거기서 생활비를 벌기 위해 의뢰를 받았었다. 하지만 유지로와 만나 삶에 여유가 생기고 변장 수단이 생겼기에 목적을 위해 움직일 수 있게 되었다.

그 상태로 12일쯤 이동하고 작은 마을에서 보급 등을 한 뒤 마테르트 규모쯤 되는 마을인 이즈에 도착했다. 요 20일 간 배낭을 지고 바구니를 양손에 들고서 이동하는 걸 불편하게 여긴 유지로는 손수레를 구입해 배낭 등을 넣어 이동하고 있다. 재료를 넣던 바구니는 나무 상자로 바뀌고 상자

속을 차갑게 하는 마법약을 만들어 넣었기 때문에 보존기간이 더 연장되었다.

이즈는 헤프시밍 왕국 최남단에 위치한다. 이보다 남쪽은 마물의 영역을 껴 다른 국가가 된다. 그곳은 숲의 민족의 나라로 커다란 숲이 있는 곳이다.

여기에 오기 전 변화약을 완성해서 시험 삼아 사용해보니 숲의 민족만큼은 길지 않던 뾰족귀가 평원의 민족과 같은 둥근 귀로 변했다.

마을에 들어갈 때 모자를 쓰지 않고 입구에 서 있어 보았다. 평원의 민족이 중심인 마을임에도 다들 조금 희한하단 표정을 지었을 뿐이고 지나갈 수 있었다.

마을에 들어온 뒤, 주위사람들은 세리에에게 모멸감 담긴 시선은 보내지 않았다. 그저 희한하다는 표정을 짓고선 바로 시선을 돌렸다.

"귀 모양을 바꾼 것뿐인데."

이상하다는 듯 작게 중얼거렸다.

그것만으로 사람들의 반응이 달라진다. 지금까지 견뎌온 시간이 부정되는 것 같아 눈시울이 뜨거워졌지만 울까 보냐, 싶어 힘껏 주먹을 쥐고 약한 마음을 다잡았다.

"왜 그래?"

"아무것도 아냐."

"눈이 빨개. 아무것도 아닌 게 아닌 것 같은데."

"아무것도 아냐. 잠시 내버려둬."

유지로의 말에 거듭 대답했다.

"잘 모르겠지만 알았어. 숙소를 정하고 잠시 혼자서 보낼래? 나는 그동안 약을 팔러 갔다 올게."

"그렇게 할게."

알았다며 대답하고 눈에 띈 숙소를 선택했다.

이번에는 1인실을 고른 세리에는 얼른 방에 들어갔다.

유지로도 방에 들어가 짐을 푼 뒤 만든 치유촉진제와 여분의 능력상승약을 들고 숙소를 나섰다.

혼자 남은 세리에는 가방을 바닥에 내던지고 침대에 쓰러져 베개에 얼굴을 파묻고 웃기 시작했다.

그 웃음에는 즐거움이 아닌 자신을 경멸해온 사람들과 지금껏 버텨온 자신에게 향한 조소가 담겨 있었다.

흘리지 않겠다던 눈물도 어느새 넘쳐흘러 10분간 웃다가 울다가 그대로 잠들었다.

쌓아둔 감정을 조금이라도 내뱉을 수 있었는지 잠든 표정에서 평온함이 느껴졌다.

"무기점이나 약방이⋯⋯."

혼자 나온 유지로는 주위를 둘러보며 가게를 찾았다. 느긋하게 걷다가 눈에 띈 약방에 들어갔다.

먼저 온 손님이 있었고 선반에서 치유촉진제를 복용 중이었다. 그 모습을 곁눈질하며 유지로는 카운터에 가서 늘 그랬듯 사들이기를 바랐다.

도중에 좋은 재료를 얻을 수 있었기에 이번에는 흰색 치

유촉진제가 아닌 스무 개의 하늘색 약을 만들 수 있었다.

"오, 하늘색이라니. 요 10년 이상 구매한 적이 없구나. 네가 만든 건가?"

"네, 이 마을에 오면서 좋은 재료를 얻었거든요."

"재료가 좋다 해도 이걸 만들 수 있다면 실력은 확실하겠구나. 가격은…… 5천 5백 밀레 어떤가?"

주인은 유지로가 가격을 더 올릴 것이라 예상하며 이렇게 제안했다.

"좋아요."

"……괜찮은가?"

시원스럽게 끄덕인 유지로의 모습에 주인은 맥이 빠진 듯했다.

"가격을 적게 받아도 한 번에 11만의 수입은 크기도 하고요."

"우리도 이득이니 그걸로 괜찮다면야."

욕심이 없다는 생각이 들었으나, 이 정도는 얼마든지 만들 수 있는 유지로는 다소 가격을 내린들 신경 쓰이지 않았다. 급전이 필요한 것도 아니니까 욕심낼 필요는 없었다.

"좀 기다리게."

주인이 대금을 준비하려고 했을 때 두 사람의 이야기를 듣던 손님이 다가왔다.

"그걸 내게 팔게. 하늘색이 하나에 5천 5백 밀레라니 매력적이군."

"무슨 말이냐, 이것은 벌써 내가 매입하기로 결정했다고."

"그렇게 말해도 포기하기에는 아까우니. 점포에서 팔 때 8천 밀레 정도로 팔겠지? 싸게 살 기회는 놓치고 싶지 않아."

"먼저 협상하고 결정한 것은 나야. 당신의 말은 통하지 않는다."

하늘색 치유촉진제는 확실히 완판이 되는 물건이다. 주인은 이것을 뺏길 마음이 전혀 없었다.

"어때? 나에게 팔아주면 5천 6백밀레에 살 수 있는데?"

용병이 유지로에게 말을 건넸다.

"2천 밀레 정도의 차이라면 먼저 교섭한 상대에게 팔 거예요. 그러므로 저분과 교섭하세요."

험한 표정을 짓는 주인을 가리켰다. 타협하지는 않겠다고 팔짱을 끼고 용병을 바라봤다. 새치기 비슷한 것이니 기분이 나빠지는 것도 당연하다.

어렵겠다고 판단한 용병은 이내 포기했다. 대신 다른 방안을 생각해냈다.

"그럼 가게를 나와서 의뢰를 하면 될까? 그렇다면 이 가게랑 관계없잖아?"

어떠냐며 주인을 바라봤다. 주인은 마지못해 끄덕였다.

"그렇지만 하늘색 치유촉진제는 만들 수 없을지도 몰라요. 이 마을 주변에 좋은 재료가 있는지 모르겠고요."

"어느 정도의 물건을 만들 수 있어?"

"흰색은 가능할 듯해요."

"그럼 그걸로 좋아. 흰색이어도 충분하고 가게에서 사는 것보다 싸겠고."

고개를 끄덕인 용병은 손에 들고 있던 녹색 치유촉진제를 선반에 도로 갖다놓고 해독제와 지혈제와 붕대만 사서 먼저 밖으로 나갔다.

유지로는 주인을 돌아보며 손을 내밀었다.

"일단 돈 주세요."

"알았다."

치유촉진제와 능력상승약의 대금을 받았다. 각금화로 주려 한 주인에게 부탁해 금화로 받았다. 세리에와 나눌 것이므로 잔돈으로 바꾸는 편이 좋았다.

새 병과 직접 얻기 힘든 재료, 거즈 등을 추가로 구입한 후 가게를 나왔다.

입구 옆에는 먼저 나온 용병이 서 있었고 유지로를 벤치에 앉도록 했다.

"자세한 걸 이야기하고 싶어. 약은 사흘 후까지 받고 싶은데."

"몇 개 정도 준비할까요?"

"많으면 많을수록 좋아. 적어도 스무 개."

용병은 많을 수록 좋다고 말했지만 오십 개 이상은 무리라는 생각이 들었다. 백 개를 준비했다고 한다면 너무 많아 필요한 만큼만 매입할 생각이었다.

재료는 부족하지만 앞으로 재료를 모아도 사흘 만에 서른 개 정도를 만드는 건 여유로우니 괜찮다고 답했다.

"그렇군! 가격은 얼마가 될까."

"흰색은 4천에서 4천 5백 밀레 정도로 가게에 팔고 있어요."

"역시 싸구나. 내 쪽에서 부탁하는 거니 4천 5백 밀레로 부탁할게. 완성되면 마을 남서쪽에 있는 떠드는 비둘기라는 숙소까지 가져다주지 않겠나? 내 이름은 프라즈. 숙소 주인에게 프라즈에게 부탁받았다고 전하면 알 수 있도록 전언해두지."

"알았어요."

부탁한다며 프라즈는 떠나갔다.

유지로는 일단 숙소로 돌아와 짐을 넣은 바구니를 들고 숙소를 나섰다. 세리에게 말을 걸까 생각했지만 저녁까지 가만히 두기로 했다.

문을 지키던 병사에게 위험한 장소에 대해 듣고 그곳을 피하기로 하고 밖으로 나왔다.

하늘색의 재료가 되는 풀 같은 건 없었지만 흰색을 만드는 데 충분한 재료가 있었고, 불의 결정을 많이 포함한 돌도 주울 수 있었다. 이걸로 더 강력한 불의 보강제를 만들 수 있다.

혼자 행동하는 유지로를 노리는 마물도 나왔다. 하지만 바하독과 전투력이 비슷한 마물이었기 때문에 고전하지 않고 쓰러뜨릴 수 있었다.

쓰러뜨린 마물은 큰 풍뎅이었다. 발차기로 해치우기에는 조금 어려움이 있었다. 그렇지만 바람의 광범위마법으로 땅에 떨어뜨려 공처럼 차서 날리지 않아도 됐다.

"세리에, 밥 먹자."

똑똑 문을 두드리고 반응을 기다렸다. 곧 눈이 약간 붉은 세리에가 나왔다.

"울었어?"

"눈을 문질렀으니까 빨개졌을 뿐이야."

"그렇군."

거짓말일 것이라고 생각했지만 더는 묻지 않고 저녁 식사를 권했다. 너무나 담백하다고 생각하면서도 세리에는 그 권유에 고개를 끄덕였다.

주문한 요리가 올 때까지 혼자서 돌아다닐 때 일어난 일을 이야기했다.

"약 제작 의뢰를 받았기 때문에 사흘 후까지 마을에 머물고 싶어."

"그래. 나도 의뢰를 받을게."

"오늘 약 팔고 왔으니까 돈에 여유는 있는데?"

"의지하기만 하는 건 싫어. 직접 벌 수 있어."

"세리에가 일하지 않아도 내가 벌 텐데. 차라리 결혼해서 가정을 꾸리자."

"싫어."

침울해지지 않고 유감스럽다며 웃었다. 아직 이르단 걸 유지로도 알기 때문에 반은 농담이었다. 반은 진심이었지만.

그런 유지로를 파악하듯 세리에가 빤히 바라보았다.

"왜? 그렇게 빤히 보면 부끄러워. 하지만 계속 봐도 돼!"

"기분 나빠."

훑어보는 시선에서 어이없어하는 시선으로 바뀌었다. 하지만 요리가 나오니 이내 그 시선은 사라졌다.

요리를 먹은 뒤 방 앞쪽에 있는 온천에도 초대했지만 변화약은 물에 녹기 때문에 세리에는 거절했다.

"네가 만들었으니까 그 정도는 알 텐데."

"하지만 운이 좋다면 수긍할지도 모른다 생각하니 초대하지 않고는 견딜 수 없었어. 그리고 행운이 찾아와 혼욕이 가능하다면 그것보다 기쁜 일은 없어!"

세리에가 주먹을 꾹 쥐며 배에 힘을 주어 말했다.

"일어날 리 없는 일은 꿈으로 참으렴."

"꿈속에서라면 마음대로 해도 좋다고? 야호, 허락을 받았다!"

"허락하지도 않았는데 네가 멋대로 그러는 것뿐이잖아."

"하지 않았어. 세리에가 꿈에 나올 수는 있어도 평소와 마찬가지고. 자각몽은 한 번도 꾼 적 없는걸."

"자각몽? 그게 뭐야?"

들어본 적 없는 단어에 고개를 갸웃했다. 머리카락이 사락거리며 동작에 맞춰 흔들렸다.

"그 행동 귀엽다. 꿈을 꿀 때, 꿈이라 자각하고 마음대로 움직일 수 있는 꿈이었을 거야."

좋은 걸 봤다고 생각하면서 설명을 했다.

세리에는 그런 꿈은 꾼 적이 없지만 들어본 적은 있었다.

"본 적이 없다면 앞으로도 보지 말아주길 바라."

"보려고 생각해서 보이는 것도 아니고 말이야. 꿈보다 실물이 더 좋고. 아, 이야기가 샜구나. 물에 녹지 않는 변화약은 언젠가 만들기로 할게."

"만든다 해도 함께 들어가지 않아."

그건 안다. 단지 마을에서도 목욕할 수 있길 바라며 생각했던 것이다.

"언젠가 우연히 들어갈 테니 문제없어."

"우연이 아니라고 생각해."

"또 이야기가 샜어. 의뢰에 대한 거였나? 내일부터 찾아?"

"그럴 생각이야."

"함께 갈 테니까 두고 가지 말아."

"약 만들어야 하면서."

"작업은 밤중에 하니까 괜찮아. 치유촉진제 스무 개라면 그리 오래 걸리진 않고."

그 말이 사실이란 건 지금까지 함께 행동했기에 안다.

거절해도 따라오리란 것은 쉽게 예상할 수 있었으므로 끄덕이고 방으로 돌아갔다.

유지로는 혼자 목욕탕에 가서 가루비누를 써서 몸을 씻었다. 팔려고 했던 가루비누는 마법약만 판매해도 충분히 생활할 수 있기 때문에 유지로와 세리에의 전용 도구가 되었다.

숙소에 돌아와 즉시 약 제조를 시작하고 자기 전에 서른 개 분량의 재료 가공을 마쳤다.

다음 날 두 사람은 아침을 먹은 후 소개소로 향했다.

"어떤 일을 받을 거야?"

"마물 퇴치나 약초 모으기나, 단기로 끝나는 걸 받으려고 해."

세리에는 지금의 자신이라면 그런 것도 받을 수 있겠지 싶어, 용병들이 일반적으로 받는 일을 말했다.

"좋은 게 있다면 좋겠네."

"지금까지 받았던 것보다 더 좋은 일이 잔뜩 있을 거야, 분명."

단언했다. 그만큼 지금까지 해온 일이 변변찮았다는 말이 되겠지.

소개소에 들어가 거친 계열의 일을 찾았다. 일을 정하는 것은 세리에이므로 유지로는 그저 어떤 일이 있는지 살펴보기만 했다.

그런 유지로에게 말을 거는 사람이 있었다.

"프라즈? 그쪽도 일을 찾나요?"

"신입들이 하기에 괜찮은 일을 찾으려고. 질 좋은 치유촉진제를 얻었으니 신입에게 조금은 터무니없는 일을 시켜도 되겠지 싶어서. 너는 약속했던 약은 어떻게 했어?"

"그건 내일쯤 완성할 거예요. 오늘은 동료를 따라 여기에 왔어요."

"몇 개 정도 될 것 같아?"

"서른 개요."

"충분하군."

기쁜 듯이 끄덕였다.

유지로는 등 뒤의 기척을 느끼고 뒤돌아봤다.

"세리에, 좋은 거 찾았어?"

"아니, 없었어."

대충 본 느낌으로 마물 퇴치는 자신의 실력에 맞는 건 많은 인원이 필요한 의뢰밖에 없었고 적은 인원으로 해낼 만한 일은 버거운 것이었다. 나머지는 장시간에 걸쳐 특정 지역의 마물을 섬멸하는 것 정도였다.

세리에의 시선이 프라즈를 향했고 약간 고개를 갸웃했다.

"어제 약을 주문했던 사람이야. 이름은 프라즈. 동료가 있는 것 같고 신입이 할 일을 찾으러 왔대."

"그래."

"오늘은 돌아가?"

"좀 더 찾아보고 싶어. 돌아갈 거라면 먼저 돌아가도 돼."

세리에는 미처 못 보고 놓친 일이 있을지도 모르니 다시 찾을까 해서 먼저 가도 된다고 말하러 온 것이다.

지금까지였다면 굳이 이런 말은 하지 않았을 것이다. 염

려하게 된 건 아니고 시험해본 것이다. 조금 느슨해진 태도를 보이면 그 반응이 어떻게 될지 확인해 판단하고 싶었다.

"아니, 돌아가지 않고 기다릴게."

"그래."

평소와 같아 판단하기 어려웠다. 그 자리에서 떠나려 했을 때 소개소 직원이 대규모 의뢰를 발표했다.

"남쪽 습지에 올해도 무는 도마뱀이 발생했습니다. 내일 하루간 토벌하고자 합니다. 참가자는 1만 밀레, 우두머리인 혀치기 도마뱀을 잡은 사람에게는 보너스가 붙습니다. 참가하실 분은 이쪽으로 오세요."

"세리에, 지금 말한 도마뱀을 알아?"

"무는 도마뱀은 몸길이 50센티미터, 육식성이고 틈을 보이면 인간도 덮쳐. 혀치기 도마뱀은 무는 도마뱀이 성장한 모습. 최대 3미터까지 성장해. 튼튼한 혀를 휘두르는 도마뱀이야. 표피는 두껍고 칼이 잘 안 통해."

"저거 받을래? 내일 끝날 것 같은데."

잠시 생각한 세리에는 고개를 끄덕였다. 단체로 퇴치하지만 협력할 필요는 없고 하루에 1만 밀레라면 구미가 당긴다.

"신입에게도 받게 해야지. 무는 도마뱀라면 어떻게든 되겠고말이야."

마침 좋다며 프라즈도 참가하기로 결정했다.

셋이서 임시창구로 가서 이름을 적었다.

유지로가 이름을 적는 것을 보고 프라즈가 놀랐다.

"너는 약사잖아? 싸울 건가?"

"신입도 받을 수 있는 일이라면 괜찮겠지요. 게다가 세리에 혼자만 가게 둘 수 없고요."

"신입이라도 훈련은 제대로 하는데."

"빅앤트와 바하독과 싸워서 이겼어요."

"그 녀석들을 이겼구나. 그렇다면 무는 도마뱀도 괜찮겠군."

프라즈는 여차하면 동료인 세리에가 말리겠지 하고 생각했다. 하지만 세리에는 유지로가 터무니없는 짓을 한다면 자업자득일 테니 말릴 생각이 없었다.

의뢰의 자세한 사항은 벽에 크게 붙어 있는 종이에 쓰여 있었다.

남쪽 늪은 여기에서 도보로 1시간 반 거리. 시작 시간은 9시부터. 미리 가서 빨리 시작해도 좋다.

세리에에게 들은 두 종류의 도마뱀의 특징도 적혀 있다.

주의사항은 그쪽에도 직원이 있으니 도착하면 이름을 말할 것. 그렇지 않으면 보수를 받을 수 없다.

또 혀치기 도마뱀과 싸우면서 일어난 문제는 당사자끼리 해결하라고 적혀 있다. 그로 인해 입은 부상은 소개소가 관여하지 않는다는 사항도 적혀 있었다.

매년 이러한 문제는 일어나고 소개소는 종이에 적힌 대로 대응한다. 아무리 그래도 살인이 날 것 같다면 중재에 들어

가지만 간단한 치료만으로 해결할 수 있는 문제라면 상관하지 않는다.

"내일 아침에 약을 들고 갈게요."

"알았다."

프라즈과 헤어진 유지로 일행은 장을 보고 나서 숙소로 돌아왔다.

다음 날, 아침식사 전에 프라즈 일행이 있는 숙소로 갔다. 프라즈가 이미 카운터 직원에게 이야기해놓았는지 바로 그들이 머무는 큰 방으로 안내되었다.

방 안에는 마흔 살 가까이 되는 연장자와 열다섯쯤 되는 남자들이 열일곱 명 있었다. 들어온 유지로를 일제히 주목했다.

"아, 왔구나."

사복 차림의 프라즈가 다가왔다. 프라즈에게 치유촉진제가 든 봉투를 내밀었다. 봉투 안에서 짤랑거리며 병이 부딪치는 소리가 났다.

"주문한 약을 가져왔어요. 확인해봐요."

"알았어."

테이블에 흰색 치유촉진제 서른 개를 늘어놓았다. 프라즈나 다른 남자들이 치유촉진제를 들고 확인했다.

"사용기간은 가게에서 파는 것과 똑같지?"

"네. 보존마법을 썼기 때문에 보름 정도예요."

"대금인 13만 5천 밀레다."

돈을 확인하고 주머니에 넣었다. 신입의 시선이 주머니를 향했다. 아직 한 번에 그만큼 되는 액수를 벌어본 적이 없기에 부럽다고 생각했다.

볼일이 끝났으므로 돌아가려던 유지로를 따라 프라즈가 함께 방을 나섰다.

"조금 얘기하지 않을래?"

"세리에가 기다리니까 그다지 오래는 못해요."

"그렇다면 짧게 가지. 이야기란 건 우리 용병단에 들어오지 않겠냐는 거야."

"인원 부족이에요?"

"아니, 인원은 충분해. 너의 약 제조 솜씨를 원해. 네가 있으면 치유촉진약과 보강약과 능력상승약 같은 필수품에 드는 비용이 절약되니까. 너에게 이점은 재료를 모을 때 호위가 함께하고 호위비용이 들지 않는다는 것이지."

"아니, 여태껏 호위와 한 번도 동행한 적 없는데요."

"그런가? 음, 불의의 사태라는 것도 있으니 있는 편이 좋을 것 같은데."

"일단 거절할게요. 세리에가 들어가기를 희망한다면 들어갈 거지만."

유지로 본인은 둘이서 러브러브한 여행을 즐기고 싶기 때문에 내키지 않았다. 세리에에게는 러브러브함이 없지만 함께 있을 수 있는 것만으로도 기쁘다. 용병대에 들어가면 함께할 수 있는 시간이 줄어든다.

"나는 들어갈 생각이 없어요."

"어째서?"

"약만 만들게 될 테고, 자신이 하고 싶은 것을 할 수 없다면 귀찮고 수입도 줄어들 테고. 약을 만들어도 무료로 나눠 주라는 거잖아요? 그렇다면 원하는 대로 부려먹힌다는 거니까 싫어요."

러브러브한 여행을 즐기고 싶은 것도 사실이지만, 입 밖에 낸 이유도 본심이다. 스스럼없이 느긋하게 움직일 수 있는 지금이 딱 좋다.

"그런가. 마음이 바뀌면 말해줘, 환영할게."

"마음이 바뀌면 말이죠."

둘 다 지금은 마음이 없는 것 같다고 생각했다.

숙소로 돌아와 세리에가 무장하는 동안 아침을 먹었다.

준비를 마친 세리에게 조금 기다려달라고 하고 약을 숄더백에 넣어 준비를 끝냈다.

8시 30분이 지나 습지에 도착하기 위해 마을을 나왔을 때 유지로는 능력상승약 등을 건넸다. 약의 종류는 회복약, 힘의 상승약, 불의 보강약, 피로회복제다. 무대는 습지이므로 속도상승약은 의미는 없을 거라 생각하여 힘을 보조하는 약을 골랐다. 유지로는 달리 사용할 수도 있을 약도 가져왔다.

앞으로 20분 정도면 도착할 즈음 두 사람은 전방에서 서둘러 마을로 돌아가는 남자와 엇갈렸다.

"엄청 허둥거렸지. 뭐가 급한 볼일이라도 있었나?"

"글쎄, 우리와는 관계없잖아."

유지로는 세리에의 말에 동의하며 고개를 끄덕이고 더는 신경 쓰지 않았다.

그리고 20분 뒤 습지 근처에 도착한 두 사람은 도마뱀들을 발견했다. 작은 도마뱀이 어정거리고 큰 도마뱀이 꿈지럭꿈지럭 움직였다. 먼저 와 있던 용병들이 도마뱀과 싸우는 중이었다.

"어쩐지 많네."

"이게 당연한 건가."

세리에는 보수에 이끌려 실수한 것 같다고 생각했다.

"아, 거기 두 분! 당신들도 퇴치 참가자입니까!"

떨어진 위치에 있던 남자가 두 사람을 보고 다가왔다.

"맞아요. 그런데 생각보다 많네요. 매년 이렇다면 힘들겠어요."

느긋하게 말하는 유지로에게 남자가 고개를 흔들며 부정했다.

"아니에요. 원래는 더 적었어요! 올해가 이상해요. 항상 200마리 정도, 많아야 250마리 정도인데 올해는 그 세 배 가까이 되네요. 어찌된 영문인지 전혀 모르겠어요! 부탁입니다. 바로 시작해주세요."

용건만 말하고 소개소 직원인 남자는 다른 용병에게 사정을 설명하러 갔다.

"뭐랄까, 타이밍 나빴네."

"맡았으니까 해야지. 괜찮은 의뢰를 맡게 되었다고 생각했는데."

유지로는 칼을 빼들었고 운이 나쁜 걸까 하며 작게 한숨을 쉰 세리에는 힘의 상승약을 마신 후 검을 뽑았다.

두 사람은 얕은 물에 발을 들이고 우글대는 무는 도마뱀을 베어갔다.

"발이 조금 걸리네."

"조금? 나는 굉장히 움직이기 어려워."

세리에는 그나마 낫다. 힘을 상승시킨 덕에 돌아다닐 수 있었다. 다른 사람들은 돌아다닐 수가 없는 탓에 무는 도마뱀에게 물린 사람도 많았다.

유지로는 일격에 죽일 수 있지만 가끔 빗나갔고 세리에는 제대로 맞출 수 있지만 일격에 죽일 수는 없다는 느낌으로 싸웠다.

"무는 도마뱀 쪽은 괜찮은데 큰 건 어떡하지."

"나는 무리야. 넌 공격을 받아야 대미지를 입을 것 같지만."

세리에는 조금 피곤한 기색으로 무리라고 단언했다.

다른 사람들도 혀치기 도마뱀에게 고전했다. 혀치기 도마뱀은 50마리 정도 있었고 한 사람당 한 마리를 잡는다고 해도 역부족이었다. 개체수 차이, 환경적인 문제로 이쪽이 열세라는 건 상상하기 어렵지 않았다.

"한 번 이탈해 휴식하는 것이 좋겠네. 가자."

유지로는 전혀 지치지 않았지만 세리에는 지치기 시작했

다. 싸운 시간은 30분으로 길다고는 할 수 없다. 그러나 움직이기 어려운 환경이 체력을 소모시켰다. 피로회복제는 그렇게 많지 않으니 절약할 수 있다면 절약해두고 싶었다.

습지에서 나오니 대부분의 도마뱀이 쫓아오지 않았다. 늪이 홈그라운드라는 것을 이해하는 것이다.

쉬고 싸우기를 반복해 한낮 전까지 싸워나간다.

그 무렵에는 용병 측의 증원 덕분에 도마뱀의 수를 절반 이상 줄일 수 있었지만, 용병들이 점점 지쳐갔기에 이 기세로 제압하는 일은 불가능했다.

"오후부터는 어찌 될는지. 뭔가 좋은 방안이라도 없으면 위험할 테니."

적신 천으로 몸에 붙은 진흙을 닦는 세리에 옆에서 유지로는 주위를 둘러보았다. 모두 지친 표정으로 땅에 주저앉아 있었다. 토벌속도가 떨어진 지금 상태에서는 날이 저물 때까지도 쓰러뜨릴 수 없지 않을까 싶었다.

"아직 여유 있네. 체력이 얼마나 강한 거야."

어이없는 시선으로 유지로를 보았다. 세리에는 피로회복제를 마신 덕분에 주변 용병처럼 지치지는 않았다. 하지만 유지로는 피로회복제를 마시지 않은 상태에서 세리에를 보호하며 싸웠다. 그런데도 지친 기색을 전혀 보이지 않는 유지로가 기가 막힐 뿐이었다.

"체력을 나눌 수 있으면 좋겠다. 키스 등으로 체력을 올릴 수 있는 마법 같은 거 몰라?"

"몰라, 안다 해도 사양할게."

"유감이네."

정말로 원했던 마법이었는데 모른다는 대답은 정말 유감스러웠다.

"이대로라면 진짜 위험해. 도마뱀에게 잘 듣는 독 같은 건 몰라?"

세리에는 어쩌면 있을지도, 하고 말하는 유지로에게서 시선을 돌리고 도마뱀들을 쏘아보았다.

"알고는 있지만 재료가 근처에 없으니까."

"그래…… 그냥 독으로도 움직임을 둔화시킬 수는 없으려나."

"글쎄? 효과가 있다 해도 어떻게 독을 흡수해? 이런 평지라면 몰라도 늪이라면 독을 바른 칼을 들고 접근해봤자 그전에 혀로 공격당할 것 같은데. 세리에가 가진 숏보라면 표피에 튕길 거 아냐?"

"누가 부드러운 부분을 알지도 몰라."

"해볼래? 주위에 자란 풀 같은 걸로 어떻게든 마비 독은 만들 수 있을 거야."

"가능한 수단이라면 뭐든 해보자."

두 사람은 직원에게 가서 생각해낸 것을 말했다.

직원은 약사가 어째서 이런 곳에 왔냐며 깜짝 놀랐지만 타개책이 있다면 도움이 된다며 기뻐하기도 했다.

직원도 지금의 상태로는 좋은 결과를 낼 수 없다는 것

을 알고 있었던 것이다.

"이대로는 위험할지도 모르니 해봅시다. 저희가 정보를 모아올 테니, 독 제작을 부탁합니다."

"그릇 같은 게 있으면 빌려주세요. 도구를 숙소에 두고 왔거든요."

"예. 필요한 걸 말씀해주십시오."

준비된 컵이나 천을 받아 유지로는 재료를 모으기 시작했다. 모은 것은 모두 미약한 독을 가진 풀과 벌레이다.

풀은 세리에에게 칼집으로 어느 정도 으깨달라고 했고 천으로 감싼 뒤 짜서 즙을 모았다. 벌레는 몸의 수분을 날려 가루가 될 때까지 유지로가 자신의 검집으로 으깼다.

짠 즙을 약사로서의 직감으로 계량하여 섞고 벌레를 깔깔하게 으깬 가루를 넣어 완성했다.

"이걸로 완성."

컵 한 잔 정도의 독을 만들어 세리에에게 건넸다. 컵 속 액체는 검은 점성이 있었다.

정보는 모였다. 부드러운 부분은 벨 수 있지만 항상 감춰진 상태이므로 노릴 수 없고, 그다음으로 부드러운 옆구리가 노릴 곳이라는 것을 알게 되었다.

"일단 실험을 해보자."

세리에는 화살촉을 금방 만들어진 독에 담그고 목표 한 마리를 정하여 시위에 화살을 메겼다. 방해하지 않도록 모두가 숨을 죽이고 세리에를 주목했다.

타이밍을 재 화살을 놓았다. 화살은 바람을 가르고 포물선을 그리며 날아 혀치기 도마뱀의 옆구리에 꽂혔다. 얕게 박혔는지 도마뱀이 살짝 움직이니 화살이 진흙 속으로 떨어졌다. 그래도 일단 박혔기 때문에 효과가 없진 않을 것이다.

"어느 정도로 효과가 나올까?"

"마법약이 아니니까 맞았다고 효과가 즉시 나타난다고 할 수는 없어. 독이 퍼질 때까지 최소한 1분은 기다릴 필요가 있지 않을까?"

도마뱀들이 움직이는 소리만 들리는 조용한 장소에 두 사람의 대화가 울려퍼졌다.

"그럼 효과가 얼마큼 있어?"

"제대로 기구를 사용해서 만들면 반나절은 움직일 수 없게 하는 독이지만, 이건 어떠려나. 적어도 3시간은 움직임을 둔하게 할 것 같아."

그 뒤 침묵하고 1분이 지났다.

"움직이지 않네."

"독이 효과 있는지 없는지 모르겠네. 잠시 갔다 올게."

"뭐?"

유지로는 움직이지 않으면 움직이게 하면 된다는 생각으로 습지로 달렸다.

용병들이 진흙을 크게 튀기며 무는 도마뱀을 짓밟고 나아가는 유지로를 어이없어하며 바라보았다.

거리가 어느 정도 가까워지니 혀치기 도마뱀이 고개를 들었지만 그것뿐이다. 유지로는 크게 점프해서 혀치기 도마뱀 등 위에 올라탔다.

도마뱀은 이에 반응을 일으켜 몸을 움직였지만 확실히 움직임이 둔해져 있었다.

"하는 김에 마음껏 걷어차면 쓰러뜨릴 수 있는지 시도해볼까."

영차 하며 등에서 내린 유지로는 옆구리를 목표해 발을 휘둘렀다. 둔탁한 소리가 울렸다.

""""허어?!""""

세리에, 용병, 직원 모두가 한목소리로 놀랐다.

그도 그럴 것이다. 200킬로그램을 넘는 거구가 2, 3초라지만 완전히 지면에서 뜬 것이다. 높이는 그리 높지 않았지만 발로 차 띄웠다는 것은 대단한 정도를 넘어 기가 막히는 소행이었다.

걷어차인 혀치기 도마뱀은 내장이 파열되어 입에서 피를 토해 절명했다.

아무리 그래도 아팠는지 유지로가 다리를 문질렀다. 문지르는 것만으로 끝난 게 이상한 광경이었다.

"아, 쓰러뜨릴 수 있네. 다른 놈도 움직임을 둔화시키고 이대로 쓰러뜨릴까."

유지로는 그 자리에서 큰 소리로 세리에에게 독화살 지원을 요청하고 무는 도마뱀을 상대해나갔다.

"있잖아, 저 녀석 누구야?"

어이없음과 약간의 두려움이 섞인 표정을 지은 용병 한 명이 세리에에게 다가가 물었다.

"그건 내가 묻고 싶은걸."

"동료잖아. 몰라?"

"……안 지 얼마 되지 않았어."

세리에는 방해되니 떨어져 있으라고 말하고 활을 준비했다.

거절의 뜻을 느낀 용병은 자신의 동료 곁으로 돌아갔다. 준비했던 화살을 전부 날렸고 열다섯 마리의 도마뱀이 독에 맞았다. 멀쩡한 것은 나머지 열 마리다.

차례로 움직임이 둔해진 도마뱀을 발로 걷어차 죽이는 유지로를 보고 용병들은 전부 저 녀석에게 맡겨도 좋지 않을까 하는 생각을 했지만, 일을 게을리 할 수는 없기에 무기를 들고 늪에 들어갔다.

우선 큰 녀석부터 잡기 위해 멀쩡한 혀치기 도마뱀을 여러 용병이 둘러싸 움직이지 못하게 하면 유지로가 발로 차서 죽인다는 전개로 싸움은 흘러갔다.

큰 녀석을 쓰러뜨리면 그다음은 문제없다.

저녁이 되기 전에 무는 도마뱀도 전부 쓰러뜨렸고 도마뱀 섬멸은 끝이 났다.

9 개구리 날뛰다

"끝났다, 끝났다."

유지로가 늪에서 올라왔다. 단단한 것을 몇 번이나 발로
차서 아팠던 다리는 회복약을 먹자 금세 나았다.

"수고했어."

"너 정말 대단했어."

"이름이 뭐야?"

대활약했던 유지로에게 용병이나 모험가들이 둘러싸 말
을 걸었다.

"내가 있는 용병단에 들어오지 않을래? 곧바로 전력이 될
수 있는 사람은 대환영이다!"

"아니, 기다려. 내가 있는 곳은 어때? 좋은 대우로 환영할
게."

"내가 있는 곳에 오면 예쁜 여자들을 상대해도 돼. 뭐 하
면 내가 상대할까?"

"뭐, 뭐?"

예쁘다기보단 멋지다고 할 수 있는 여검사가 유지로를 그
윽한 눈으로 바라보며 어깨를 감쌌다. 미인이라 할 수 있는
여자의 갑작스러운 접근에 유지로는 얼굴을 붉혔다. 장시
간 움직여 땀이 흘렀을 텐데 여검사에게선 희미하게 달달한
냄새가 났다.

갑자기 뭐냐 싶어 당황한 유지로를 상관하지 않고 용병들은 한층 더 들떴다.

그런 유지로의 모습을 세리에가 싸늘한 눈으로 보았고 마지막까지 아껴둔 피로회복제를 마시고 나서 마을 쪽으로 걷기 시작했다.

용병들에게 둘러싸인 유지로는 세리에가 떠난 것을 눈치채지 못했다.

대화는 15분 이상 계속되었고 유지로에게 조건을 내걸며 그중에서 선택해달라는 이야기로 흘러갔다.

"왜 선택한다는 전개가 돼? 나는 어디에도 들어갈 생각이 없어."

그렇게 말하고 거절했다. 포기하지 않는 용병들로부터 떨어져 돌아가려고 세리에를 찾았다. 이 시점에서 겨우 세리에가 없다는 것을 깨달았다.

"어디로 갔지? 먼저 돌아갔나?"

소개소 직원에게 물어보니 세리에로 보이는 인물이 마을로 걸어가는 것을 봤다고 했다.

직원에게 감사인사를 하고 유지로는 세리에를 따라잡으려고 달렸다.

"굉장하네. 아직도 뛸 체력이 있나?"

"나는 완전히 지쳐서 걷는 것도 힘든데."

"역시 같이 일하고 싶어. 어떻게든 다시 한 번 이야기를 할 수 없을까."

"결국 이름을 듣지 못했네. 어려울지도."

전속력으로 떠난 유지로를 용병들은 감탄과 기막힘이 섞인 표정으로 바라보았다. 약간이나마 남아 있던 공포는 자신들에게 쩔쩔매던 모습을 보고 없어졌다. 무리하게 강요하지 않으면 그 힘이 자신들을 향할 일은 없을 거라는 생각이 들었다.

"아, 그러고 보니 저 녀석, 도마뱀의 껍질을 벗기지 않았구나."

"필요 없는 게 아닐까요. 이렇게나 혀치기 도마뱀을 쓰러뜨렸으니 보너스는 확실하겠네요."

우리가 벗길까, 하며 용병들은 잠시 휴식하고 늪에 들어갔다.

전속력으로 달려 약간 숨이 찰 무렵 유지로는 세리에를 따라잡을 수 있었다.

"기다려줘."

"열렬한 권유를 받아 힘들었겠네. 나는 빨리 쉬고 싶어."

"음~ 그럼 어쩔 수 없나. 피로가 풀리는 약도 만들까?"

세리에는 조금 끌렸지만 고개를 가로저었다. 의지하기만 하는 건 싫었다.

"필요 없어. 그것보다 용병단에 들어가기로 했어? 그렇다면 여기서 작별이네."

표정만으로는 지금 하는 말이 진심인지 아닌지 알 수 없다. 하지만 유지로는 어느 쪽이든 상관없었다. 어디까지라도 따라갈 생각이었다.

"들어갈 리가 없잖아. 세리에과 함께 있고 싶어!"

"평원의 민족의 여자가 권유했잖아. 내가 봐도 예뻤어. 평원의 민족은, 평원의 민족과 함께하는 편이 더 어울릴 거야."

말에 가시가 있는 것 같아 유지로는 고개를 갸웃했다.

"분명히 그 사람은 예쁜 것 같지만…… 혹시 질투해?"

"일반론이야."

조금은 동요해주길 기대했건만 냉정하게 대답해서 아닌 것 같다는 생각이 들었다.

"그거야. 일반론은 일반론. 거기에서 벗어나는 사람도 있어. 그게 나고."

외형이 비슷하고 주어진 지식도 평원의 민족의 것. 그렇지만 유지로는 지구에서, 일본에서 나고 자랐다. 세리에가 말하는 일반론에 포함되지 않는다며 당당히 가슴을 폈다. 그렇지 않으면 세리에와 만났을 때 불쾌감을 가졌을 것이다. 그 생각을 하니 지금의 자신이 매우 만족스러웠다.

"역시 넌 이상해."

"괴짜라서 세리에와 함께 있을 수 있다면 괴짜가 좋아."

세리에는 조금쯤 충격을 받거나 반감을 가지라고 생각하며 마음속으로 한숨을 내쉬었다.

그물로 바람 잡기, 호박에 말뚝 박기라는 속담을 세리에가 알았다면 그것을 실감했을 것이다.

유지로의 반응이 이렇기 때문에 불신을 하지 않을 수 없었다. 너무 꾸밈이 없어 짐작할 수 없는 인물이다. 무슨 생각을 하는지 알 수가 없다. 말로 내뱉는 호의에 뭔가 꿍꿍이가 있는 것은 아닐까, 그런 생각이 든다. 그러니까 유지로가 연기하고 있다는 가능성도 완전히 버릴 수는 없었다.

세리에를 위해 하는 행동이 좋은지 어떤지는 차치하고 세리에를 항상 의식한다. 그것이 유지로의 현 상황이다.

마을로 돌아온 두 사람은 소개소에 들렀다. 그러나 나가 있는 직원이 안 돌아왔기에 보수는 아직 받을 수 없었다. 내일 이후가 될 것이라는 말을 듣고 숙소로 돌아왔다.

유지로는 옷을 갈아입고 발차기 전용 부츠라도 찾아볼까 해서 숙소를 나왔고, 세리에는 옷을 아무렇게나 벗어던져 갈아입은 후 침대에 쓰러졌다.

마음에 드는 부츠는 찾지 못했지만 피로를 천천히 풀게 하는 약의 재료는 찾았기에 그것을 구입하고 돌아와서 약을 만들고 저녁식사 때 세리에에게 건넸다.

다음 날 아침, 소개소에 가니 연락을 받았던 직원이 보수를 준비하고 있었다.

"이것이 보수입니다. 사와베 씨는 5만 밀레, 세리에 씨는 3만 밀레입니다."

받아든 금화 세 닢을 보고 세리에는 약간 감동했다. 항상 보너스는커녕 보수를 적게 받았었는데 이번에는 제대로 받았기 때문이다. 변장한 덕분이라 해도 기뻤다.

"무슨 문제가 있나요?"

손바닥에 올려놓은 금화를 빤히 바라보며 가만히 있는 세리에게 직원은 어리둥절해하며 말했다. 그에 세리에는 아무것도 아니라 대답하고 재빨리 소개소에서 나왔다.

그 뒤를 쫓아온 유지로가 말을 걸었다.

"달리 다른 일은 찾지 않아도 괜찮아?"

세리에의 다리가 딱 멈췄다. 감동했다는 걸 숨기기 위해 소개소를 나왔지만 제대로 벌 수 있다면 벌어두고 싶은 마음도 있었다. 하지만 지금 다시 돌아가는 것도 꼴사나우니 돌아가지 않기로 했다.

"볼일이 있으니까 따라오지 마."

"위험한 일이라면 말려도 갈 건데."

"위험하지 않아."

도시를 돌며 추억의 풍경을 찾고 사람을 찾을 뿐이다. 산책과 다르지 않다.

"그럼 나는 책방에라도 가 있을게."

"그래."

"점심은 함께 먹을까?"

"혼자 먹을래."

그렇게 말하고 세리에는 걷기 시작했다. 조금 쫓아가볼까 하고 유지로는 생각했지만 들키면 미움받을까 봐 그만두었다.

유지로도 책방을 찾아 걷기 시작했다. 중간에 리본이나

인형을 발견하고 티크에게 전해줄까 해서 구입했다.

"배달은 세리에가 했던 것처럼 모험가에게 부탁할 수밖에 없나?"

지구처럼 배달을 전문으로 하는 회사가 있는지 없는지 몰라서 고개를 갸웃했다.

상점 주인에게 물어보니 모험가에게 부탁하거나, 목적지를 지나는 상인 무리에게 돈을 지불하고 의뢰하는 것이 일반적이라고 한다. 귀족 등은 전용 파발마를 소유하고 있지만 평민은 귀족과 연줄이 없으면 그런 수단을 사용할 수 없다.

소개소에 부탁하면 의뢰를 할 수 있다기에 유지로는 다시 그곳으로 갔다. 자신은 잘 지낸다는 내용을 적은 편지와 함께 인형을 건넸다.

"비용은 얼마예요?"

"어디 보자, 7천 밀레예요."

"너무 비싸네요."

"여기선 이게 보통이에요. 이웃마을에 전달한다면 더 싸지는데, 어떡하시겠어요? 취소하시겠어요?"

비용을 절약하려면 소개소를 통하기보다는 상인 무리에게 부탁하는 것이 더 나을 것이다. 그러나 이 경우. 짐이 도착하지 않을 가능성이 있다. 물건을 전해준다면서 돈과 짐을 훔치는 질 나쁜 상인 무리도 있다.

"아뇨, 부탁합니다."

돈은 여유가 있기에 지불이 꺼려지지는 않았다.

용무를 끝마치고 서점에 가서 마물에 대해 쓰인 책을 집어 들었다. 저녁 무렵까지 계속 책방에서 보냈다.

숙소에 돌아가니 여관 주인이 유지로를 불러 손님이 와 있다고 알려주었다. 가리킨 방향에 소개소 직원이 있었다.

"안녕하세요."

"안녕하세요. 무슨 일인가요? 혹시 배달이 무리인가요?"

"의뢰를 하셨었나요. 괜찮습니다. 배달 의뢰는 웬만해선 일이 중단되진 않아요. 의뢰를 받아주실 수 있을까 해서요."

"의뢰인가요?"

어떤 내용이냐고 묻자 여기서는 말하기 힘든 내용이라고 하기에 유지로는 그를 방으로 안내했다.

"그래서 의뢰라뇨?"

"마물토벌입니다. 동쪽, 마차로 반나절 걸리는 거리에 호수가 있습니다. 그 호수에 살고 있는 개구리 마물이 날뛰기 시작했다는 보고가 있었습니다. 그 개구리는 무척 강해 실력자여야만 싸울 수 있습니다. 어제 도마뱀 의뢰에서 당신이 활약했다고 들었기에 의뢰하러 온 것입니다."

"날뛰기 시작한 이유라도 있나요?"

"누군가가 접근해 개구리를 상처 입혔을 가능성이 있습니다. 그 개구리는 어느 정도 거리까지는 얌전하거든요. 그렇지만 한번 적대감을 가지면 몇 년이나 날뛰어요. 호수 옆에는 중심도로가 있는데 계속해서 날뛴다면 경제적인 타격이 있겠지요."

"꼭 의뢰를 받아들여야 하나요?"

"강요하는 건 아닙니다만, 가능하면 받아주셨으면 좋겠어요."

"……대답은 내일 해도 괜찮을까요?"

"예. 참고가 되었으면 해서 개구리에 대해 쓰인 자료를 가지고 왔습니다. 살펴봐주세요. 그럼 오늘 실례했습니다."

좋은 대답을 기대한다며 인사하고 직원은 돌아갔다. 마침 그 타이밍에 세리에가 돌아왔다.

"저 사람, 소개소 사람이잖아. 무슨 문제라도 일으켰어?"

"그런 게 아냐. 동쪽 호수에서 마물이 날뛰는 탓에 중심도로를 이용할 수 없어 곤란하대. 토벌 의뢰를 받지 않겠느냐고."

"받을 거야?"

"나중에 동쪽으로 갈 때 중심도로를 사용할 수 없으면 곤란하니 받아도 좋을까 싶은데."

"수락해."

조금 생각한 세리에는 받을 것을 권했다.

"왜?"

"중심도로 규모의 의뢰라면 이 마을을 다스리는 귀족이 의뢰했을 가능성이 있어. 미움 사면 귀찮을걸."

"이 마을에서 나가면 미움 살 일은 없을 것 같은데."

"아닐 거라고는 생각하지만, 혹여 그 귀족이 다른 귀족에게 너를 나쁘게 말하면 이 나라에서 마이너스 이미지가 붙을 거야. 그런 뜬소문은 나지 않는 게 좋을 텐데. 저번에도 생각했지만 너는 귀족을 너무 우습게 봐."

그런 점도 이상하다고 생각했다. 하프라는 이유만으로 여러모로 답답한 경험을 해온 세리에는 뜬소문에 의한 번거로움을 안다.

악사천리(惡事千里)인가, 하고 생각한 유지로는 "세리에가 그렇게 말한다면"이라고 말하며 끄덕였다. 유지로는 천 명이 자신을 나쁘게 말하는 것보다 세리에에게 미움받는 일이 더 싫었다.

"아, 티크가 나를 무서워하는 것도 싫구나. 진지하게 임할까. 얼마나 할 수 있을진 모르겠지만~."

정보를 확인하려고 받은 자료를 보았다.

가장 상단에 있는 이름을 세리에에게 물었다.

"배드오도로에 대해 알아?"

"몰라. 나는 방으로 갈게."

"물어볼 게 있어. 내가 이 의뢰를 맡은 사이에 출발하지 않을 거지?"

세리에는 "그럴지도"라고 말할 뻔했지만 자신이 그리 말하면 분명 의뢰를 받지 않고 따라올 것 같았기에 기다리겠다고 답했다.

유지로도 방으로 돌아와 자료를 본격적으로 살펴봤다.

배드오도로는 몸길이 5미터에 가까운 대형 개구리이다.

겉모습은 거대한 청개구리. 너비도 5미터, 통통하다. 두꺼운 지방과 표면의 점액으로 물리공격은 효과가 미미하다. 특히 타격계열은 거의 무효화된다고 해도 좋았다.

"이건 나와 상성이 최악 아냐?"

발차기가 주력인 자신은 개구리를 이길 방법이 없는 것 같았다. 검도 갖고는 있지만 초심자의 단계를 못 벗어났다. 그런 건 강하다는 마물에게는 통하지 않을 것이라는 것쯤은 쉽게 알 수 있었다.

그다음 부분에 해결방법이 있을까 해서 계속 읽었다.

공격 방법은 점프해서 짓밟는다. 혀를 휘두른다. 물대포. 몇 마리가 한꺼번에 뛰어올라 땅을 흔들어 상대의 움직임을 멈춘 상태에서 공격하기도 한다.

이전 싸움에선 번개 협력마법을 사용하여 방어를 무시하거나 인원수 차이로 제압했다고 쓰여 있다. 일류 전사의 날카로운 참격으로 점액을 무시했다는 사례도 있지만 이는 일반인에게는 무리다. 또, 기름을 뿌리고 불을 붙여 태워죽이려 했지만 표면만 마르고, 바로 호수로 달아났다는 것 같다.

"표면이 말랐다? 마르는 거라면 공격이 통하기 쉬워질지도 몰라."

건조제 같은 걸 준비하면 어떻게든 될 것 같다며 안심했다. 자료를 내려놓고 이번에는 건조제처럼 표면의 점액을 어찌할 수 있는 약이 없는지 뇌내지식을 찾았다.

수분을 날린다면 항상 사용하는 마법이 있지만 일단 건조제가 생각났기에 약으로 어떻게든 할 수 없을까 싶어 생각을 해나갔다.

마법을 사용해도 점액 전체의 수분을 날리는 건 무리이므로 약으로 어떻게든 하려는 것은 정답이었다.

"없나."

마법으로 어떻게든 되니까, 약으로 습기 등을 처리하려고 생각한 사람은 없었던 모양이다.

"어떻게 하지. 지구의 건조제는 뭐가 재료였었나."

생각해봤지만 전혀 기억나는 게 없었다. 건조제 재료 같은 걸 기억할 리가 없었다. 간신히 실리카겔이라는 단어를 떠올린 정도였다.

"으음…… 점액이라~ 점액이라면~ 미끌미끌하다? 문어 같은 건 미끈거렸지. 소금을 뿌려 연하게 하면 좋다고 들은 적 있구나. 아, 달팽이도 소금에 닿으면 녹으니까, 그럼 소금을 뿌리면 의외로 괜찮을까?"

약과는 상관없어졌지만 길이 조금 보였다. 하지만 스스로 부정하는 생각이 솟았다.

"상대는 마물이지. 단순한 소금이 효과가 있을까? 생각을 더 해보자."

마물에 특화된 소금을 만들 수 없을지 생각에 몰두했다.

마물에게 효과 있는 소금은 있다. 특정 마물에게만 효과가 있게 만든 것이다. 그 마물은 1밀리미터도 안 되는 초소형 잎벌레의 집합체로 외형은 검은 안개이다. 옛날 사람들은 그것을 사악한 의사(意思)의 집합체라 생각하고 부정함을 물리친다고 여겨 퇴치해왔다. 그중 하나가 소금을 사용해 더욱 효과가 더 좋아지도록 마법약으로서 개선되었다.

실제로는 소금에 부정함을 물리치는 효과 따윈 없고, 부정함을 물리친다고 믿던 생각과 마력이 미량으로 소금에 담긴 유사마법 같은 것이 되었다.

마력이 담긴 소금은 작은 잎벌레에게 나름대로의 대미지를 주었다. 그것을 사람들은 부정함을 털어낸 것이라고 계속 착각을 했다.

그 소금을 만드는 방법은 약액에 소금을 섞고 끓여 약성분을 포함한 소금으로 재정제한 후 불속성천 위에 놓고 속성을 부여하는 것이다.

유지로는 소금에 속성을 부여하여 사용한다는 부분에 주목했다. 단순한 소금이어도 속성이 붙으면 마물퇴치에 쓸 수 있다는 것을 알게 되어 이번 일에 응용할 수 있을지를 계속 생각했다.

"상대는 개구리라니까 속성을 말하자면 물이겠지. 번개의 마법으로 쓰러뜨렸다고 쓰여 있었으니 맞는 것 같다. 소금에 번개속성을 부여하면 잘 통하게 되지 않을까…… 아, 그래도 문어는 그냥 소금을 뿌리면 끝이 아니고 잘 주물러야 점액이 빠지지 않는다나. 그럼 소금을 뿌린 뒤 만져? 아니아니, 손을 대고 싶지 않고 주무를 틈도 없을 거야. 손대지 않고 소금을 움직인다…… 바람이라도 불면 표피에서 떨어지지 않을까. 사이코키네시스의 마법이라도 있으면 이야기는 빠를 텐데."

사이코키네시스는 있지만 마법이 아닌 이능으로서 존재한다.

엄밀히 말하면 이능은 아니다. 이 세계에서 마법과 초능력은 별개가 아니다. 출발점이 초능력이고 시대의 흐름에 따라 마법으로 옮겨 갔다.

이 세계에서 사람들이 마물에 대항하기 위해 발현시킨 것이 초능력이다. 그렇지만 더욱 강해진 마물은 초능력만으로는 상대하기 어려웠고 다양성도 부족했다. 사람들은 더욱 힘을 필요로 했다. 초능력을 사용하면 줄어드는 힘에 주목하고 그것을 사용하여 마법을 만들어냈다.

사람들은 차츰 초능력에 대한 걸 잊고 전투 수단으로 어떤 상황에서라도 대응 가능한 마법에 의존했다. 초능력은 한 명당 한 가지로 특화되었기에 강력하지만, 사용가능한 상황이 한정되어 쉽게 사용할 수 없었다. 오늘날에 이르러 때때로 발현하는 마법에서 벗어난 힘을 이능이라고 부르게 되었다.

효과가 높은 건 초능력이다. 그도 그럴 것이다. 발생으로 보면 초능력 쪽이 자연스럽고 사람이 무리 없이 사용할 수 있는 힘이다. 사용하는 마력도 마법보다는 초능력이 효율이 좋다.

초능력이 사람에게서 발생한 것이면 마법은 세계가 창조되었을 때 쓰인 기술의 열화품이다. 사람들은 마법이 세계 창조의 기술이란 걸 모른다. 모르고 쓰기 때문에 발동 순서가 애매해졌고 효과가 무척 낮아지게 되었다. 그리고 사람이 사용하기에 어려운 기술이기도 하다.

마법 효과를 높이고 싶다면 마력을 풍부하게 쓰는 것 말고도 세계를 깊게 이해하면 좋다. 깊게 이해한다는 건 세계 창조에 쓰인 기술을 접한다는 것이다. 그걸 의식하지 않고 실천하는 것이 숲의 민족. 그들이 쓰는 마법 효과가 높은 이유였다.

"글쎄, 없는 것을 바라도 의미가 없어. 지금 있는 것으로 어떻게든 해야지. 그러고 보니 소금을 뿌릴 때는 그냥 던질까 했지만 바람의 마법으로 나르는 것도 방법일까?"

잠시 실험해보려고 짐에서 소금을 꺼냈다.

"바람이 옮긴다면 바람의 움직임을 제어하는 편이 좋겠지."

우선 방금 말한 것을 시험해보기 위해 바람이 부는 마법을 사용했다. 아무 생각 없이 사용하면 선풍기처럼 똑바로 바람이 불 뿐이다.

그다음 마법을 사용한 후 바람을 움직일 수 있는지 확인해봤다. 결과는 열 번 정도 좌우 방향을 바꿀 수 있었다.

"이렇게 회오리처럼 상대를 포위하면 좋겠는데."

그렇게까지 자유자재로 움직일 수는 없었다.

"세리에라면 알고 있을까? 물어보는 김에 저녁 먹으러 가자고 하자."

세리에가 묵고 있는 방 문을 노크했다.

"왜?"

"저녁 먹으러 안 갈래? 그러는 김에 회오리 마법이나 그와 비슷한 게 없는지 묻고 싶어."

"저녁은 밖에서 먹고 왔어. 회오리 마법은 있다고는 들었는데 협력마법이라나 뭐라나. 숲의 민족의 마법에도 비슷한 건 있어. 이쪽은 움직임을 막기 위한 것이야."

세리에도 쓸 수 있는 마법이다. 아버지에게 배웠다. 주변의 곱지 않은 시선 때문에 아버지가 가르쳐준 마법이 많지는 않다. 하프인 세리에가 숲의 민족의 마법을 쓰는 것을 주위에서 싫어했다.

"숲의 민족의 마법을 가르쳐줬으면 하는데."

"필요해?"

배드오도로와의 싸움에서 하고 싶은 것을 이야기했다.

"알려줘도 상관없지만 사용할 수 있을지는 몰라. 평원의 민족이라면 마력이 부족할 가능성도 있어."

"마력은 넉넉하니까 괜찮아. 그리고 큰 위력을 요구하지 않으니까, 바람만 부는 마법이라 해도 원하는 바는 이룰 수 있고."

"……알았어."

숲의 민족의 마법도 기본적으로 이미지를 현실화한다는 것에서는 차이가 없다. 단지 자연의 위대함에 경외감을 가지고 더 깊고 크게 이미지화하여 마법의 위력을 높인다.

자연 속에서 지내며 태어난 신앙에도 가까운 그 감각은 세리에와 평원의 민족에게는 이해하기 어려운 법이다. 그래서 세리에도 완벽하게 재현할 수 있는 것은 아니다. 유지로도 완벽한 재현은 못할 것이다. 마력은 충분하지만 신앙이라면 전혀 모른다.

자연을 향한 이 신앙이 세계를 깊이 이해한다는 행위가되어 있었다.

회오리에라도 돌진해서 위력을 체험하면 이미지화는 완벽해지겠지만 그 정도로 회오리가 쉽게 발생하지는 않는다.

마법을 가르쳐달라고 하고 저녁을 먹은 후에 소금을 개량하기로 했다. 위력이 미지수인 마법을 마을에서 시도할 마음은 없었다. 지금 나가려 해도 문이 닫혀 있을지도 모른다. 마법실험은 내일 아침에 하기로 했다.

"우선은 소금에 번개속성 부여를…… 그러고 보니 번개속성천이 있었던가?"

짐을 뒤져 속성천을 전부 꺼내놓았다. 속성천은 땅, 불, 바람, 물과 흑백 여섯 종류가 두 개씩 열두 장이 있었다. 백과 흑은 옳고 그름, 빛, 어둠이 아니라 플러스와 마이너스이다. 빛은 불, 어둠은 땅에 속한다.

"없네. 지식에도 속성천은 이게 전부라고. 번개의 마법을 강화하고 싶다면…… 바람인가."

보강약에 대해 생각하니 바람으로 강화할 수 있다고 지식이 알려줬다.

"게임에서도 바람속성에 번개가 포함되기도 했고. 이번에는 소금에 바람속성을 부여하고 그러는 김에 바람의 보강약에도 섞어볼까? 해수로 점액이 빠지는 게 아니니 의미는 없나. 그래도 만약을 위해 만들어두자."

어쩌면 염분이 섞인 바람이 점액을 없애줄지도 모른다고 생각했다.

1층으로 내려온 유지로는 소금을 비싼 값으로 있는 만큼 사들여 바람의 속성천 위에 올려두었다. 만약을 위해 속성천을 두 개로 겹쳤다. 이 숙소에 있던 소금만으로는 충분하지 않을 것 같아서 내일도 소금을 구입하기로 했다. 오늘은 여기까지 하고 목욕하고 잠들었다.

이른 아침부터 속성을 부여한 소금을 4분의 1만큼 들고 마을을 나섰다. 먼저 회오리 마법을 사용했다. 텔레비전에서 본 허리케인의 이미지를 떠올리니 웅, 소리를 내며 흙과 풀이 휩쓸리며 높이 5미터, 폭 3미터의 회오리가 발생했다. 회오리는 수십 초 만에 사라졌다. 공중에 떠올랐던 풀 같은 것이 유지로에게 쏟아졌다. 그것을 털며 고개를 끄덕였다.

"일단은 쓸 수 있구나. 그나저나 소비가 많은데."

줄어든 마력은 불화살의 네 배 정도다. 이 정도라면 사용하지 못하는 평원의 민족이 있는 것도 무리는 아니다. 유지로도 숲의 민족도 다섯 번이 한계였다. 세리에는 한 번 뿐이다.

"그다음엔 소금이 바람에 잘 실려가는지를."

소금을 한 움큼 들고 마법을 발동하기 직전에 들고 있던 소금을 회오리의 발생지점에 던졌다.

소금은 바람의 움직임에 따라 이동했고 회오리가 사라지자 그 자리에 후두둑 떨어졌다.

"원심력 등으로 주위에 흩어지거나 공중에 날아 머리에서 떨어질 거라 생각했는데, 그렇지는 않구나."

이 결과가 유지로에게 도움이 되었기에 불만은 없었다. 그렇지만 생각대로 된 것도 신기했다.

이는 소금에 바람속성을 부여한 것이 원인이다. 회오리는 당연히 바람속성이라, 같은 속성인 소금을 잡고 놓지 않았던 것이다. 두 장을 겹친 속성부여로 연결은 더욱 강해졌다.

"목표는 이걸로 달성했나. 잘 통하면 좋을 텐데."

효과가 없다면 필요 없는 수단이라 생각하면서 숙소로 돌아왔다.

세리에가 아침을 먹고 있었기에 동석했다.

"어디 갔었어?"

"밖에서 가르쳐준 마법을 시험하고 왔어."

"쓸 수 있었어?"

"쓸 수 있었어. 고마워."

그 대답에 세리에는 조금 눈을 크게 떴다.

"마력이 높구나."

"그렇다면 확실히 네 번은 사용할 수 있겠네. 마력이 가득하다면 다섯 번은 가능할지도 몰라."

"……대단한 마력인데. 넉넉하다 할 정도가 아냐."

규격 밖이라는 말이 세리에의 뇌리를 스쳤고 그다음으로 이 사람은 혹시 용사일까, 하는 생각이 들었다.

보르츠도 그런 말을 했었다. 하지만 세리에는 그럴 리 없다고 부정했다. 용사의 이름과 얼굴은 널리 알려져 있었고 특징이 유지로와 다르다. 그렇다면 혹시 괴물일까. 하지만 그 생각도 마왕이라는 존재를 떠올리고 부정했다.

용사와 괴물, 마왕은 똑같은 것이다.

이것은 평원의 민족 중 가장 강한 이에게 주어진다. 네 종족 중 평원의 민족이 가장 약하다. 그렇지만 50년에 한 번, 뛰어난 자가 나타난다.

사람들의 상식범위 안이라면 용사라고 불리고 범위를 벗어나면 괴물이라고 부른다. 그리고 사람에게 해를 끼친 괴물을 마왕이라고 부른다.

이미 뛰어난 자는 존재했고 새롭게 태어나기엔 아직 이르다. 다소 시기에 차이는 있지만 크게 어긋난 적은 없었다.

세리에는 유지로를 정말 알 수 없는 사람이라 생각하며 한숨을 내쉬었다.

유지로는 골똘히 생각하는 세리에를 신기하게 바라보고 있었다. 자신에 관해 생각하는 중이라는 것을 알면 그 내용

이 뭐든 간에 분명 기뻐할 것이다.

"마법을 알려준 답례로 장비를 선물할게. 검도 갑옷도 왠지 낡아 보이는데 바꿀 때가 되었지?"

"조만간 직접 살 거니까 필요 없어."

"그래도 그렇게 말하지 마. 이 마을에 와서 쓸데없이 수입이 많아져서 괜찮아."

현재 20만 이상의 수입이 있다.

"쓸데없다니…… 당신의 무기를 갖출 생각은 없어? 강한 마물과도 싸워야 하잖아."

"부츠를 찾아봤는데 좋은 것이 없어서 말이야."

유지로는 이 세계에 왔을 때 입었던 옷을 그대로 입고 있었다. 튀지 않는 튼튼한 여행복이고 특별히 마물과 싸우기 위한 것이 아니다. 부상을 입은 적이 한 번도 없어서 구입을 서두를 필요성을 느끼지 못했다.

"다음 마을에서 좋은 것이 있으면 살게."

"그래. 나는 다 먹었으니까 밖으로 나갈게."

"다녀와."

다녀오겠다고 대답하려다 입을 다물고 걷기 시작했다. 마음이 느슨해진 것을 자각해 신경을 써야겠다고 생각했다. 마음을 허락해버리면 틈을 보이고 만다. 주의해야겠다며 몇 번이나 자신에게 되뇌였다.

하지만 사실 이런 생각을 하고 있다는 것은 이미 그를 믿기 시작했다는 증거일지도 모른다. 신경 쓰지 않는다면 이런 생각도 않고 무관심했을 테니.

다 먹은 유지로는 침대에서 뒹굴며 대답을 받으러 올 직원을 기다렸다.

노크 소리가 들렸다. 문을 열어보니 어제 온 직원이 입구에 서 있었다.

"안녕하세요. 답변을 들으러 왔습니다."

"승낙하려 합니다."

"그렇습니까!"

직원의 표정이 밝아졌다.

"하지만 도움이 될지는 잘 모르겠어요. 제 특기는 발차기니까요. 일단 대책은 세워보았지만 별다른 실험은 안 했으니 효과가 있는지 잘 모르겠고요."

"발차기요? 확실히 어렵네요. 대책은 무엇입니까?"

어제 생각한 것을 말했다. 이야기를 들은 직원의 표정이 복잡해졌다. 직원은 전혀 생각지도 못한 유지로의 특기에 내심 불안한 듯했다.

"다양한 방법을 시도해보는 것은 좋은 일이라고 생각합니다. 향후 대책에 참고도 되니까요. 이번에는 달리 시도해볼 것도 있습니다."

"그것은?"

"당신 외에 다른 용병이나 모험가도 고용 중인데 그중에서 눈보라의 협력마법을 사용할 수 있는 사람들이 있습니다. 얼려버리면 타격공격도 효과가 있지 않을까 하고 생각했습니다. 그러나 배드오도로를 얼리는 게 가능한지는 모르는 것 같습니다."

"얼린다는 건 미처 생각 못 했네요. 협력마법이라 하니 떠올랐는데 번개의 협력마법을 사용할 수 있는 사람은 없나요?"

"없습니다. 예전에 마법을 사용한 자는 다른 도시로 이동한 용병단이었거든요. 우연히 싸우게 되어 사용했더니 효과가 있었다는 듯합니다."

"서점에 번개의 협력마법에 대해 쓰인 책은 없나요?"

"있을지도 모르겠지만 사용할 수 있는지까지는 모르겠습니다. 협력마법이 어떻게 발동하는지 알고 있습니까?"

모른다고 유지로는 고개를 저었다.

"우선 두 명 이상의 동료를 모아요. 그다음 특수한 약을 복용합니다. 그리고 타이밍을 맞춰 마법을 발동합니다."

약이라고 들어 해당될 법한 지식을 찾았다.

마력을 몸 밖으로 나오게 하는 약물이 머리에 떠올랐다.

빈자리를 마력으로 가득 찬 상태로 만든 뒤 그 큰 마력에 형태를 부여해 마법을 발동시킨다. 이때 한 명이라도 앞지른다면 마법은 발동한다. 혼자서만 이미지화하면 위력이 약해져버리기 때문에 함께할 수 있는 동료와 사용하는 편이 좋다.

덧붙여 협력마법은 하루에 몇 번이고 사용할 수 없다. 마력누출약이 독하기 때문이다. 체력에 대미지를 주고 마력은 하루 종일 새어 나와 계속 싸우기도 벅차게 된다. 그러나 협력마법을 소유한 자들은 그럴 때를 대비한 단체를 만들어 싸울 수 없게 된 동료를 지키거나 이동거리를 계산에 넣어 마물과 싸운다.

"특별한 약은 흔하지 않고, 협력마법은 어느 정도 연습이 필요합니다. 일단 마법을 쓰면 긴 휴식이 필요해집니다."

"가능하면 서둘러 주요도로의 안전을 되찾고 싶으니 연습할 시간은 없으며, 연습하기에 충분한 약도 준비할 수 없다는 셈이군요?"

"그렇습니다."

납득한 유지로를 소개소로 초대했다. 사무실에 위층에 있는 넓은 방에 초대됐다. 대학 강의실처럼 긴 책상이 나란히 있고 책상 앞에는 교탁과 종이를 붙이기 위한 보드가 있었다.

"이곳은 회의실입니다. 다른 참가자도 부를 것이라 여기를 선택했습니다. 죄송하지만 모두 모일 때까지 약간 시간이 걸리겠습니다. 차와 과자를 준비할 테니 여유롭게 기다려주십시오."

유지로를 데려온 직원은 인사를 하고 방을 나갔다.

입구 근처 테이블에 앉아 재미있는 약이라도 없나 지식을 뒤지며 시간을 죽였다.

5분쯤 지나 차와 쿠키를 받았다. 먹고 마시다 20분 정도 더 지나니 문이 열리고 직원과 남자 두 명이 들어왔다. 한 명은 검은 단발 머리를 하고 있는 서른쯤으로 보이는 사람. 또 한 명은 노란색의 조금 긴 단발 머리로 스물 중반으로 보였다.

"여기서 기다려주십시오. 조금 있으면 모두 모일 겁니다."

"알았다."

남자들과 유지로에게 인사를 한 직원은 방을 나갔다.

남자들이 유지로에게 다가와 말을 건넸다.

"음, 너도 배드오도로 토벌에 참가하나?"

"맞아. 당신들은 협력마법을 사용하는 사람들이야? 아니면 따로 초대받은 사람들이야?"

"협력마법 담당이다. 잇샤라 한다. 그쪽은?"

"유지로라고 해. 어느 정도 대책은 짰지만 정작 쓸 수 없다면 쓸모가 없을 거야."

그러니 큰 기대는 말라고 전했다.

"나는 투토다. 대책이라니? 그리고 어째서 대책이 쓸모없어진다고 생각해?"

무시하는 게 아니라 단순히 궁금해서 물었다.

"나의 특기는 발차기야. 배드오도로라면 타격계 공격은 거의 무효화되잖아. 원래라면 나는 방해밖에 안 돼."

유지로는 방해가 되지 않으려고 생각해둔 대책을 이야기했고 그들은 유지로의 말뜻을 이해했다. 소금을 뿌리는 것이 효과 있을지는 남자들도 모르지만.

10분쯤 지나 나머지 멤버들도 모였고 직원이 교탁 근처에

서서 보드에 간이지도를 붙이고서 이야기하기 시작했다.

"여러분, 모여주셔서 감사합니다. 확인차 질문할게요. 배드오도로 토벌을 위해 모인 분들이 맞지요?"

모두가 고개를 끄덕이는 것을 확인한 직원은 말을 이었다.

"그럼 이야기를 계속할게요. 이건 문제가 된 호수 주변의 지도입니다. 배드오도로가 서식하는 곳은 여기네요."

목재 교편으로 호수를 가리켰다.

"문제가 되는 배드오도로의 수는 다섯 마리입니다. 나머지는 올챙이와 성장도 안 한 작은 개체뿐이므로 무시해도 상관없습니다. 싸움의 흐름은, 레드히어 용병단 여러분이 협력마법 준비를 하는 동안 다른 분들은 배드오도로를 마법의 효과가 미치는 범위로 유도해주셨으면 합니다. 사와베 씨는 유도를 맡지 마시고 독자적인 방법을 시도해보십시오. 별다른 효과가 없다면 유도조에 들어가세요. 각각의 대책이 효과를 보이면 유도조 분들은 배드오도로와 싸워주세요. 이런 흐름입니다. 혹시 질문이 있습니까?"

유도조가 손을 들어 유지로의 대책을 물었다. 직원에게 설명을 들은 뒤 효과가 있는지 의문스럽다는 표정을 지었지만, 뭐든지 시도해본다는 자세에 반론은 없는 것 같았다.

"대책이 둘 다 실패할 경우는 어떻게 되는 거야?"

"최대한 대미지를 주어 약화시키고 물러날 것입니다. 그리고 다른 용병에게 공격을 시킨 후 물러나기를 반복할 예정입니다."

"우리가 마술을 사용할 수 있어서 부른 거잖아. 일부러 마술사를 불렀다는 것은 공격력이 높지 않다면 대미지를 기대할 수 없다는 말이지? 다른 마술을 사용할 수 있는 용병을 부를 수 있다면 한번에 맡기는 게 좋다고 생각해."

"다른 마을에 사람을 시켜서 불러야 하기 때문에 전원이 모이는 데 조금 시간이 걸려서요. 어서 주요도로의 안전을 확보하고 싶은 마을로서는 기다린다는 선택지는 고르고 싶지 않다고 합니다."

"그런가."

납득했다며 끄덕였다.

"달리 질문은? 없는 것 같네요. 그럼 출발은 오늘 저녁, 그때까지 준비해주세요. 오후 5시에 마을 남쪽 입구에서 집합합니다. 직원이 있으니까 바로 아실 겁니다."

이후 보수 이야기로 넘어가고 해산되었다.

우르르 떼를 지어 1층으로 내려가는 그들에게 일을 찾던 사람들의 시선이 모였다. 대충 사정을 들은 사람이 있었는지 그들이 배드오도로를 퇴치하러 간다는 사실을 아는 듯했다. 소곤소곤 나누는 대화에서 그 사실을 알 수 있었다.

소개소를 나온 유지로는 소금을 사서 숙소로 돌아왔다. 소금에 속성을 부여하면서 물의 보강약을 만들었다. 협력 마법에 사용할 수 있을까 하고 생각했다. 이미 다른 사람이 가지고 있을지도 모르고, 쓸 일이 없을지도 모르지만 준비해둬서 나쁜 건 없을 것이다.

그렇게 시간을 보내고, 속성 소금이 큰 나무통 하나만큼 쌓였을 무렵 출발 시간이 가까워졌다. 아직 세리에는 돌아오지 않았다. 나간다고 종이에 써서 방 문 아래에 넣어두고 숙소를 나왔다.

남쪽 입구에는 마차가 다섯 대 서 있었다.

용병들도 전원은 아니지만 모여 있었고, 모두 무기와 방어구를 갖추고 있었다. 가벼운 차림이라도 부드러운 가죽 코트와 재킷을 입었다. 유지로처럼 의복만 입은 사람은 싸움에 참여하지 않는 직원 정도였다.

"죄송합니다. 앞으로 토벌대가 출발합니다. 관계없는 사람은 벗어나주세요."

단순한 마을사람처럼 보이는 유지로를 구경꾼으로 착각하고 직원 한 명이 다가와 말을 걸었다.

"아뇨, 관계자예요."

"……이름이 어떻게 되나요?"

유지로는 이름을 댔고 직원은 목록을 살펴 이름을 찾았다.

"이름이 있네요. 갑옷은 어떻게 하셨나요?"

"갑옷은 없어요. 도마뱀 퇴치 때도 이 상태로 갔었고."

"그, 그렇습니까? 슬슬 출발하니 마차에 올라주세요."

깜짝 놀라 기가 막히다는 표정으로 직원은 지시를 내리고 다른 용병에게로 다가갔다.

유지로는 근처에 있던 아무도 없는 마차를 타고 짐을 내려놓았다.

바로 다른 용병들도 올라탔다. 들어온 사람 중에 잇샤와 투토아가 있었고 들어온 다섯 명이 레드히어 용병단이라는 것을 알 수 있었다.

상대편도 바로 유지로를 눈치챘다.

"어. 굉장히 가벼운 차림인데, 지금은 벗은 거야?"

"아니, 갑옷 같은 거 없어. 마물과 싸울 때는 항상 이래."

"항상 그 차림이라니, 허술하지 않아?"

"도망갈 때도 있고 홀가분한 것이 좋으니까."

"도망간다니, 용병이 그러면 의뢰 같은 게 안 오잖아."

착각하는 듯해서 정정했다.

"나는 약사인데?"

"""약사?"""

모두가 한목소리를 냈다.

"이번에 강한 용병이 선정된 것 아니었나?"

"도마뱀 퇴치에서 활약했기 때문에 참가하게 되었지만 본업은 약사야."

"도마뱀 퇴치라면 그거잖아, 습지 마물. 도마뱀에게 효과 있는 독을 뿌렸으니 이번에는 개구리에게 잘 통하는 독을 쓸 건가. 아, 독을 쓰는 게 아니라고 설명을 들었구나."

회의실에서 들은 것을 기억하고 스스로 생각을 부정했다.

"도마뱀은 어떻게 쓰러뜨렸어?"

"발로 차서 죽였어. 작은 놈도 큰 놈도."

"혀치기도 발로 차서 죽였어?! 그렇다면 너를 부르는 것도 이해할 수 있겠는데. 약사 같은 걸 하는 것보다 용병 일을 하는 편이 벌이가 더 괜찮을 것 같은데."

유지로는 고개를 옆으로 저으며 부정했다.

"아니, 약사가 더 수입이 좋아. 이 마을에서만 약을 팔아 24만 밀레를 벌었어."

"24만 밀레라, 확실히 그렇게 번다면 충분하겠다. 그만큼 팔린단 건 솜씨가 좋단 것이려나⋯⋯ 이번 일이 끝나면 약 제조 의뢰를 하고 싶은데."

투토아 일행이 깜짝 놀란 듯 잇샤를 봤다.

"어떤 약?"

"눈병에 관한 약이다. 색감병(色減病)이라는 병명을 들어본 적이 있나?"

"아니. 그렇지만 약 이름을 알려주면 만드는 방법을 알 수 있을지도 몰라. 다양한 약물지식이 있으니."

부정적인 대답에 조금 실망한 모습을 보였지만 이어진 말에 표정이 밝아졌다.

"바즌토리라는 약이다. 안약으로서 사용하는 모양인데."

"바즌토리, 바즌토리⋯⋯ 에리리 꽃의 꿀과 엣세, 무란드, 이스트라라는 약초가 재료인 약이 맞아?"

"앞의 세 가지는 전에 들은 적이 있다. 하지만 마지막 약초는 우리도 몰랐는데. 제조 방법은 알아?"

"알아. 만드는 것도 가능하다고 생각해."

오옷 하며 감탄한 목소리를 냈다.

"의뢰를 하고 싶다. 우리와 함께 메르모리아라는 마을로 와서 약을 만들어줘!"

"동료의 예정을 모르니까 확답할 수는 없네."

"그런가…… 뭐, 의뢰를 하고 싶어한다는 것만은 기억해 줘."

알았다고 끄덕인 유지로는 짐에서 흰색 물의 보강약을 꺼냈다. 완성한 것은 네 개다.

"협력마법은 보강약을 써?"

"써."

"그럼 이건 사용할 수 있을까."

보강약을 내밀자 잇샤가 받았다.

"받아도 되는 거야?"

"도움이 되었으면 해서 만들었으니까 아무쪼록 잘 써줘."

"고맙다. 언제나 사용하는 건 녹색이야."

잇샤는 잘 쓰겠다며 약을 짐에 넣었다.

10 돌도 훌륭한 무기입니다

마차가 출발했고 일행은 반나절간 마차를 타고 새벽에 호수 근처까지 왔다. 얕게 잠들었던 유지로 일행은 멀리서 들려오는 신음 소리에 눈이 떠졌다. 마차 안에서 보이는 하늘은 감색에 어렴풋이 흰색이 섞여 있었다.

목소리의 정체는 새벽을 느낀 배드오도로들의 울음소리였다. 개굴개굴, 익숙한 소리가 아니라 낮게 부~부~거리는 소리였다.

일행이 잠에서 깨고 10분 뒤에 마차가 멈췄다.

마차로는 여기까지였다. 용병들은 휴식을 취한 후, 걸어서 호수에 접근하기로 했다.

마차 안에서 다시 자는 사람, 내려서 다시 자는 사람, 계속 일어난 사람으로 나뉘었다.

유지로는 깨어 있었다. 조금 졸리긴 했지만 체력은 충분했다.

그 주변을 돌아다녀 재료를 모으며 시간을 보내고 있자니 아침 해가 호수에 반사되어 빛나는 모습이 보였다. 배드오도로들의 모습도 제대로 보였다. 원근감을 생각하지 않으면 커다란 웅덩이에 청개구리가 들어간 것처럼도 보였다.

"개구리의 모습을 빼면 제법 아름답네. 세리에에게 보여주면 로맨틱한 분위기가 될지도. 음?"

로맨틱한 광경 다음의 일을 생각하려던 유지로는 호수 건너편에 있는 덤불이 움직이는 것을 발견했다.

"배드오도로, 는 아니구나."

개구리들은 수면에 뜨거나 얕은 물에서 서성였다. 너무 멀어서 자세히는 모르겠지만 인간 크기로도 보였다.

누가 있나 싶어 조금만 호수에 가까이 갔다. 거리 3백 미터 정도 떨어진 곳에서 그림자는 덤불 너머로 사라졌다.

"인간일까?"

망꾼이라도 있냐며 아침식사를 준비하는 직원에게 말을 걸어 물었다.

"망꾼이요? 있습니다만 지금은 이쪽에 합류했어요. 조금 전 배드오도로의 움직임을 보고한 상태입니다."

"덤불 너머로 그림자를 본 것 같아서요."

"……약초를 모으는 사람이 있었나요? 이곳에 접근하는 것은 금지했다고 들었습니다만."

"보고 오는 게 좋을까요?"

"그렇게 해주시면 감사하겠습니다. 그렇지만 싸우기 전에 무리는 하지 말아주세요."

이동하려다가 문득 발을 멈췄다.

"사람 크기의 마물일지도 모르겠습니다만, 이 부근에 그런 마물이 있나요?"

"아, 확실히 마물일 가능성도…… 하지만 제가 아는 한에선 이 주변에 사람형태의 마물은 없을 겁니다. 아마 사람일 거라 생각해요."

그런가 하고 유지로는 고개를 끄덕이고, 개구리들을 더는 자극하지 않도록 멀리 돌아가 덤불로 달려갔다. 5분 조금 걸려 그림자를 본 장소에 도착했다.

"아무도 없나. 그래도 누군가 있었다는 건 틀림없군."

그 자리에는 유지로가 아닌 누군가가 잔디를 밟은 흔적이 있었다. 발자국의 주인이 약초를 따러 온 것인지 호기심에 이끌려 모습을 보러 온 것인지는 모르겠다.

귀를 기울여 주변을 주의 깊게 둘러보고 아무도 없는 것 같다고 판단한 유지로는 야영지로 돌아왔다.

누가 있던 흔적은 있었지만 찾지 못했다고 보고하고, 모은 재료를 가공하면서 아침식사가 완성되기를 기다린다

모두가 밥을 다 먹고 행동을 재확인한 후 모두 움직이기 시작했다.

협력마법 조는 호수에서 2백 미터 떨어진 곳에서 준비를 시작했고 유도조는 호수로 다가갔다. 유지로도 유도조와 함께했다.

"너는 뒤쪽에서 준비 안 해도 돼?"

"괜찮아. 준비는 어제 해뒀으니 남은 건 배드오도로에게 마법을 사용할 일만 남았어."

"그렇군."

싸울 모습은 아니었기에 마법을 쓰면 물러날 것이라 예상하고 배드오도로에게로 시선을 돌렸다.

거리 30미터까지 접근하니 배드오도로들은 일제히 울며 경계하기 시작했다. 유도조는 10미터 더 접근하고 멈췄다.

활을 든 세 사람이 화살을 준비해 손에 마력을 집중하고 화살에 마력을 힘차게 흘려넣은 순간 현을 놓았다.

'스트라이크 샷!'

위력상승 궁마술을 발했다. 세 개의 화살이 힘차게 흘러 든 마력에 밀려 빨려들어 가는 것처럼 배드오도로의 몸통에 명중했다. 잠시 피부를 움푹 패게 한 뒤 꽂혔다. 화살이 박혀 반동으로 피부가 흔들렸다. 비명을 지르지 않은 걸 보면 별다른 대미지는 입지 않은 것 같았다. 그렇지만 목적대로 주목은 끌 수 있었다. 슬그머니 용병들을 향해 움직이기 시작했다. 궁수들은 한 번 더 화살을 날려 나머지 두 마리의 관심을 끄는 데 성공했다.

"천천히 물러난다!"

"""오오!"""

배드오도로에게 무기를 빼든 용병들은 천천히 후퇴했다. 배드오도로들은 혀를 늘이거나 물을 날리거나 하며 공격을 해 왔다.

용병들은 피하거나 방패로 막기도 하면서 계속 물러났다.

"사용할 타이밍을 잘 모르겠네."

유도조를 따라간 유지로는 지금 마법을 사용하면 유도조에게서 주의를 돌릴 거라 생각해 지면에 떨어져 있는 돌을 던져 주목을 끄는 일에 협력했다. 강하게 던진 돌은 둔탁한 소리를 내며 피부를 움푹 들어가게 한 후 땅에 떨어졌다.

마법을 쓸 타이밍은 협력마법을 사용한 후, 혹은 다섯 마리 중 적어도 한 마리가 유도에 걸리면 쓰기로 결정했다.

그런 생각을 하고 있을 때 한 마리가 호수로 돌아갈 기색을 보였다.

"내가 마법을 쓰고 올게."

"맡길게!"

유지로는 혼자 떨어져 멈춰선 배드오도로에게 접근하기 위해 네 마리의 배드오도로를 크게 우회했다.

달리면서 짊어진 바구니에서 네 개의 소금이 든 봉지를 꺼냈다. 직접 만든 속성소금의 절반이 되는 양이다. 몸의 크기로 볼 때 이 정도는 필요할지도 모른다고 판단했다.

회오리 마법을 준비한 뒤 입구를 묶은 끈을 풀고 소금을 던졌다.

"에워싸는 결박의 바람!"

소금을 포함한 흰 회오리가 배드오도로를 에워쌌고 바람이 피부를 공격했다.

30초 정도 계속된 회오리에 배드오도로는 발버둥쳤으나 움직일 수 없어 그 자리에서 꼼짝 못하게 되었다.

그 시간 동안 유지로는 조금이라도 공격력을 높이기 위해 힘의 상승약을 마셨다.

"자, 효과가 있으려나."

이번에는 발밑에 있던 테니스공만 한 돌을 힘껏 던졌다.

화살보다 빠른 속도로 날아간 돌은 목표를 지나쳐 훨씬 멀리 날아갔다.

"어, 어라? 다시 한 번."

부끄러워서 약간 얼굴을 붉히며 돌을 조금 전과 같은 힘으로 던졌다. 이번에는 명중했다.

대책이 효과를 발휘하면 피부를 찢을 정도일 것이라고 생각했는데 실제로는 시원스럽게 동체마저 뚫고 나갔다. 배드오도로가 비명소리를 질렀다.

몸을 뚫고 속도가 떨어진 돌은 호수에 떨어져 큰 물보라를 일으켰다.

"⋯⋯효과가 있는 거라고 봐도 되겠지?"

판단이 틀림없었다. 큰 효과를 보인 이 결과는 강화된 근력으로 힘껏 던졌기에 가능했던 것이다.

그렇다는 것은 강화된 시점에서 소금을 뿌리지 않아도 피부를 찢는 것이 가능하다는 말이 된다.

이대로 돌을 던지면 쓰러뜨릴 수 있겠다고 판단하고 유지로는 전력으로 다섯 번째 돌을 던졌다. 그러자 배드오도로는 움직임을 멈추고 그 자리에 쓰러졌다.

"쓰러뜨렸나?"

가까이 다가가 배를 걷어차도 반응하지 않았기에 쓰러뜨린 것이라 판단하고 네 마리의 배드오도로를 보았다.

얼어붙은 두 마리, 한쪽 다리와 하복부가 얼어 움직이지 못하는 한 마리, 움직일 수는 있으나 등이 얼어서 등을 집중 공격당하는 한 마리가 있었다.

"투석으로 도와줘야겠다."

큰 돌을 다섯 개 정도 주워 용병들에게 달려갔다.

"저쪽은 정리하고 왔어요!"

"울음소리가 들려왔는데, 해냈구나! 이쪽은 좀 더 걸릴 것 같다."

"도울게요!"

그렇게 말한 유지로는 등이 언 배드오도로의 얼굴 주변을 노리고 돌을 던졌다. 동체를 노려 뚫었을 경우 용병에게 피해가 가기 때문이다.

돌 같은 것으로 무엇을 할 수 있을까 생각했던 용병은, 얼굴을 맞히고 뺨을 깎아낸 투석 실력에 놀란 목소리를 냈다.

"굉장한데! 이 상태로 계속 던져줘."

끄덕임으로 답하며 계속 던졌다. 빗나가기도 했지만 대체로 명중했고 배드오도로의 얼굴은 피투성이가 되어갔다.

주의가 유지로에게 향한 덕분에 용병들이 등 뒤에서 공격하기 쉬워졌고 바로 배드오도로는 쓰러졌다.

다섯 마리의 배드오도로를 쓰러뜨린 것을 확인하고 상처투성이 용병들은 박수갈채를 올렸다. 덧붙여 간편한 차림이던 유지로는 부상을 입지 않았다.

"여러분, 수고하셨습니다! 토벌 확인했습니다! 부상당한 분은 마차로 오세요. 치료하겠습니다. 무사하신 분은 해부와 채취를 도와주세요."

용병들이 대답하고 움직이기 시작했다.

소개소가 준비한 마법도구인 가위로 배드오도로의 피부를 싹둑싹둑 찢어 몸에서 물의 진주라 불리는 고무공 같은 덩어리를 꺼냈다.

물의 진주는 배드오도로 같은 수생거체종이라면 대부분 가지고 있다. 그리고 불의 진주와 땅의 진주 같은 것도 있으며 이것들은 마법약과 마법도구의 재료가 된다. 질 좋은 것은 하나당 30만 밀레에 팔 수 있다.

이번에 얻은 것은 네 개로 하나에 6만 밀레쯤 된다. 이만큼 용병들의 보수가 된다.

한 사람당 1만 밀레의 보수가 인상되는 건 확정이었다.

달리 얻을 수 있는 것은 심장과 간 등, 약물에 사용할 수 있는 장기이지만 사용할 계획이 없기 때문에 유지로는 사지 않았다.

체액이나 혈액이 묻어 냄새가 나는 몸을 물로 씻었다. 완전히 냄새가 지워지지 않았지만 안 씻는 것보다는 나았다.

일행은 휴식과 채취작업으로 그 자리에 오후 3시까지 남아 있다가 돌아갔다.

모두가 떠나가고 한 시간 후, 소형 배드오도로의 작은 울음소리가 울려 퍼지는 호수에 가까이 다가가는 사람들이 있었다.

"드디어 숨어들 수 있게 되었나. 서두르지 않으면 제때 맞출 수 없어."

"도마뱀을 늘려서 주의를 저쪽으로 돌리고 채취 작업을 하려 했는데 실수로 배드오도로를 날뛰게 할 줄이야."

"죄송합니다."

남자 네 명 중 가장 막내인 남자가 고개를 숙였다.

"뭐, 투덜대는 건 나중 일이다. 서둘러 숨자."

"알았어. 펜제, 보수는 줄어들 거라 생각해라."

"그럴 수가?! 집에 보낼 생활비가!"

"자업자득이다. 다음엔 실수 따위 하지 않도록 조심해라."

남자들은 이야기하면서 그 자리에서 옷을 벗었다. 상반신은 드러내고 하반신은 짧은 바지를 입은 모습이 되었다.

"그나저나 그 하얀 회오리는 뭐였지."

"새로운 마법이라는 것이 유력하겠지. 견고함을 극단적으로 낮추는 효과가 있는지도 몰라."

"그렇지 않으면 아무리 힘의 상승약을 마셨다 해도 배드오도로의 몸을 뚫는단 건 무리니까."

유지로가 사용한 마법에 대해 저마다 자신들의 생각을 말했다. 멀리서 보았기에 소금을 사용했다는 사실까지는 알지 못했다. 돌을 던졌다는 것은 지면에서 뭔가 줍는 행동을 했었기에 알 수 있었다.

남자들은 물에 들어가 호수 밑에 나 있는 수초를 뽑았다.

귀중한 풀이다. 그들은 이곳에서 자라는 풀을 얼마 전에 찾아냈다. 이 부근에 사는 사람들은 배드오도로를 자극하지 않기 위해 이곳에 다가오지 않았으므로 그 풀의 존재를 알지 못했다.

일부러 도마뱀의 수를 늘려 주의를 끈 것은 혹여라도 물에 들어가는 것을 들키지 않도록 하기 위해서였다.

하나에 10만 밀레나 되는 이 풀은 남자들에게 돈줄 같은 것이다. 다른 누구에게도 알리고 싶지 않았다.

필요한 만큼 채취를 끝내고 남자들은 조용히 떠나갔다.

혀치기 도마뱀 등의 급격한 증가와 배드오도로의 소동을 수상히 여기는 자는 있었지만 그와 관련지어 이들이 움직인 단 것까지 파악한 사람은 없었다. 남자들이 진중하게 움직였기에 정보가 적었기 때문이다. 앞으로도 남자들이 들키는 일은 없을 것이다.

유지로 일행은 마차를 타고 새벽 3시가 넘어서야 마을에 도착했다. 지금 시간에는 마을로 들어갈 수 없기 때문에 마차에서 아침까지 시간을 보내고 해가 뜬 뒤 직원과 함께 소개소로 향했다.

잇샤 일행의 협력마법조는 충분히 쉰 덕분에 조금 힘들긴 하지만 걸을 만했다.

전에도 들어간 적이 있는 회의실로 가서 조금 기다리니 봉투가 담긴 접시를 들고 직원이 들어와서 교탁 옆으로 이동했다.

"여러분, 수고하셨습니다. 무사히 주요도로의 안전은 확보할 수 있었습니다. 지금부터 보수를 건네드리겠습니다. 호명하는 사람은 앞으로 나와주십시오."

맨 처음에 잇샤가 속한 용병단을 불렀고 한꺼번에 보상을 건넸다.

차례로 호명되고 유지로의 순서가 되었다.

"21만 밀레가 사와베 씨의 보상입니다."

"감사합니다."

"그러고 보니 대책은 효과가 있었습니까?"

"어떠려나요. 한 마리한테 사용해보고 쓰러뜨렸지만 이렇다 할 실감은 없었어요."

"그래요?"

직원은 극적인 효과가 있으면 그 정보도 사려 했지만 미묘한 것 같아 그만두었다.

유지로뿐만 아니라 다른 용병도 공격했다면 방어력이 떨어지는 것을 느꼈을 것이다. 너무나 높은 공격력으로 쓰러뜨렸기 때문에 방어력이 저하되어 있었는지 화력으로 억지를 부렸는지 유지로는 판단하기 어려웠다.

성공했다 한들 회오리 마법을 사용할 수 있는 사람이 적기에 미묘한 정보가 된 듯했다.

모두에게 보수가 주어지고 해산되었다.

돌아가려 한 유지로에게 어두운 표정으로 잇샤가 말을 걸었다.

"의뢰 건 말인데 지금부터 네 동료에게 예정을 물으러 가도 될까?"

"나갔을지도 몰라. 찾는 것이 있다나."

"없으면 저녁에 다시 만나러 가지."

그래도 괜찮다면, 하고 유지로는 잇샤를 데리고 숙소로 돌아왔다. 투토아 일행은 쉬기 위해 자신들이 묵는 숙소로 돌아갔다.

숙소로 가서 세리에가 외출을 했는지 카운터에 물어봤다. 나가는 모습을 못 봤다고 하니 방에 있을 것이다.

올라가서 세리에의 방문을 노크하자 문 가까이에서 기척이 느껴졌다.

"어서 와."

방에서 나온 세리에를 보고 잇샤는 고개를 갸웃했다. 미인이지만 가까이 하고 싶다는 마음이 들지 않는다. 붙임성이 없으니까, 취향이 아니니까 같은 이유가 아니다.

잇샤가 무의식중에 세리에가 하프라고 눈치챘기 때문이다. 다른 사람들도 마찬가지였다. 세리에 혼자 행동할 때 세리에에게 작업을 거는 사람은 한 명도 없었다.

"무사히 돌아왔는데 기쁨의 포옹은 없는 거야?"

"없어. 그래도 뭐, 수고했어."

그 말에 유지로는 크게 기뻐했다.

"위로의 말을 듣게 되다니! 그렇다면 키스할 날도 머지않았나?!"

"겨우 그 정도 볼일이라면 문을 닫겠어."

유지로의 지나친 장난에 세리에가 차가운 시선을 보냈다.

"아~ 닫지 마, 닫지 마. 앞으로의 예정을 듣고 싶어."

그게 뭐냐며 세리에는 시선을 잇샤에게로 돌렸다.

"표정이 어두운 저 사람과도 관련된 거야?"

"응. 이 사람은 잇샤라고 해. 메르모리아라는 마을에 가서 약을 만들어달라고 약 제작을 의뢰했어. 난 아무래도 좋으니 세리에의 예정에 맞추겠다고 대답했고. 그러니 세리에가 다른 마을에 가고 싶으면 그쪽으로 갈게."

"특별히 가려는 곳은 없어."

"그럼 메르모리아에 가도 되지?!"

힘차게 앞으로 나와 부탁하듯 세리에를 보았다.

조금 귀찮은 표정으로 세리에는 고개를 끄덕였다.

"고마워! 출발은 모레가 좋을까? 컨디션을 어느 정도 회복해두고 싶어."

"상관없는데."

"나도."

"그럼 모레 아침 9시 전에 마중하러 올게."

약간 표정이 밝아진 잇샤는 떠나갔다.

"상태가 안 좋은 것 같은데, 배드오도로와의 싸움에서 부상이라도 입었어?"

"협력마법을 사용하기 위해 독을 마셨어. 마력을 몸 밖으로 흘릴 필요가 있다기에."

효과와 부작용을 설명했다.

"그래, 볼일은 이걸로 끝이지? 또 나갔다 올 테니."

"오늘은 함께 갈 거야. 무구를 살 약속이었잖아?"

"정말 살 생각이야? 자기 몫을 사기 위해 저축해두면 좋을 텐데."

"나보다 세리에가 우선이야! 그러니까 가자!"

세리에의 손을 잡고 방에서 끌어냈다.

"기다려! 억지로 끌지 않아도 갈 거야."

그러니까 놓으라며 손을 뿌리쳤다.

"더 잡고 싶었는데. 따뜻하고 부드러웠어~."

유감스럽다고 말하며 감촉을 확실히 마음에 새기는 유지로를 내버려두고 세리에는 먼저 걸어갔다.

유지로가 종종걸음으로 따라잡았고 두 사람은 함께 숙소를 나섰다.

근처에 있는 무기점에 들어가서 싸구려를 선택하고 빨리 돌아가려는 세리에의 등을 밀어 카운터로 향했다.

그런 두 사람을 여주인이 고개를 갸웃하며 바라봤다.

"어서 와. 무슨 일이니?"

"밀지 마."

"이 사람에게 갑옷과 검을 예산 20만 밀레 선에서 적당하게 골라주세요."

"20만 밀레? 흐~음, 어떤 게 좋으려나?"

가게 주인의 시선이 세리에를 향했다.

"그런 비싼 것 필요 없어!"

"그렇다는데?"

"신경 쓰지 마세요. 평상시 사용하는 게 얇은 가죽갑옷과 짧은 사벨이에요. 예산 범위 내에서 그 계통의 고급 제품을 부탁합니다."

"그런 장비라면 무게를 싫어하고 가벼움을 중시한단 말이야?"

"필요 없다니까."

거절하는 세리에를 보며 가게 주인이 히죽 웃으며 말했다.

"남자분께서 꼭 선물하고 싶다고 말하는걸. 이럴 땐 잠자코 받아야 좋은 여자라 할 수 있지 않을까?"

"무슨 속셈인지 모르니까."

"호감을 얻고 싶다는 속셈과 방어가 허술한 걸 걱정하는 마음."

숨기지 않고 생각을 드러낸 유지로를 가게 주인은 재미있다는 듯이 바라보았다.

그러고 보니 숨기거나 하지는 않았기에 세리에는 좀 전에 한 말의 의미가 없음을 깨달았다.

기력이 꺾인 세리에는 손을 팔랑거리며 마음대로 하라고 유지로를 내버려두었다.

"그런 연유로 부탁합니다."

"알았어. 아가씨에게 묻는데 짧은 사벨을 사용하는 것은 한쪽 칼날의 검이 쓰기 쉬워서야? 아니면 가볍기 때문에?"

"가볍기 때문에."

직검도 문제없냐는 물음에 끄덕임으로 답했다. 검기는 아류이므로 다루기 쉬운 것이라면 직검이나 곡검이나 상관없었다.

그렇다면, 하고 네 개의 쇼트소드를 창고에서 가지고 왔다. 가격은 8만 밀레 전후이다.

네 자루를 손에 들어본 뒤 무게가 딱 좋다고 느낀, 철과 짓신 광석 합금 직검을 골랐다.

세리에가 검을 만지는 사이에 가게 주인이 갑옷을 가져왔다.

"갑옷은 이 두 개를 추천하는데. 배드오도로라는 개구리를 알아?"

"어제 싸우고 왔어요."

"아, 토벌대였구나. 그 개구리의 피부를 여러 장 겹쳐서 만든 털가죽갑옷으로 충격에 강한 것이 특징이야. 또 하나는 바프라이트와 짓신 광석의 합금 브레스트 플레이트. 어깨바대 없는 갑옷으로 흉부, 복부와 등을 보호해. 가죽갑옷보다 무겁지만 철갑옷보다는 가벼워. 방어는 이쪽이 높아."

"합금갑옷을 가져올 수 있나요?"

주인이 가져온 갑옷은 분명히 외형에 비해 가벼웠다.

"이것으로 할 거야."

"알았다. 이리 따라와, 손을 좀 봐야 하거든."

주인의 손짓을 따라 세리에는 카운터 안쪽의 별실로 들어갔다.

유지로는 진열된 상품을 보다가 가장 높은 창(槍)에 시선이 멈추었다. 가격은 45만 밀레. 간단한 설명이 적혀 있어 마법무구(武具)임을 알 수 있었다.

그것은 마력을 담아 휘두르기만 해도 돌풍이 똑바로 부는 모양이다.

마법무구는 정제된 바람의 결정과 땅의 결정 같은, 속성결정 덩어리로 만들어져 있었다. 무기(武器)에는 가늘게 가공된 무늬에 결정 막대가 꽂혀 있었고, 방패는 손잡이에, 갑옷은 안쪽에 보석처럼 둥근 결정이 박혀 있다. 속성결정은 짧아도 반년, 길어도 1년 후 먼지가 되기 때문에 교환이 필요했다.

무구 자체에 새겨진 마법진, 결정과 사용자의 마력이 갖추어져 마법이 발동하는 대용품이다.

마법무구의 특징은 두 가지다. 마법 발동에 대한 이미지를 마법진에 떠맡김으로써 발동속도가 빨라진다. 속성결정이 보강약 같은 효과를 일으키기 때문에 위력이 오르는 것이다. 그렇다지만 위력 증가는 품질이 낮은 보강약에도 미치지 못한다.

"끝났어."

가게의 안쪽에서 세리에가 나왔다. 구입한 갑옷은 입지 않았다.

"갑옷은?"

"손질이 끝나는 게 내일이라고 하네."

가게 주인도 나왔기에 가격을 물었다.

"19만 4천 밀레야."

각금화 두 닢을 꺼내서 카운터에 두었다.

"거스름돈은 필요 없어요. 대신에 꼼꼼한 손질을 기대하겠습니다."

"맡겨두시라."

칼은 오늘 가져가도 괜찮다기에 벨트를 서비스로 받고 가게를 나왔다. 지금까지 쓰던 사벨은 팔아도 됐지만 예비무기나 풀을 베는 잡용도로 쓰기 위해 갖기로 했다.

유지로는 이대로 데이트 기분을 느끼며 함께 돌아다니고 싶었지만 세리에는 오늘도 혼자 나가기에 포기했다.

혼자서 마을을 돌아다니다 만들기로 한 바즌토리 재료를 찾았다. 저쪽이 준비했을 가능성이 있지만 재료가 충분하지 않을 수도 있으니까.

하는 김에 복합형 능력상승약의 재료가 될 만한 것도 샀다. 이 약은 연구를 막 시작했기에 진전은 딱히 없었다.

이틀 후 여행 준비를 마친 두 사람은 숙소 앞에서 잇샤를 기다렸다. 요 이틀간 유지로에게 용병들이 다시 권유했지만 유지로는 거절했다.

유지로는 평소의 여행장비였고 세리에는 구입한 갑옷과 칼을 걸쳤다. 신발도 새것으로 신었다.

8시 45분쯤부터 기다렸고 10분 정도가 지나려 했을 때 잇샤가 왔다.

"안녕, 기다리게 했네. 따라와줘."

인사를 나눈 뒤 잇샤가 앞장서 마을 입구로 향했다.

"말이나 당나귀도 사지 않을 건가?"

손수레를 끄는 유지로에게 물었다.

"짐이 무겁지 않아 힘들지 않으니까 안 사도 될 것 같아. 수레를 산 건 짐이 많아 양손을 못 쓸 걸 방지하기 위한 거고."

"흐음."

입구에는 투토아와 전에 본 사람들이 있었다. 옆에는 당나귀에 연결한 짐받이가 있었다.

유지로가 용병단은 여기 모인 사람들이 전원이냐고 묻자 메르모리아에 머무는 사람도 있다는 대답이 돌아왔다.

간단하게 자기소개를 끝냈고 남자들은 미인인 세리에를 보고 고개를 갸웃했다. 남자들만 있는 공간에 여자가 한 명이나마 끼었으니 기쁠 텐데 그런 감정이 생기지 않아 당황했다. 어째서일까 생각하며 메르모리아를 향해 출발했다.

첫날부터 마물이 습격하기도 했지만 그다지 고전하는 일 없이 평화롭게 진행되었다.

잇샤 일행은 협력마법만이 장점이 아니었다. 모두 세리에보다 기량이 높았다.

"오늘은 여기서 노숙을 할 거다."

잇샤의 목소리에 모두가 대답했고 텐트를 치는 등의 준비를 했다.

유지로도 텐트를 쳤다. 그곳에 잇샤가 다가왔다.

"너흰 손님이니까 느긋하게 있어도 돼. 식사도 감시도 우리가 할게."

"괜찮아?"

"상관없어."

"그럼 그렇게 할게."

느긋하게 있는 것도 좋지만 그다지 지치지도 않았기에 수집이라도 하겠다고 잇샤 일행에게 말하고 텐트에서 나왔다. 그 뒤를 세리에가 따라갔다.

"안 쉬어? 무슨 볼일이라도 있어?"

"모르는 사람 옆에 있는 것보단 당신 옆에 있는 쪽이 낫다고 생각했을 뿐이야."

혼자 어슬렁거리면 마물에게 습격당해서 도움을 요청하게 될지도 모른다. 수치심을 드러내고 싶지 않았다.

"조금씩 신뢰도가 쌓이고 있는 느낌인가? 이대로 가면 언젠가 연인이 될 수 있을지도~."

"그럴 일 없어."

"아직도 호감도가 낮나. 이번 노력에 기대해야 하는 거려나. 이렇게 함께하는 것만으로도 나는 즐겁지만."

콧노래를 부르며 미소 짓고 풀을 뽑는 모습에서 즐겁다고 한 말이 거짓이 아니라는 것이 세리에에게 전해졌다.

여전히 이 사람을 모르겠다고 생각하며 세리에는 채취하는 유지로 옆에서 칼을 뽑아 단련을 시작했다.

한 시간 정도 지나 주위는 서서히 어두워졌고 요리 냄새가 감돌기 시작했다. 이즈 마을을 나온 지 얼마 되지 않아서 재료는 풍부했고, 조리 담당이 기쁜 듯 솜씨를 발휘했다. 메뉴는 페페론치노와 콩과 말린 새우 수프였다.

저녁 식사가 끝나고 날도 저물어 세리에는 조금 떨어진 위치에 있는 개울에 목욕하러 갔다.

유지로는 모은 풀을 가공하면서 잇샤 일행과 이야기 중이었다.

"세리에는 목욕하러 갔나?"

"엿보게 하지 않을 거야."

못을 박는 듯이 유지로가 말했다. 사실은 유지로가 엿보러 가고 싶었지만 가면 다른 사람들도 따라올 것 같아서 참는 중이다. 다른 사람에겐 세리에의 나체를 보여주기 싫다는 독점욕이다.

"들여다보지 않으면 남자가 아니다! 라는 말을 하고 싶지만 갈 생각은 없어. 아무래도 세리에에게 매력이 느껴지지 않아."

다른 네 사람도 수긍했다.

"유지로는 세리에가 매력적이야?"

유지로가 크게 끄덕였다.

"진짜. 지금 당장이라도 엿보러 가고 싶을 정도로."

"모르겠구만~ 어떤 점이 매력인 거야?"

"그다지 가르쳐주고 싶지 않지만, 우선 미인인 점."

그건 보면 안다고 잇샤 일행이 대답했다.

"그것 말고는 고양이 같은 점? 경계하고 있지만 그런 행동도 귀여워. 때때로 보이는 경계심이 없는 표정도 귀여워. 또 이러쿵저러쿵 말하면서도 옆에 있게 해주는 상냥함일까."

상냥함이 아니다. 그건 착각이다. 실제는 오지 말라고 말해도 따라올 것 같으니 포기하는 것뿐이다. 언젠가는 자신에게 질릴 것이라 생각했다.

"그렇게 말해도 잘 모르겠군."

당연하겠지. 유지로가 말하는 매력은 교제가 없으면 보이지 않는 부분이다. 세리에는 잇샤 일행과 거리를 두고 있기에 알기 어렵다.

"세리에의 매력이 알기 어려운 건 내게 좋은 소식이야. 라이벌이 적다는 말이니."

"뭐, 취향은 사람마다 다르니까."

그렇게 결론지을밖에 없었다.

머리를 적신 세리에가 돌아와 텐트에 들어가자 이번에는 유지로가 씻으러 갔다. 하는 김에 양산한 가루비누로 옷도 씻어냈다. 손빨래지만 어려움 없이 씻을 수 있고 건조도 마법을 써서 순식간에 했다.

세탁을 끝내고 텐트에 들어갔다.

세리에는 칼과 갑옷을 손질 중이었다.

"그러고 보니 함께 텐트에서 자는 건 처음이네. 지금까지 한 여행은 노숙 중에 비가 내리지 않았고 교대로 감시했으

니까.”

세리에가 손질하던 것을 멈추고 유지로를 바라보았다. 세리에가 약간 물러났다.

“설마 이상한 일 하자는 거야?”

힘의 차이는 명백했고 눌리면 저항은 할 수 없다. 또한 도움도 기대할 수 없어 당하기만 할 것이다.

“하고 싶네! 그렇지만 세리에는 싫잖아?”

“당연하지.”

“응, 그러니까 참을게. 지금은 옆에서 잘 수 있는 것만으로 충분해.”

숨결을 느끼며 잘 수 있다고 기뻐하는 유지로.

세리에는 의심하는 눈으로 유지로를 보았다.

“정 못 미더우면 밧줄로 묶을래?”

하고 되물었다.

“그렇게 하는 게 좋을지도.”

“세리에에게 묶인다면 상을 받는 걸지도 모르겠네.”

“……그만둘래.”

딱히 새로운 경험을 하고 싶은 것도 아니었기에 유지로는 그닥 유감스럽지는 않았다.

유지로는 재료가공을 재개하고 세리에는 손질을 다시 했다.

유지로가 일방적으로 말을 걸었고 세리에가 적은 말수로 반응하다 이윽고 두 사람은 이불을 덮고 잠들었다.

새근새근 숨소리를 내는 두 사람이지만 세리에가 일어나 조용히 유지로를 바라보았다.

말로는 덮치지 않는다 했지만 거짓말일 수도 있다고 경계했었다. 그렇지만 유지로는 정말 아무것도 하지 않고 잠들었다. 그 사실에 작게 안도의 한숨을 내쉬고 등을 돌리고 본격적으로 자기 위해 눈을 감았다.

아침이 되었고 유지로가 세리에에게 안겨 있었다, 같은 일은 일어나지 않았다.

다음 날도, 그다음 날도 유지로는 약속을 지키며 옆에서 잠들 수 있는 것만으로 만족했다.

3장

약사의 본분

cheat kusushi no
isekai tabi

Tona Akayuki
illustration / kona

11 계기의 마을

예정대로 여드레 후 일행은 메르모리아에 도착했다.

이곳은 남작령에 있는 마을로 인구는 천 명 정도다. 특산품은 도자기지만 최고의 특산품이었던 특제 유약을 사용한 도자기는 30년 전에 제작 비법이 사라졌다. 이에 따라 점차 마을로서의 기세를 잃었다. 어떻게든 부활시키려고 남작도 지원하고 있으나 두드러진 결과는 나오지 않았다. 직인들은 어떻게든 하고 싶었으나 이제 글렀다고 생각하는 사람도 적지 않았다.

"여기가 우리 레드히어 용병단의 본거지이다. 우리는 여기를 중심으로 활동 중이야."

"그럼 왜 이즈에 있었어?"

"물건을 배달했다. 그쪽에서 살 것도 있었고."

물건배달을 위해 소개소에 갔을 때 그들이 협력마법을 쓸 줄 안다는 것을 알고 직원이 의뢰를 했다.

"따라와줘, 우리의 후원자로서 약을 필요로 하는 사람과 만나게 하고 싶다."

"아, 그 전에 도구점이나 약국에 들러도 돼? 만든 치유촉진제를 팔고 싶으니까."

"그 정도면 상관없어."

잇샤가 유지로 일행을 안내했고 투토아 일행은 약사를 데리고 온 사실을 알리기 위해 먼저 갔다.

만들었던 스물다섯 개의 녹색 치유촉진제를 수만 밀레에 팔았다. 이걸로 한동안 생활비는 괜찮다. 완성한 약물은 서른다섯 개였지만 열 개는 잇샤 일행이 원했기에 냉각마법약과 함께 저렴하게 양보했다.

약방을 나온 세 사람은 조금 걷다 큰 가게 앞에 섰다. 도자기가 진열되어 있었다. 접시와 컵, 병처럼 실용적인 물건부터 장식용 물건도 있었다.

"여기가 우리의 후원자 가게다. 들어가자."

잇샤와 함께 가게에 들어갔다.

"어서 오세요, 오빠!"

"다녀왔어."

기다렸다는 듯이 잇샤에게 말을 건 사람은 20대 중반의 여자였다. 잇샤와 같은 흑발로 어깨 근처까지 내려왔다. 앞머리를 헤어밴드로 올려 고정했다.

"정말 바즌토리를 만들 수 있는 사람을 데리고 왔어?"

"이 녀석이다."

잇샤는 유지로의 어깨에 손을 올렸다. 여자의 표정이 이상해졌다.

"너무 어려 보이는데, 정말 괜찮아?"

"이래 봬도 마법약을 만들 수 있다. 기대해도 좋을 거야. 적어도 재료 및 제법은 알고 있으니."

"어느 정도 솜씨는 있나 보구나. 잘 부탁해."

"건방진 인사라서 미안해. 이 녀석은 내 여동생인 리사.
여기 도련님에게 시집와서 그 인연으로 우리에게 지원을 해
주고 있어."

"아픈 사람이 이 사람의 남편이야?"

유지로의 물음에 아니라고 고개를 저었다.

"남편의 아버지다. 여기서 상담일을 하서. 30년 전에 있
었던 큰 화재로 눈을 다쳤는데 그게 요 몇 년간 악화된 모양
이야."

"의사에게 진찰받아 병명은 알았고 약의 재료도 모았지만
약을 만들 수 있는 약사가 없었어. 약사를 찾는 동안 상태
가 나빠지기만 했어."

"일단 만들 테니 재료와 방을 빌려줄 수 있어?"

"객실을 준비했으니 그곳을 써줘."

안내하려고 리사가 걷기 시작했다. 잇샤는 숙소에 돌아가
여행장비를 놓고 오겠다고 말하고 가게를 나갔다.

리사는 유지로 일행을 별채로 안내했다.

"네가 유지로였던가? 여기가 네 방. 저쪽이 세리에의 방.
우선 여행장비를 놓고 와. 그동안 아버지를 불러올게. 인사
하고 싶다고 했었거든."

그렇게 말하고 떠나갔다.

남겨진 두 사람은 저마다 객실에 들어가 짐을 두고 여행
장비를 내려놓았다.

옷을 갈아입은 세리에는 한 번쯤은 대면해야 불편하지 않

겠다 싶어 유지로의 방에 들어가 기다렸다.

15분 정도 기다리니 문 밖에서 기척이 느껴졌고 문이 열렸다. 리사와 쉰은 넘어 보이지 않는 남자가 들어왔다. 리사는 재료를 얹은 트레이를 들고 있었다.

방 안에 있던 유지로를 본 남자는 유지로가 어려 보여 놀랐다. 젊다고 들었지만 10대라고는 예상하지 못했다. 하지만 천재도 있는 법이기에 바로 미소를 띠었다.

"반갑네, 이곳 포타리 도자기 가게의 상담역 마즐이라고 해. 약을 만들어준다니. 정말 고마울 따름이네."

"처음 뵙겠습니다, 떠돌이 약사인 사와베 유지로라고 해요. 이쪽은 동료인 세리에예요."

두 사람은 고개를 숙였다.

유지로와 세리에가 보기엔 남자는 눈을 포함해 아픈 곳은 없어 보였다. 그도 그럴 것이다. 색을 식별할 수 없게 된 것뿐이라 아픈 것은 아니었다. 건강 상태는 양호하다. 보고 싶은 것을 제대로 볼 수 없기에 조금 기분이 가라앉은 상태였지만.

"이것들이 재료가 되는데 확인해주지 않을래?"

리사가 테이블에 둔 접시를 유지로 앞에 밀었다.

유지로는 그것들을 확인하다가 한 가지 부족한 것이 있음을 발견했다.

"메인 재료는 아닙니다만, 이스토라의 떫은맛을 뺄 때 쓰는 라드네 향목탄이 없습니다. 넣는 걸 잊었거나 필요하다는 걸 몰랐나요?"

그 대답에 마즐과 리사가 미소를 지었다. 리사가 주머니에서 천에 싸인 향목탄을 꺼내 테이블에 놓았다.

"실례했어. 정말로 바즌토리를 아는가, 만들 수 있는가를 시험해봤어."

"흐음."

왜 그러냐고 물었다. 옆에 있던 세리에는 유지로가 너무 젊어서 시험받은 걸 거라 생각했다.

"예전에 약사나 의사를 높은 보수로 모집했어. 그때 변변찮은 자들이 모여서. 그 후 나타나는 사람들도 진짜 재료를 내놓지 않거나, 제법조차 모르는 사람이 있어서 후에 시험 같은 걸 하게 되었어. 미안해."

리사가 이유를 말하고 고개를 숙였다.

"그런 이유예요? 그렇다면 어쩔 수 없겠네요."

"이해해줘서 고마워. 예전에 온 사람들 중에는 이유를 말해도 트집 잡는 사람이 있었기에 고생했어."

그땐 정말 곤란했다며 마즐이 쓴웃음을 지었다.

"그 사람들은 어떻게 되었죠?"

"남작의 병사에게 넘겼어. 그 뒤 벌금 같은 형벌을 주신 것 같아."

당연한 조치일 것이다. 사기 행위니 처벌받는 게 당연하다.

"당신은 진짜겠지. 재료 말고도 제작에 필요한 것이 있다면 뭐든 준비할게. 말해줘."

유지로가 재료를 파악하고 있는 것은 물론이고, 보수만을 목적으로 움직이는 것 같지 않아 보여서 신용할 수 있었다.

"……특별히 이렇다 할 건 필요 없어요. 도구도 수중에 있고요. 이미 아시겠지만 내일 밤에 완성됩니다. 사용방법은 하루 세 번, 아침, 점심, 자기 전에 눈에 한 방울 떨어뜨립니다. 그리고 1분 이상 눈을 감은 뒤 가볍게 눈을 씻어주세요. 그렇게 7일 계속하면 나을지도 모릅니다. 효과 자체는 닷새째부터 나올 거라 생각하니 도중에 그만두지 말아주세요."

"아, 알아. 그럼 잘 부탁한다."

"지금부터 만들게 되면 저녁식사는 늦어질 것 같으니 제 몫은 세리에에게 전달해줄 수 있을까요."

"그렇게 전해두겠다."

마즐과 리사는 고개를 숙이고 방을 나갔다.

"그럼 만들어볼까. 세리에는 어쩔래? 만드는 거 볼래?"

"봐도 뭔지 잘 모르겠으니 정원에서 검이라도 휘두르고 있을게."

"알았어."

세리에가 방을 나갔고 유지로는 조속히 짐에서 장비를 꺼내 바닥에 늘어놓았다.

물을 끓이거나 재료를 가공하는 등의 준비를 끝냈다. 이 시점에서 해가 지평에 가라앉기 시작했다.

분량을 정확하게 재거나 분말을 투입하는 타이밍에 신경

쓰거나, 집중을 하다 보니 시간 경과가 신경 쓰이지 않게 되었다. 집중해서 작업했지만 아무래도 방이 어두워지면 일단 작업을 멈추고 불을 켜고 계속 작업했다.

대략적인 완성은 저녁 8시 정도 전에 끝났다.

"이제 하루 동안 둔 뒤 융합하기만 하면 된다."

치유촉진제를 넣은 작은 병에 담황색 액체가 흔들렸다. 하룻밤 두면 색에 투명감이 나올 것이다. 그렇게 되면 약 제조는 성공이다.

깨지거나 잃어버릴 경우를 대비해 약은 두 개 마련했다. 약을 주머니에 넣고 방을 나섰다.

세리에의 방을 노크하니 기척은 느껴졌지만 열리지 않았다. 3분 정도 기다렸다.

방에서 나온 세리에의 머리카락이 젖어 있어서 방에 딸린 욕실에서 목욕했다는 것을 알 수 있었다. 살짝 비누냄새도 감돌았다.

"미안해, 서두르게 했지? 그리고 목욕을 마친 후의 모습은 색기 있구나."

"나가려 했었으니 딱히 상관없어."

색기 운운에는 대답하지 않았다.

"들어가도 돼? 밥 먹고 싶다."

세리에는 끄덕이고 유지로를 방에 들였다. 테이블 위에는 식어도 괜찮은 듯한 요리가 있었다.

세리에가 머리를 닦는 모습을 보면서 요리를 입에 넣었다.

"이 마을에서도 찾을 거야?"

"찾을 거야. 그 전에 일을 받겠지만."

"찾는 건 도울 수 없지만, 일하는 건 도울 수 있고 함께 있을 수 있으니까 기쁘네."

세리에는 그 말에 대답하지 않고 머리를 말렸다.

평소와 같은 반응과 대답이 오고 갔고 요리를 다 먹었다.

"식기는 어떻게 하라고 했어?"

"딱히 들은 건 없어. 방 앞에 두면 가지러 오는 거 아냐?"

"그러려나."

유지로는 방으로 돌아가 목욕하겠다 말하고 세리에의 방을 나왔다. 자신의 방문 옆에 식기를 두고 방으로 들어갔다.

물을 넣으면 자동으로 따뜻한 물이 되는 마법도구 덕분에 바로 목욕할 수 있었고 오랜만에 하는 목욕을 즐겼다. 편안한 기분으로 침대에 누우니 곧 잠에 빠져 숙면했다.

6시 넘어 일어났고 아침식사는 어떻게 되는 걸까 생각하며 세리에의 방에 갔다. 내놓았던 식기는 가지고 갔는지 없어졌다.

"7시 반 넘어서 부르러 온다고 말했었어."

"세리에는 어제 마즐 씨 일행과 함께 먹었어?"

"그래, 평소와 다르지 않은 식사였어. 리사라는 사람의 남편이 밤중에 돌아오겠다고 말했었어."

그리고 리사의 아이가, 아이 특유의 순수함과 잔혹함으로 세리에가 어딘가 이상하다고 지적했다고 했다고 한다.

선조에게 숲의 민족의 피가 섞였고 자신 대에서 진하게 나왔다고 말해 얼버무렸지만 그것까지는 유지로에게 말하지 않았다. 지적당하는 것만으로 끝나는 일은 이전에 비하면 훨씬 나았다. 그리고 부모가 주의하니 아이도 더는 추궁하지 않고 다른 이야기를 시작했기에 문제가 생기지는 않았다.

"흐~음. 여기서 함께 기다릴까."

"마음대로."

허가를 받은 것 같아 의자 중 하나에 앉아 몸치장을 하는 세리에를 바라보았다.

유지로에게 즐거웠던 대기시간이 끝났고 둘은 식당으로 향했다.

그곳에는 마즐과 리사 말고도 일곱 살쯤 되는 남자애와 20대 중반의 갈색머리 남자가 있었다. 리사의 아이와 남편인 것 같다.

남편인 듯한 남자가 유지로를 보고 다가왔다.

"안녕. 당신이 리사가 말하던 약사군. 나는 리사의 남편인 허츠라고 해."

"처음 뵙겠습니다, 떠돌이 약사인 사와베 유지로입니다."

세리에도 짧게 이름을 말하고 고개를 숙였다.

"아버지의 약을 만들어준다고 들었어. 고마워. 손자를 제대로 볼 수 없다며 늘 신경 쓰셨기에 완치된다면 정말 기쁠 거야."

"그랬군요. 약은 오늘 저녁쯤엔 완성할 테니 좀 더 기다려주세요."

허츠는 기쁜 듯이 끄덕였다. 허츠는 온화한 기질 같았고 리사와 성격이 반대인 듯했다. 서로에게 없는 점에 이끌린 것이겠지.

허츠와 이야기하고 있자니 요리가 식탁에 늘어섰고 아침 식사가 준비되었다. 식후에 미완성된 약을 보여준 후 마즐 일행은 일하러 돌아갔고 유지로 일행은 방으로 돌아갔다.

세리에는 어제처럼 단련했고 유지로는 세리에의 모습을 바라보면서 능력상승약 외에 린스나 샴푸에 대해 생각하면서 시간을 보냈다.

날이 저물고 약은 완성을 나타내는 투명감 있는 황색이 되었다. 이것을 보고 고개를 끄덕인 유지로는 약을 가지고 방을 나섰다.

"적당한 사람을 잡아 마즐 씨를 부르자."

복도를 걷다가 목욕을 하려는 리사와 만났다.

"아, 찾았다. 약을 완성했어요."

"진짜니? 아버지의 방으로 안내할게."

따라오라며 손짓해서 걷기 시작했다. 그 뒤를 따라갔고 금방 도착했다.

방을 노크한 뒤 대답을 듣고서 들어갔다. 유지로의 모습을 보고 약이 다 만들어졌다고 생각한 마즐의 표정이 밝아졌다.

"완성했어요. 이것이 부탁하신 약이에요."

두 개의 약을 테이블에 달그락 올려놓았다.

"두 개? 나누어 쓴다고는 문헌에는 실려 있지 않은 것 같 았는데."

마즐은 리사를 바라보고 확인했다. 리사가 그 말에 동의 한다며 끄덕임으로 답했다.

"아, 하나는 예비용이에요. 깨뜨리거나 했을 때를 위해 만 들어둔 거라 두 개 다 사용할 필요는 없어요."

"그런 거구나. 확실히 부주의하다 깨뜨릴 가능성은 있겠 지, 고마워."

"사용방법과 기간은 전에 말씀드린 대로예요. 오늘부터 사용할 수 있어요."

작은 병을 소중하다는 듯 손에 들고 마즐은 고개를 숙였다.

"고마워. 보수는 내 눈이 완치된 뒤에 줘도 괜찮을까?"

"타당하다고 생각합니다. 효과가 없다면 사기니까요."

"의심하는 건 아니지만 만일이라는 게 있으니까. 완치될 때까지 7일간 우리 집에서 지내다 가게."

"신세지겠습니다."

약을 전달한 유지로는 방으로 돌아갔다.

다음 날 아침식사를 마친 유지로 일행은 밖으로 나왔다.

"어라, 나갈 거야?"

빗자루를 손에 든 리사가 밖으로 나온 두 사람에게 말을 걸었다.

"소개소에 가서 일을 받아오려고 해요. 7일간 쭉 아무

것도 안 하면 무료하니까요."

"그렇겠네. 조심히 다녀와."

리사에게 배웅받은 두 사람은 소개소로 향했다. 가는 도중 무기점을 찾은 유지로는 세리에에게 부탁해 함께 들렀다.

발차기용으로 사용하기에 딱 좋은 신발은 없냐고 묻자 창고에서 정강이까지 덮는 검은색 롱부츠를 꺼내왔다.

"이거라면 좋을 거야. 발가락, 뒤꿈치, 발등, 정강이가 단단하고 튼튼한 마물가죽으로 보호되고 발바닥 부분은 얇지만 철판도 넣었지. 다른 부분은 다른 마물의 가죽을 사용하여 튼튼하지만 부드러워 관절의 움직임을 방해하지 않아. 신었을 때의 느낌도 세심히 주의를 기울였기 때문에 평소에도 신고 지낼 수도 있다. 단점은 통풍이 잘 안 돼서 더워. 가끔씩 빨지 않으면 무좀이 날지도 몰라."

"좋은 것 같은데 발에 맞는 것이 있는지 모르겠네요."

"성인에 맞춘 두 가지 사이즈가 있으니 신고 확인해봐."

"신어볼게요."

"그래."

마침 괜찮은 것이 있었고 신발을 신고 가볍게 뛰어봤다. 지금까지 신던 신발보다 무겁고 발목이 조금 움직이기 어렵긴 했지만 신체능력이 올라간 것도 있어 그다지 신경 쓰이지 않았다. 발을 들어 올려 발가락 같은 데를 가볍게 두드려보고 감촉을 확인한 유지로는 구입하기로 결정했다.

"가격은?"

"9만 밀레다."

가격을 듣고 유지로가 크게 놀랐다.

아무리 그래도 신발 한 켤레가 일반가정의 한 달 가까이 되는 생활비일 것이라고는 생각하지 않았다. 세리에도 놀라서 신발을 물끄러미 바라봤다.

"그만큼 좋은 물건이야."

"여기서 안 사면 다음은 언제 다시 이런 걸 볼 수 있을지도 모르니 사야지."

"고마워!"

그 자리에서 바로 갈아신었고 지금까지 신던 것은 소개소에 가는 도중에 구입한 천으로 감쌌다. 아직 신을 수 있기에 거리 같은 안전한 장소에서는 이것을 신기로 했다.

소개소에 도착해 거친 일 관련한 업무를 살펴봤다. 유지로의 사정이 있기 때문에 세리에는 열흘 걸리는 배달관련 일은 제외했고 5일 이내로 끝나는 일을 찾았다.

"이걸 받을 거야."

"광석 매입?"

의뢰 종이를 가리킨 세리에의 예쁜 손가락을 보고 나서 그쪽으로 시선을 돌렸다.

도자기 재료로 쓰는 광석 채굴 의뢰이다. 이 마을에서 동쪽으로 하루쯤 가면 동산이 있다. 동산 중턱에 균열이 있고 그 속에 들어가면 광석이 있다. 마물이 나오고 일반인이 채취하긴 어렵기 때문에 모험가와 용병에게 의뢰했다.

보수는 채굴한 광석의 종류와 양으로 정해진다. 가장 싼 것이라면 1킬로그램당 3천 밀레쯤, 비싼 것은 1킬로그램당 수만 밀레까지 간다.

세리에가 간다면 유지로가 거부할 이유는 없었다. 두 사람은 접수처로 갔다.

의뢰 번호를 알려주고 받을 의뢰를 말했다.

"3천 밀레를 지불하신다면 동굴 내부 지도와 나오는 마물에 대해 쓰인 서류를 건네드리겠습니다. 어떻게 하시겠어요?"

"…………."

"부탁합니다."

돈에 여유가 있지만 절약이 몸에 배여 지불하는 데 망설임을 보이는 세리에. 그 옆에서 유지로가 각은화를 내고 서류를 받았다.

둘이서 벤치에 앉아 서류를 읽었다.

동굴은 자연적으로 생긴 구덩이지만 광석을 구하는 사람들이 구멍을 따로 파서, 천연통로와 인공통로가 함께 있다. 깊숙한 곳에는 빗물이 고인 웅덩이가 있다. 가끔 이 물을 밖으로 버리는 의뢰도 나온다.

채굴지점은 다섯 군데로, 채취 가능한 장소에 ○표가 붙어 있다. 전부 돌아도 하루가 안 걸린다.

지반이 느슨한 곳이 있는 듯했고 그런 곳은 화살표로 요주의라고 쓰여 있었다.

출몰하는 마물은 네 종류. 첫 번째는 1미터 크기의 지네로, 물리면 30분간 몸 전체에 통증이 내달린다. 두 번째는 강아지만 한 쥐로 어둠을 내다본다. 세 번째는 배구공 크기의 공벌레로 외피는 바위만큼 단단하다. 마지막은 18리터 통 크기의 말미잘로 원래 연못에 살기 때문에 보통은 싸우지 않아도 된다.

채굴 도구와 운반을 위한 수레는 마을 입구에 있는 병사에게서 빌릴 수 있다.

마지막으로 주의가 적혀 있는데, 지정된 장소 이외에선 채굴하지 말라고 쓰여 있었다. 전문 광부의 의견을 듣고 붕괴할 위험이 있는 장소는 피하는 것이다.

종이에 쓰여 있는 것은 이 정도였다.

"가장 싼 물건을 1킬로그램 정도 얻으면 본전은 뽑을 것 같군."

"본전만 건지는 건 의미는 없지만."

"최소한 그 정도 얻자는 이야기야. 오늘부터 나갈까?"

"그래."

일단 포타리 도자기 가게로 돌아가서 준비한 뒤 채굴을 위해 동굴에 갔다 오겠다고 말하고 마을 입구로 향했다.

그곳에 있는 병사에게 동굴로 가겠다고 말하니 채굴도구와 함께 광석 샘플을 보여주었다. 각각의 특징을 기억한 두 사람은 마을을 떠났다.

오랜만에 둘이서 행동해서 유지로는 즐거워 보였고 세리

에도 어딘가 마음이 편한 듯했다. 조금이나마 유지로가 함께 있는 것에 위화감을 느끼지 않게 되었다.

해프닝 없이 동산 중턱까지 올라 동굴에 도착한 두 사람은 조속히 안에 들어갔다. 횃불이나 랜턴 대신 유지로가 조명마법을 사용하여 지도를 보면서 이동했다.

조금 나아가니 안쪽에서 푹푹 하는 소리가 들려왔다.

"누가 있는 것 같군."

"항상 있는 의뢰 같으니까 있어도 신기하지는 않네."

근처의 채취지점을 향해 나아갔다.

마물과 만나는 일 없이 첫 번째 포인트에 도착해서 곡괭이를 휘둘렀다. 유지로가 파고 세리에가 판별하는 식으로 역할을 나누어 모아 나갔다.

힘차게 곡괭이를 휘두르니 목재 손잡이가 삐걱삐걱 비명을 질렀기에 조금 힘을 빼고 바위벽을 내리쳤다. 망가뜨리면 변상해야 하고 여분의 곡괭이도 없었다. 힘을 빼도 보통 사람보다 속도가 빠르고 힘이 있어 바위가 으드득 깎여나갔다.

"일단 멈춰."

"응."

바위를 20분간 부수다 세리에가 말을 걸었다. 발굴하는 속도가 빨라 선별작업이 따라잡지 못했다.

"여기 있는 건 어떤 거였지?"

"밑에서 두 번째고 1킬로그램도 안 돼."

많이 팠지만 대부분이 쓰레기였다.

현시점에서 본전은 거의 뽑았다 해도 좋았다. 보통은 이렇게 빨리 본전은 뽑을 수 없다. 유지로의 채굴 속도가 이상하게 빠른 것이고 원래는 시간이 더 걸리는 힘든 작업이다.

"다음으로 갈까?"

"그래."

필요 없는 바위를 가장자리에 버리고 다음 지점으로 향했다. 그런 쓰레기는 모험가들을 고용해서 한 달에 한 번 정리해 밖으로 내놓는다. 모험가들이 당시 채굴한 사람이 미처 못 본 광석을 찾기도 한다.

다음 채굴장소의 입구에서 세리에가 멈췄다. 왜 그러냐고 말을 걸려 한 유지로의 입을 손으로 막았다. 세리에가 처음 자신을 만졌기에 유지로는 내심 흥분했다.

거칠어진 숨에 얼굴을 찡그리고 유지로의 입에서 손을 뗀 세리에는 안을 살짝 엿봤다. 빛이 닿지 않아 어둡지만 그림자로 볼 때 지네가 아닐까 판단했다.

마물의 종류와 있는 위치를 유지로에게 알려주고 넓은 공간으로 들어갔다.

큰 지네 네 마리가 불빛에 비쳤다. 서로에게 기습은 할 수 없는 상황에서 전투가 시작되었다.

유지로는 단숨에 접근하여 머리를 밑에서 차올렸다.

"이얍!"

새로 산 부츠를 시험하기 위해 마음껏 발로 차니 큰 지네의 머리가 부서졌다. 머리를 잃은 큰 지네는 바닥에 쓰러져 다리만 움찔거렸다.

또 머리가 떨어지기만 할 거라 생각했던 유지로는 예상이 빗나가 약간 뒤로 물러났다.

갑자기 다른 큰 지네가 물려고 달려들었다.

"위험해!"

무심코 발을 내밀어 달려드는 걸 막았다. 정강이를 물렸지만 충격과 압력을 느끼기만 했고 잘리지는 않았다.

다리를 흔들어 큰 지네를 떨어뜨렸다.

"비싼 만큼 튼튼하구나."

지면을 구르는 큰 지네의 머리를 밟아누르며 중얼거렸다.

주위를 확인하니 세리에가 두 마리의 큰 지네와 아직도 싸우는 중이었다. 물릴까봐 경계하는지 신중하게 싸우는 듯했다. 한 마리를 상대하려고 큰 지네 뒤에 다가가 꼬리를 으깨지 않도록 왼발로 짓밟았다. 그걸로 움직임은 막았고 몸을 굽혀 물려고 했기에 다가온 머리를 오른발로 걷어찼다. 한 마리를 쓰러뜨리니 세리에는 싸우기 쉬워졌고 순식간에 큰 지네의 머리를 베어 날렸다.

"칼은 쓰기 편해?"

"지금까지 사용했던 것보다는."

체액을 떨쳐버리고 칼집에 넣었다.

"그리고…… 도와줘서 고마워."

얼굴을 돌리고 중얼거리듯 감사인사를 했다. 무뚝뚝하게

보였지만 고마워하는 마음이 전해져왔다.

"말도 기쁘지만 감사의 마음은 키스로 부탁해! 포옹도 가능!"

"싫어."

"그렇겠지. 채굴 시작할까."

10퍼센트 정도만 기대하며 부탁했기에, 그렇겠지~ 하며 수긍했다. 하지만 언젠가는, 이라고 생각하면서 곡괭이를 휘둘렀다.

여기에서 가장 싼 것을 1킬로그램 정도 채굴했다. 이제 충분히 벌었다. 돌아가도 좋았지만 아직 여유가 있기에 계속하기로 했다.

세 번째 채굴지점으로 가는 도중 두 사람은 걸음을 멈췄다.

"이건……."

"여기를 팠다는 것이겠지."

통로 벽에 작은 구멍이 벌어져 있고 부서진 바위가 그대로 남은 상태였다.

"아까 들린 소리일까?"

"모르겠어. 채굴에 관해서는 초심자인걸, 막 판 건지 그렇지 않은 것인지 나는 몰라."

"나도야. 붕괴의 전조라면 즉시 나가는 편이 좋겠지."

세리에가 끄덕이고 걷기 시작했다.

그리고 1시간 후, 두 사람은 지도에 실리지 않은 공간에 있었다.

"아니~ 전조도 없이 갑작스러운 상황은 어쩔 수 없네."

유지로가 괜스레 밝게 웃으며 말했다.

세 번째 채굴지점으로 이동했을 때 갑자기 발밑이 무너졌다. 그 통로에도 채굴 흔적이 있었는데 그것이 원인인 것인지 원래 지반이 느슨한 상태였는지는 알 수 없었다.

떨어져서 부상을 입었지만 회복약을 먹어 완전히 나았다.

"출구는 머리 위에서 6미터쯤 되려나. 잘하면 나갈 수 있을 것 같아. 운이 좋긴 하네."

머리카락에 붙은 바위조각이나 흙먼지를 털며 구멍을 올려다봤다.

벽에도 돌출부가 보여 오르는 데 고생은 안 할 것 같다.

"우선 이 땅굴을 살펴볼래?"

"조금은 조사해보고 싶네."

호기심이 자극된 두 사람은 균열을 바라보았다.

벽을 두드려 붕괴의 위험성을 알아보고서 두 사람은 걷기 시작했다. 발을 내디딜 곳이 기울어져 있어 걷기 힘들었다. 사람이 지나간 흔적은 거의 없었으며 좁은 곳이나 발이 걸리기 쉬운 곳이 많았다.

"마물의 기운이 없어."

"어디와도 통하지 않아?"

"그럴 거라 생각해."

완전히 기척을 파악할 수 있는 것은 아니기에 단언은 할 수 없다.

"어쩌면 유적 같은 걸 발견할 수 있지 않을까."

파괴지진으로 묻힌 옛 건물은 많이 있다. 그러한 곳에서 옛 문명의 도구가 발견되기도 한다.

이전의 문명은 산의 민족이 영화(榮華)를 누렸다. 산의 민족은 뛰어난 무구를 만드는 민족이었기에 좋은 무기가 발견되는 경우가 많았다. 현대에는 재현 불가능한 걸작도 있어 고급 무기와 방어구를 필요로 하는 용병 외에도 기술 분석을 위해 산의 민족에게도 고가로 팔렸다.

"설마. 그렇게 쉽게 발견될 리가 없잖아."

"역시 그런가."

그런 얘기를 나누며 두 사람은 앞으로 나아갔다. 예상대로 유적과 연결된 건 아니었고 통로는 가늘고 좁아져 더는 진행할 수 없게 되었다.

"샛길도 없는 외길인가."

"이런 데였네. 돌아가자."

"벽을 조금 파보지 않을래? 붕괴할 것 같으면 그만둘 건데."

"……뭔가를 얻을지도 모르니 해볼 가치는 있을지도 모르겠네."

곡괭이로 가볍게 바위를 두드려 붕괴의 위험성을 알아보고서 벽을 부숴나갔다. 유지로는 곡괭이를 휘두르며 내심 고개를 갸웃했다.

조금 부서진 벽 너머로 두 사람은 검푸른 광석을 보았다. 이것을 본 기억이 있었다.

"분명히 두 번째로 비싼 광석이던가?"

"아, 응, 맞을 거야."

1킬로그램당 5만 밀레이다. 얼핏 봐도 1킬로그램은 훨씬 넘는 양이 있었다.

뜻밖의 보물을 발견했다. 팔 수 있는 만큼 파야겠다 싶어 곡괭이를 휘둘렀다. 박자에 맞춰 너무 힘차게 두드렸는지 천장에서 바위 파편이 떨어지기 시작했다.

"아, 더는 위험해."

"그만두는 게 좋을 것 같아."

회수 가능했던 것은 5킬로그램 정도다. 이걸로도 충분하겠지. 더 파고 싶다면 전문가들과 붕괴 대책을 세운 후에 파는 것이 좋을 듯했다. 하지만 유지로는 조금만 더 파보고 싶었다. 그걸 세리에게 전하니 세리에가 이유를 물었다.

"곡괭이를 통해 느껴지는 감촉이 좀 그래서. 위라면 막히는 느낌이 들어야 해. 그치만 여긴 울려. 마치 저쪽에 공간이 있는 듯이."

"아까 말한 유적 이야기가 실현되려나."

"그래도 붕괴할 것도 생각하면 더 이상은 안 파는 게 나을까."

어떡할까, 하고 세리에에게 물었다. 유지로는 호기심에 파보고 싶었지만 세리에에게 위험이 미친다면 하고 싶지 않았다. 또, 세리에를 탈출시키고 혼자서 위험을 무릅쓰며 발굴할 생각은 없었다. 이런 곳에서 죽어 세리에와 헤어지기는 싫었다.

"어느 정도를 파야 건너편과 이어지는 거야?"

"잘 모르겠어. 조금 파보고 위험하다 싶으면 그만둘래?"

"……그래. 그게 좋겠어."

세리에도 유적보단 몸의 안전이 중요했다.

그렇기에 유지로는 신중하게 곡괭이를 휘둘러 조금씩 벽을 깎아나갔다. 운 좋게 10분도 안 지나서 건너편과 이어졌다.

"어! 이어졌어……?"

유적을 볼 수 있다며 눈을 반짝이며 구멍을 들여다봤지만 내부의 모습을 보고 말끝이 흐려졌다.

"좁은걸."

세리에의 말대로 단칸방 크기도 안 되는 공간이었다. 천장은 무너진 상태에 흙과 돌이 방에 쌓여 있었고, 책상이나 장롱이 부서져 있었다. 출입구 같은 것이 없는 걸 보면 흙과 돌에 파묻혀버렸을 거다.

"뭔가 있을까."

구멍을 넓히고 안으로 들어갔다. 둘이 들어가기에는 좁아서 유지로만 들어갔다.

조사할 것이 그리 많지 않았기에 금방 끝냈다. 바닥을 대충 훑어보고 책상과 장롱의 서랍을 열어 보았다. 지난번 지진으로 파묻혔다 해도 2백 년 이상 지났기에 낡아빠진 상태라 서랍을 여니 쉽게 부서져버렸다.

내용물은 오래된 의복이나 장식품이었다. 중요한 장소가 아닌 단순한 민가였던 모양이다. 옷의 종류나 사이즈를 보면 열 살도 되지 않은 소녀가 입었을 것이라는 추측이 가능했다. 의복은 그냥 두고 나무재질의 빗, 브로치와 붓 같은 것을 들고 방을 나왔다.

"있던 건 이것과 옷 정도였어."

"흐응~."

세리에는 유지로가 내민 것을 들고 바라보았다. 언뜻 보기에 일용잡화지만 뭔가 특별한 게 없는가 싶어 훑어봤다. 그러나 대부분이 딱히 특별하지도 않은 물건이었다.

"가치가 있다면 이것 정도일까."

그리 말하며 보여준 것은 디자인이 같은 핀뱃지였다. 지름 1센티미터가 좀 넘는 둥근 뱃지로 개의 옆얼굴이 그려져 있었다. 테두리는 파란색이고 바탕은 흰색, 개는 은색이었다.

이전 아버지에게 유적에서 나오는 인기 있는 물건이라 들은 적이 있었다.

이건 미아를 찾기 위해 만들어진 마법도구로 두 개가 한 쌍이다. 한쪽을 찾으면 그것에서 빛의 기둥이 하늘을 향해 똑바로 올라간다. 그 빛은 다른 한쪽의 소유자에게만 보이고 하루 종일 계속 빛난다. 그 빛은 10킬로미터 떨어진 장소에서도 확인할 수 있으며 실내에 있어도 천장이나 벽을 관통해서 하늘로 빛이 뻗어나간다.

"팔면 얼마나 받을 수 있을까?"

"거기까진 들은 적 없어. 그래도 싸진 않을걸."

"언젠가 자금이 궁핍해지면 팔까? 지금은 딱히 궁하지 않고. 한쪽씩 갖자. 둘이서 뱃지를 서로 달고 러브러브함을 모두에게 알리자!"

"달지 않을 거야."

시원스레 거절한 세리에는 받아든 뱃지를 떨어뜨리지 않게 갑옷 안쪽주머니에 넣고 출구로 걷기 시작했다.

유감이라며 유지로는 어깨를 늘어뜨렸다.

뱃지를 옷의 소매에 달고 회수한 광석을 들고 세리에를 쫓았다. 세리에는 머리 위에 뚫린 구멍을 보면서 입을 열었다.

"힘의 능력상승약을 줄래? 완력에 자신이 없어서."

"응. 밑에서 지탱하는 편이 좋아?"

속셈 반 친절 반 섞인 마음으로 물었다. 허벅지와 엉덩이의 감촉을 상상하고 표정이 느슨해질 뻔했지만 참았다.

"왠지 모르게 속셈이 느껴지니 필요 없어."

"예리하네. 먼저 올라갈게."

세리에가 째려보자 유지로가 쓴웃음을 지었다. 광석과 도구를 들고 위쪽 통로로 올라갔다.

구멍을 들여다보고 세리에가 올라오는 것을 바라본다.

"괜찮아?"

"괜찮아."

대답할 여유가 있으니까 괜찮겠지 싶어 구멍에서 떨어졌

다. 바로 세리에도 올라왔다.

"돌아가자."

가볍게 옷에 묻은 먼지를 털고 출구로 걸어나갔다.

동굴을 나와 해가 뜬 하늘 아래에서 보니 마법조명으로는 보이지 않던 흙먼지가 묻어 있어 그것도 털었다.

하루 지나서 마을로 돌아왔고 병사에게 도구를 돌려주며 광석을 매입해달라고 했다. 그들이 가지고 온 광석의 양을 보고 병사가 놀랐다. 지난 몇 년간 이렇게나 많은 양을 가져온 사람은 없었다.

"꽤 많이 캤구나. 설마 지정 외의 장소를 판 건가."

"지정 외라 하면, 지정 외이기는 하네요."

"이상한 말이네."

"누가 통로를 판 탓인지 걷다가 발밑이 무너져 떨어졌어요."

지도를 건네고 누군가 멋대로 판 곳을 가리켰다. 병사는 엄한 표정으로 지도를 보고 입을 열었다.

"가끔 있는 모양이야, 멋대로 파는 녀석이. 다치진 않았는지?"

"괜찮아요. 근데 떨어진 곳 끝에도 구덩이가 있었고 그곳을 파니 이만큼 캘 수 있었어요."

"너희에게는 미안하지만 좋은 소식일까."

"아뇨. 그게, 초심자에겐 위험할 것 같아요. 팠을 때 천장에서 파편이 떨어졌거든요."

섣불리 찌르면 와르르 쿵이라 말하는 유지로에게 병사는 꺼림칙한 표정을 지었다.

"……그런가, 모험가의 출입은 금지하는 것이 좋겠군. 어쨌든 수고했다."

"보고할 것이 하나 더 있어요."

달리 뭔가 있냐며 고개를 갸웃하는 병사에게 유적에 대해 이야기했다.

"좁지만 유적이 있었던 건가."

"대충 본 바로는 단순한 민가 같았는데요. 계속 파다 보면 자세한 걸 알 수 있을 것 같아요."

"그런가. 보고 수고했다. 정보료를 추가해주마."

병사의 판단하에 추가 보수를 건넸다. 새로운 채굴 장소 후보를 발견했다는 활약이 있었으므로 이 정도는 병사의 재량으로도 가능했다.

병사에게 배웅받은 두 사람은 포타리 도자기 가게로 돌아왔다.

"비교적 큰돈을 벌었는데 또 일할 거야?"

"아니, 찾던 것을 찾으러 다시 나갈 거야."

"그렇군. 나도 책을 읽거나 약을 만들 거야."

"그래."

다음 날부터 두 사람은 각자 움직이기 시작했다.

닷새가 지나니 약이 효과를 발휘했고 마즐이 기뻐했다.

그리고 8일째 아침, 마즐의 눈은 완전히 색깔을 되찾았다.

아침식사 자리에서 마즐이 유지로의 손을 붙잡고 진심으로 감사하다는 말을 전했다.

"쾌유 축하 파티를 열고자 한다. 부디 너희들도 참여해주렴."

"파티라니 너무 성대해요."

"아니아니, 형도 무척이나 감사해하고 있어. 크게 축하하자고 하더군."

"형이요?"

"음. 사실 우리 형이 이 마을의 남작이란다. 내 치료에도 계속 힘을 써줬지."

"남작이요? 파티는 참여한 적이 없어서 어떻게 해야 할지 모르겠어요."

"긴장할 건 없어. 옷을 차려입고 남작가에서 식사할 뿐이니까."

허츠가 걱정할 것은 없다고 말했다.

갈아입을 옷도 준비해둔다고 했다. 유지로와 세리에는 저녁까지 가게로 돌아오기만 하면 되었다.

초대를 받아들인 두 사람은 가게를 나왔다. 유지로는 아침식사가 끝나고 가게를 나오기 전에 보수 60만 밀레를 받았다. 약 하나에 이 정도나 되는 보수는 처음 받아봤기에 남작가 인연의 힘이라는 걸 느꼈다.

저녁이 되었고 유지로와 세리에는 남작가로 향했다. 마즐의 연줄로 저택에 들어갈 수 있었고 보르츠의 저택처럼 별택(別宅)이 아닌 본가로 들어갔다.

현관에 들어가니 정면에 놓인 비취색 접시가 눈에 들어왔다. 매끄러운 광택으로 흡사 소용돌이치는 무늬가 그려져 있었다.

"그 접시가 신경 쓰여?"

접시를 보는 유지로에게 허츠가 말을 걸었다.

"눈에 띄어서요. 좋은 물건인가요?"

귀족 집 현관에 눈에 띄게 장식되어 있기에 비싼 물건일 거라 생각했다. 허츠는 끄덕였다.

"응. 이 마을의 상징이라 해도 될 거야. '이전'이라는 말이 붙지만 말이야. 30년 전에 화재가 있었고 유약 제조자들이 그 화재로 인해 모두 죽어버렸어."

"모두요?"

"하필 모여서 서로 이야기하던 중에 화재가 일어난 거야. 그래서 모두가……."

"문서로 만드는 방법을 남겼다거나……."

"부분적으로는 있어. 그렇지만 전부는 안 남아 있어. 남은 자료에서 부활시키려고 노력하는 사람도 있지만 이렇다 할 성과는 아직까지 없어."

"그 유약의 이름이 뭔가요?"

약물의 범주라면 지식에 있겠다 싶어 물었다. 세상 모든 지식을 가지고 있다고는 생각하지 않았기에 없다면 없는 거려니 하고 신경 쓰지 않았다.

"딱히 이름은 없네. 굳이 말한다면 메르모리아의 유약이란 점일까."

"그래요?"

그 이름으로 살펴보니 있었다. 의학적인 지식만 주어졌을 것이라 생각했는데, 이러한 지식까지 부여받았구나 싶어 표정에 드러내지는 않았지만 놀랐다.

재료 중에 유지로가 채굴하여 판매한 광석도 포함되어 있었다.

유약 제작법을 안다는 사실은 말하지 않았다. 어째서 알고 있는지 설명하기 귀찮았기 때문이다.

옷을 갈아입기 위해 남자와 여자는 각각 별실로 안내되었다.

유지로 일행이 안내된 방에는 메이드가 있었고 사이즈를 말하자 바로 연미복 같은 예복을 준비해주었다. 남자들은 옷을 갈아입기만 해도 됐다.

유지로는 왁스 같은 것으로 머리를 고정하고 하얀 애스컷 타이를 매었다.

여자들의 방에도 메이드가 있었다. 옷을 갈아입는 것뿐만 아니라 화장을 하거나 장식품을 선택해야 해서 시간이 걸렸다.

유지로 일행이 먼저 큰 방에 들어가 남작과 대면했다. 남작은 오십 세 정도였고 어딘지 모르게 마즐과 닮았다. 남작 옆에는 남작의 아들도 있었다. 차기 남작이 될 예정이라고

했다. 앞으로 1년이 지나면 계승할 것이다. 손자도 있지만 지금은 면학(勉學)을 위해 왕도(王都)로 떠났다.

남작 일가 외에 이 마을의 유력자도 몇 명 있었다. 집사와 메이드도 있었고 저마다 바삐 움직였다.

"네가 마을을 치료해준 약사인가! 고맙네. 이걸로 울적한 마을의 얼굴을 안 봐도 되는군."

남작이 유지로의 손을 잡고 감사인사를 전했다. 마을과 닮은 얼굴에 만면의 미소를 띠고 동생의 완치를 진심으로 기뻐했다.

목소리가 컸기에 사람들은 유지로를 주목했다. 그가 마을을 치료했다는 사실에 놀란 듯하다.

"이만큼 대단한 실력이면 여기저기 떠돌아다니기에는 아까워. 여기서 일하지 않겠나?"

"아~ 죄송합니다. 아직은 여기저기 다녀보고 싶어요."

"그런가…… 마음이 바뀌면 말해주게."

남작은 웃으며 유지로의 어깨를 두드린 뒤 떠나갔다. 이어 마을의 손자를 안고는 "많이 컸구나" 하고 말을 걸었다. 친족의 대화를 바라보고 있자니 어디선가 시선이 느껴졌다. 그쪽을 보니 마흔 정도의 남자가 적의를 담아 유지로를 바라보고 있었다. 왜 그런 눈으로 자신을 보는지 몰라 고개를 갸웃하다가 시선을 돌렸다.

테이블에 늘어선 요리를 접시에 조금씩 담았다. 15분 정도 지나자 여자들이 들어왔다.

문이 열리는 소리가 들렸다. 유지로는 문 쪽을 바라보았고 드레스를 차려입은 세리에게 넋을 잃었다. 세리에 말고도 차려입은 여자는 많았지만 다른 여자는 눈에 들어오지 않았다.

세리에는 파란색과 흰색의 그러데이션 드레스 차림이었고, 머리를 모아올려 깃털을 모방한 머리장식으로 고정했다. 짙은 눈 화장을 싫어하는지 색이 옅었지만 평소와 다른 분위기가 느껴지는 지금의 세리에도 예쁘다고 생각했다.

차려입은 모습이 왠지 모르게 익숙하기도 해서 유지로는 고개를 갸웃했다.

"뭐, 그다지 상관없으려나."

지금은 이 마음을 바로 전하는 것이 급선무라 싶어 다가갔다.

"세리에! 결혼해줘!"

큰 소리로 외쳤다. 조금 전과는 다른 주목을 받았다. 직설적인 유지로의 말에 감탄하거나, 미소 짓거나, 놀라는 등 모두 다양한 반응을 보였다.

"잠꼬대는 잘 때나 하는 거야."

껴안을 기세로 다가온 유지로를 세리에가 단칼에 거절했다. 세리에의 반응에 주위 사람들이 유지로를 동정 어린 시선으로 바라보았다. 맥락이 없어도 알기 쉬운 반응이다.

"아니, 뭐 성급했을지도 모르지만, 참을 수 없을 정도로 예뻤기 때문이야."

"아, 그래."

"성대한 프로포즈였구나. 이대로 둘이 결혼해서 이 땅에서 머무르는 건 어때?"

미소를 띤 남작이 다가와 다시 권유했다.

"거절했잖아요?"

"한 번 거절당했다 해서 실력 있는 약사를 포기할 수는 없어."

"몇 번을 권해도 거절할 거예요. 세리에도 이곳에 머무를 생각은 없는 것 같고요."

"쉽게는 안 되나"라고 말하며 남작은 자리를 떴다.

"무슨 이야기야?"

"남작가에서 일하지 않겠냐는 권유를 받아. 그걸 거절했어."

"왜? 귀족 밑에서 일하면 안정된 생활이 가능해. 그 권유를 바라는 사람은 많을 거야."

"수락하면 세리에과 함께할 수 없어. 세리에는 아직 한곳에 머무를 생각이 없지?"

이유가 겨우 그뿐이냐고 어이없다는 듯 묻는 세리에에게 유지로는 끄덕였다.

"나에게는 세리에와 같이 있는 것이 더 중요해. 생활비야 흰색 치유촉진제를 한 달에 서른 개쯤 팔면 충분하니까. 권력이라는 것에 그다지 매력을 느끼지 못하고 딱히 이득이 있는 것도 아니라고 생각해. 전에 살던 곳에서도 그랬어."

"…………."

"왜 그래?"

말이 없어진 세리에에게 물었지만 반응은 없었다. 골똘히 뭔가를 생각하기 시작한 세리에의 곁에서 유지로는 식사에 집중하기로 했다.

그런 유지로에게 말을 걸어오는 사람은 간혹 있었다. 자가에 고용하려는 사람이거나, 그 밖에 어떤 약을 만들 수 있냐고 질문하러 오는 사람들이었다. 질문에는 적당히 대답했다.

파티는 별 탈 없이 진행되었고 이윽고 폐회되었다. 남작과 마을은 완치된 사실이 기뻤는지 과음했고 파티 종반에 집사가 방으로 데려갔다.

참가자는 저택에 묵게 되었다. 옷을 다 갈아입으면 저마다 방으로 안내되었다. 방이 모자랐던 건지, 남작이 친절히 마음을 쓴 건지 유지로와 세리에는 같은 방으로 안내되었다.

아직도 생각에 잠긴 세리에의 반응은 둔했다. 유지로가 빈틈이다 싶어 뺨을 찔렀더니 세리에가 가볍게 노려보았다. 목욕은 어떻게 하겠냐고 얼버무렸고 그 후 별다른 대화 없이 목욕하고 잠들었다.

12 마법약, 탐정 불필요

아침이 되었다. 고용인이 두 사람을 깨우지 않았지만 멀리서 들린 고용인의 비명에 깨어났다.

"무슨 일이지?"

"글쎄."

잘 때의 흐트러진 모습 그대로 두 사람은 복도에 나갔다. 다른 사람들도 깼는지 똑같이 복도에 나와 있었다.

무슨 일이 일어난 것인지 아무도 모르는 것 같았다.

당황한 모습으로 메이드가 찾아왔다.

"무슨 일이 있었던 거죠?"

저, 그게, 하고 주저하는 메이드에게 다시 물었다.

"남작님이, 남작님이 돌아가셨습니다."

"""뭐어?!"""

모두가 놀라 큰 소리를 냈다.

"어제까지 괜찮았는데, 급사 같은 건가?"

"자세한 것은 알려지지 않았습니다. 지금 의사 선생님과 경비병이 조사 중입니다. 전 여러분께 방에서 나오지 말아 달라고 전하러 왔습니다."

"그건 우리 중에 남작을 죽인 사람이 있다고 생각하는 건가?"

"다시 말씀드리지만, 자세한 사항은 잘 모르겠습니다. 저는 그저 말을 전해드리라고. 아침식사는 나중에 메이드가 가지고 올 테니 부디 방에 돌아가주십시오."

메이드가 부탁드린다며 고개를 숙였다.

"자세한 것은 알게 되면 알려줄 수 있나요?"

"그것도 제가 뭐라 말씀드리긴 어렵습니다."

면목 없다는 듯이 재차 고개를 숙이는 메이드를 보고 정말 자세한 내용은 모르는 것 같다고 판단하고 모두 방으로 돌아갔다.

유지로와 세리에도 돌아가 우선 얼굴을 씻으며 몸단장을 했다.

"왜 우리가 있을 때 이런 일이 일어났지. 이것이 독살이라면 가장 먼저 의심받는 건 약사인 나겠지."

"그러네."

"즉답하는구나! 사랑이 없어. 내가 의심받게 되면 감싸줄 거야?"

"글쎄, 누가 질문한다면, 나는 보고 들은 그대로를 말할 생각이야."

역시 사랑이 부족하다고 생각하면서 결백을 알릴 만한 마법약이라도 없을까 싶어 머릿속을 뒤졌다.

그렇게 7시 반을 지났을 무렵 누군가 문을 노크했다. 문을 열자 카트를 끌며 메이드가 들어왔다.

"아침식사입니다. 다 드시면 문 앞에 둬주세요."

"뭐 하나 물어봐도 될까요?"

"남작님의 사망에 관한 것이 아니라면요."

메이드의 말투가 약간 딱딱해졌다.

"그것도 신경이 쓰이지만, 언제까지 방에만 있어야 하는 걸까 해서요."

"죄송합니다. 그건 저도 잘 모릅니다. 적어도 오늘 하루 는 저택 밖으로 나가는 건 허락되지 않을 것 같습니다."

"저택 내부라면 돌아다녀도 괜찮은가요?"

"예. 출입금지 장소에는 병사가 서 있거나 벽보가 붙어 있 습니다."

"시간을 때울 만한 곳은 있나요?"

"정원에 나가 기분전환하는 것 외에는 특별히 없을 것입니 다."

대답해준 것에 감사인사를 전했다. 메이드가 인사를 하고 방을 나갔다.

"우선 밥을 먹을까."

카트에 놓여 있는 빵과 베이컨에그 등을 테이블로 옮겨서 먹었다. 2인분보다 조금 양이 많은 것은 부족할까 싶어 넉넉 하게 준비했기 때문이다. 다 먹고 식기를 문 밖에 내놓았다.

방 안은 조용했다. 세리에가 계속 생각에 잠겨 있었기 때 문이다. 유지로도 만일을 위해 약을 계속 찾기로 했다. 그대 로 시간만이 조용히 흘러갔다.

한두 시간이 지나 세리에가 움직였다. 유지로에게 말을 걸 려고 입을 열었을 때 누군가가 문을 노크해 입을 다물었다.

"들어오세요."

"실례합니다. 손님들에게 어제 모였던 응접실로 와주시라는 전언입니다."

"초대받은 손님 모두요?"

"예."

유지로의 물음에 메이드는 고개를 끄덕였다.

드라마라면 개인적인 이야기를 듣거나 범인을 찾아내는 장면이겠구나, 같은 생각을 하면서 방을 나섰다.

응접실에 손님뿐만 아니라 남작의 아들을 제외한 남작가 일동, 포타리 일가와 고용인들이 있었다.

형의 죽음에 충격받아 초췌해진 마즐의 모습은 심각했다. 허츠와 리사의 부축으로 간신히 서 있었다.

그리고 안색이 어두운 남작의 아들이 들어왔다. 남작의 죽음으로 예정보다 일찍 작위를 잇게 되었다. 상속은 왕에게 신고를 하고 나서 인정되는 것이지만, 이번 같은 경우에는 원만하게 처리를 하기 위해서 일시적으로 보고 없이 계승을 인정받게 되었다.

그 옆에 유지로를 노려보았던 남자와 갑옷을 입은 남자가 서 있었다.

"여러분, 모여주셔서 감사합니다. 지금부터 아버지의 죽음에 관해 설명을 하겠습니다."

설명하기에 앞서 자신의 옆에 서 있는 남자들을 소개했다. 갑옷을 입은 남자는 경비의 리더, 유지로를 노려보았던 남자는 남작가 전속 의사. 유지로를 노려보았던 것은 자신의 일을 빼앗길지도 모른다고 생각했기 때문이다.

"말하기 어렵습니다만, 아버지는 병사(病死)가 아니라 살해당했다고 의사가 판단했습니다."

""""살해?!""""

모두가 놀라 큰 소리로 말했다.

남작이 고개를 끄덕였다.

"그렇습니다. 사인은 머리의 타박상, 사망 시간은 피의 응고 정도에 따라 새벽보다 이전, 한밤중일 가능성이 높습니다. 아마 수면제라도 써서 비명을 지르지 못하게 하고 살해한 것이 아닐까 생각합니다."

약이라는 말에 모두 유지로를 주목했다. 또한 의사에게도 약간의 시선이 쏠렸다.

시선에 담긴 감정은 약이라는 말에 무심코 쳐다보게 된 것과 한껏 수상히 여기는 것, 두 가지였다.

"아직 확실하지 않습니다. 섣부른 생각은 그만하세요."

남작의 말에 사람들은 그 둘에게서 시선을 거두었다.

'역시 의심하고 있어. 남작이 의혹 하나만으로 단정 짓지 않는 사람이라 다행이야.'

마음속으로 안도의 한숨을 내쉬었다.

"경비의 말에 따르면 손님이 와 있기에 경비를 강화했었다고 합니다. 그때 저택에 출입한 사람을 본 사람은 없답니다. 경비가 미처 보지 못한 것이 아니라면 이곳에 있는 사람이 아버지를 죽였다는 말이 됩니다."

남작의 이야기에 분위기가 술렁였다.

손님 중 한 사람이 한 걸음 앞으로 나와 입을 열었다.

"그 말은 즉, 우리를 의심하는 겁니까?"

"실례라는 것은 알지만, 그렇습니다. 그러므로 의혹을 풀기 위해서라도 별실에서 행할 조사에 협력해주시길 바랍니다. 이 조사는 저를 포함한 모든 사람에게 하겠습니다."

"나도 해야 되나?"

마즐이 남작에게 물었다. 그 말에 남작은 끄덕임으로 답했다. 뭔가를 말하려 한 마즐이었으나 이내 시선을 내리깔고 입을 다물었다.

남작과 경비대장, 보좌를 하기 위한 집사가 별실로 들어갔다. 경비 중 한 명이 입구에 섰다. 그러고 나서 조사할 사람을 호명했다.

먼저 남작가 사람이 들어갔다. 그다음이 포타리 일가, 그다음이 손님으로 조사가 이어졌다.

유지로도 차례가 되어 별실로 들어갔다. 남작이 의자에 앉아 있었고 집사와 경비대장이 뒤쪽에 서 있었다.

"그 의자에 앉아주세요."

유지로가 의자에 앉으니 이야기가 빠르게 진행되었다.

"자기소개를 해두겠습니다. 저는 카인츠 허베리. 뒤에 서 있는 집사는 에라이스, 경비는 조르주입니다."

"저는 떠돌이 약사 사와베 유지로입니다."

"마즐 숙부님의 눈을 치료한 사람이군요?"

유지로가 고개를 끄덕였다.

"바로 본론으로 들어가겠습니다. 어젯밤은 무엇을 하셨습니까?"

"방으로 간 후 목욕하고 잠에 들었습니다. 아침까지 잤어요."

"그것을 증명할 수 있습니까?"

"어렵겠네요. 옆 침대에서 잔 세리에가 증언한들 동료니까 참고하기엔 어렵겠지요."

"그러네요. 아버지에게 원한을 품고 있었나요?"

"처음 만났기 때문에 원한 같은 것은 전혀 없다는 게 제 대답입니다."

이렇게 말할 수밖에 없었지만, 상대가 믿을 가능성은 낮을 것이라 유지로는 생각했다.

아니나 다를까, 유지로의 말을 전부 믿지는 않는 눈치이다.

카인츠가 아버지의 모든 것을 다 알고 있는 것은 아니다. 자신이 모르는 과거의 인연이 있을 수도 있다는 생각이 들었다. 그 과거에 유지로가 관련되었을 가능성을 완전히 배제할 수 없었다.

"한 가지 제안해도 될까요."

유지로는 빨리 자유로워지고 싶었다. 결백을 증명하기 위해 지식에서 찾아낸 약을 만들 결심을 했다.

"무엇인가요?"

"마법약 중에 과거를 볼 수 있는 약이 있어요. 그것으로 살해현장을 보지 않으시겠습니까? 그리움의 물방울이라는 마법약이에요. 만드는 데 돈은 들지만 남작을 죽인 자를 알 수 있다면 그렇게 아깝지는 않을 거예요."

"그런 것이 있나요?"

카인츠가 그런 약을 본 적이 있냐며 뒤에 서 있는 두 사람에게 물었다. 두 사람은 모두 고개를 가로저었다.

"혐의에서 벗어나기 위해 적당히 둘러대는 가능성이 있습니다. 이런 제안을 하는 것 자체가 수상한데요."

"그럴지도 모르지."

에라이스의 말에 고민하면서도 남작은 동의하는 모습을 보였다.

"물론 제 말을 모두 믿으라고도, 제작 허가를 내어달라고도 말하지 않겠습니다. 다른 사람에게, 웬만하면 이 저택의 관계자가 아닌 제삼자에게 그런 약이 있는지 조사해보시는 건 어떠세요?"

"제삼자를 선택한 건, 범인이 조사하면 그런 약이 있음에도 불구하고 없다고 보고할 가능성이 있으니까 그런 건가요?"

"네."

"그럼 제가 준비하죠."

"아니, 볼일이 있으니까 내가 가지."

에라이스의 제안에 카인츠가 고개를 가로젓고 자신이 가겠다고 했다.

"하나 더 제안이 있는데요."

"말해보세요."

"약을 사용하여 사건을 해결하는 방책이 있다고 모두에게 알려주길 바라요. 약간은 불안이 가실 거라 생각하니까요."

불안을 해소하고 싶다는 이유는 거짓말이다. 세리에와 관련 없는 일에 걱정 따위 하지 않는다. 허츠의 아들 캐니스의 불안은 풀어줬으면 싶었지만.

이 제안은 해결책이 있다고 보여줌으로써 범인을 동요하게 만들고 싶었다. 없어진 사람이 있으면 도망갔다고 여겨져 그 인물이 용의자가 된다. 죄를 전가하려는 움직임을 보여줄지도 모른다. 또는 해결책을 마련한 유지로를 어떻게든 처리하려는 움직임을 보일지도 모른다.

동요를 야기하려는 속셈을 간파당해도 시간이 지나면 약은 완성되고 범인을 찾을 수 있다.

유지로는 그리움의 물방울이라는 약이 있다는 것을 알게 되었고 그것을 이중 대책으로 사용할 수 있다고 생각했다.

"흠."

카인츠는 조금 생각하고 유지로의 의도를 헤아렸다는 눈빛을 보냈다. 유지로와 같은 생각을 한 것이다.

희미하게 지은 미소가 유지로에게만 보였다. 뒤에 서 있는 두 사람은 눈치채지 못했다.

"좋습니다. 전원의 청취가 끝나면 서둘러 그런 약이 있는지 알아보겠습니다. 그러나 약이 있다는 사실이 판명되어도 당신을 범인 후보에서 제외하는 건 아닙니다."

"알겠습니다."

"조사는 이상입니다. 전원의 조사가 끝날 때까지 응접실에서 기다려주세요."

유지로가 나가고 그다음 호명된 세리에가 들어올 때까지 남작은 조르주에게 지시를 내렸다.

"오늘 하루는 아무도 밖에 내보내지 않도록."

"네!"

"남작님, 그 말씀은 고용인도 포함해서인가요?"

에라이스의 질문에 카인츠가 고개를 끄덕였다.

"그래, 모두."

"식재료 보충을 할 수 없지 않습니까?"

"부족한가?"

"조금 불안합니다."

"그렇다면 내가 나갔을 때 준비해 오겠다. 조르주, 그때 출입하는 상인들을 제대로 조사하라고 경비들에게 전해두도록."

"알겠습니다."

세리에가 들어와 대화는 거기에서 멈추었다.

조사는 순조롭게 진행되었고 일단은 수상하다고 여겨지는 사람은 나오지 않았다.

조사가 끝나고 카인츠 일동이 응접실로 돌아왔다.

"여러분, 협력해주셔서 감사합니다. 알려드릴 것이 있습니다. 사와베 씨의 제안에 따라 조사와 병행하여 그리움의 물방울이라는 마법약을 사용해 범인을 찾기로 했습니다. 이것은 과거에 일어난 일을 볼 수 있는 약이라고 합니다. 완성되면 범인이 누군지 알게 되겠죠. 그러므로 범인을 알게 되거나 혹은 그전에 범인을 잡을 때까지 잠시 이곳에 여러분을 구속하는 일을 양해부탁드립니다."

"그런 약이 정말로 있는지요?"

"그것을 조사하기 위해 제가 한 번 밖을 나가겠습니다."

"나는 일에 대한 지시를 내리지 않으면 손해를 보게 되어요."

"지시를 서신에 적어주십시오. 그 내용을 제가 검열한 뒤 수상한 점이 없으면 경비병에게 가져다주도록 하겠습니다. 내용과 관련해선 비밀을 엄수하도록 하겠습니다."

횡포라 생각하는 사람도 있었지만 대부분 남작이 살해당한 사건이니 이러한 강경함도 어쩔 수 없다고 받아들였다.

그 밖에 카인츠에게 더 이상 아무도 질문을 하지 않아 그 자리는 해산되었다.

유지로와 세리에도 방으로 돌아왔다. 방에 들어오자 세리에가 물었다.

"과거를 보는 약이 있다니, 정말이야?"

"정말이야. 재료가 비싸지만 귀족이라면 그다지 타격은 없겠지."

"어떤 과거라도 볼 수 있어?"

"으음…… 어떤 과거라기보다는 그 장소에서 일어난 일을 볼 수 있는 것 같아. 예를 들면 이번 살해 현장에 마법약을 뿌려 범인을 보는 것은 가능해. 그렇지만 그 범인이 무슨 생각으로 남작을 죽였는지까지는 모르지 않을까. 보이는 것은 입체영상뿐이니 대화는 들리지 않을 거야."

입체영상이라는 단어를 모를 테니 공중에 그려지는, 만질 수 없는 정밀한 그림 같은 것이라고 덧붙여 설명을 했다.

"옛날 일을 선명하게 떠올리는 약은 아니구나."

"그런 약이 있는지 기억을 떠올려볼게."

"있다면 갖고 싶어."

"알았어, 찾아볼게."

콩트를 모아놓은 소설에서 그런 약이 나왔었지, 생각하면서 지식을 더듬어 추억을 꿈으로 꾼다는 약을 찾아냈다.

그 말을 전하니 세리에가 돈은 지불할 테니 만들어달라고 부탁했다. 유지로는 즉시 무료로 만들어주겠다고 고개를 끄덕였다. 목적은 돈이 아니다. 유지로가 세리에의 부탁을 거절할 리가 없는 것이다.

"바로는 만들 수 없어. 재료 중 하나가 특수해서."

"그럼 이번 일이 끝나면 그 재료를 찾으러 가자."

"알았어."

끄덕이는 유지로를 본 세리에는 조금 망설이는 모습을 보였다. 뭔가 말을 할 듯 말 듯 한 행동을 반복한다.

무엇을 망설이는 걸까 싶어 유지로는 고개를 갸웃했다.

세리에는 결심한 것처럼 입을 열었다.

"고."

작게 새어 나온 듯한 한 글자. 거기서 일단 멈춘다.

"고?"

"고, 고마워……. 유지로."

"천만에……. 으응? 뭔가 위화감이……."

뭘까 싶어 고개를 갸우뚱했다.

"아! 이름! 지금 내 이름 불렀지?!"

잘못 들었나 싶어 빤히 세리에를 보았다. 세리에는 뺨을 살짝 붉히며 얼굴을 다른 쪽으로 돌렸다.

그 반응으로 잘못 들은 것이 아니라고 확신했다.

"오오! 처음으로 이름으로 불러줬어! 우와우와! 다시 한 번! 다시 한 번 듣고 싶어!"

의자에서 일어나 흥분을 숨기지 않은 채 한참 들떠서 한 번 더 졸랐다.

"고, 고작 이름을 부른 것 정도로 너무 흥분하지 마."

"아니아니아니, 이토록 냉정한 세리에가 나를 이름으로 부르다니! 내 인생에서 열 손가락 안에 드는 일대 경사야!"

지금이라면 용조차 걷어차 죽일 수 있다며 기뻐하는 유지로를 세리에가 미묘한 눈빛으로 바라보았다. 너무 소란스러워 가까운 방의 사람들이 무슨 일일까 싶어 고개를 갸웃했다.

유지로를 이름으로 부른 것은 그를 조금은 믿겠다는 세리에의 심경 변화였다. 지금까지 해온 여행에서 유지로의 호의를 충분히 느낄 수 있었다.

세리에는 유지로가 남작의 권유를 거절했을 때 마음이 상당히 흔들렸다. 믿어도 좋을지 의지해도 좋을지를, 남작의 권유를 거절했다고 들었을 때부터 생각했다. 결정적으로 꿈꾸는 약이 등을 떠밀어 세리에는 유지로에게 한 걸음 더 가가가기로 결정했다.

믿어도 좋다고 결정했다 해서 유지로를 연애 상대로 보는 것은 아니다. 지금은 동료로 보는 것이 고작이다. 자신이 자각하는 한에서는 연애 감정은 없으니까.

"이름에 대한 건 뒤로하고! 하고픈 말이 있어."

"뭐야? 부탁이라면 뭐든지 들을게!"

"그거야."

"그거?"

그것이 뭐냐며 유지로는 궁금한 표정을 지었다.

"너, 아니, 유지로는 내 응석을 너무 잘 받아줘!"

"또 이름으로 불러줬어! 이건 꿈일지도 몰라."

"꿈이 아니니까 이야기를 들어."

세리에는 황홀한 표정을 짓고 있는 유지로에게 소리쳤다. 세리에의 말에 유지로는 진지한 표정으로 잘 길들여진 개처럼 자세를 바로 하고 이야기를 들을 준비를 했다.

"다시 말할게. 유지로는 내게 너무 물러. 지금까지 내가 보인 태도는 칭찬받을 수 있는 것은 아닐 터야. 그런데도 뭐든지 말하는 걸 들어주고 약도 돈도 내게 주었어. 내가 할 말은 아니지만, 동료란 건 그런 게 아니잖아? 서로가 대등한 것이 동료가 아닐까?"

"태도에 대해서야 자주 생각했는데 아무 불만은 없었어."

완전히 마조히스트 같은 발언이었지만 세리에니까 받아들였을 뿐이었다. 다른 누군가가 같은 행동을 하면 불쾌할 것이다.

"분명히 말하자면 나는 싫어. 대등하고 싶어. 그러니 의견이 있다면 말해, 바람이 있다면 말해."

"결혼해줘."

유지로는 즉답으로 바라던 걸 입 밖으로 꺼냈다.

"그런 바람 말고 동료로서, 일이나 마을, 행동에 관한 것 말이야."

"지금은 없지만 뭔가 있으면 말할게. 숨기거나 안 할게."

"정말?"

"응. 동료로서 함께 걸어가고 싶어, 교류하고 싶어. 함께 행동하기 위해서라면 무엇이든 대환영이야."

그래도 세리에의 의견을 우선하게 될 것이다. '세리에 최우선'이 유지로의 희망이었기 때문이다.

다행이라며 힘을 빼고 세리에는 의자에 앉았다.

그 후 갑자기 친해진다는 등의 일은 없이 시간이 흘러갔다.

자신을 이름으로 불러주고, 조금이라도 신용을 해주는 것만으로도 유지로에겐 큰 진전처럼 느껴졌다. 이 기세 그대로 연인이 되겠다고 허공에 선언해 세리에가 쿠션을 던졌지만 장난의 범주라 딱히 이상하지 않았다.

점심을 먹고 해가 지고 저녁식사도 끝내고 잠든다.

유지로와 세리에는 어두운 방 안에서 교대로 감시를 했다. 약을 만드는 목적을 알린 후, 범인이 움직일 수도 있어서 경계했다.

유지로의 예상이 맞았다. 범인이 움직였다. 그러나 도망치거나 유지로를 노리는 행동은 하지 않았다.

어두운 밤을 찢어발기는 비명이 들렸다.

경계하느라 깨어 있던 유지로는 당연히 비명소리를 들었고 잠들었던 세리에도 일어나 유지로를 쳐다보았다.

"방금 비명소리였어?"

"그런 것 같아."

복도에 나오니 다른 사람들도 나와 있었다.

소란이 일어난 곳은 카인츠 관련인의 사적인 공간이었다.

유지로는 빛의 마법을 사용해 그쪽으로 갔다. 그 뒤를 세리에과 손님들이 뒤따랐다.

소란의 원인인 카인츠의 가족을 비롯해 여러 사람이 모여 있었다.

"무슨 일이 있었나요?"

"아, 일어나셨군요."

메이드가 돌아보고 미안하다고 사과하며 고개를 숙였다.

"이렇게 소란스러우니 일어나는 것도 무리는 아니라 생각해요."

그렇군요, 하고 고개를 끄덕이고 사정을 이야기하기 시작했다.

"에라이스 씨가 마즐 님에게 칼을 휘둘렀습니다. 비명소리에 경비원들이 모여 에라이스 씨가 잡혔습니다."

"왜 칼을 휘둘렀죠?"

"모릅니다. 에라이스 씨는 기절했습니다. 지금은 묶여 경비에게 감시당하는 중입니다. 마즐 님은 지금 안에서 치료를 받고 있습니다. 남작께서 습격당한 이유를 물어보고 계십니다."

"선대를 죽인 것도 집사일까?"

"모릅니다. 자세한 것은 남작께서 말씀드릴 거라 생각합니다. 여러분, 침실로 돌아가주십시오. 더 이상의 소란은 일어나지 않을 거라 생각합니다."

메이드들에게 재촉당해 유지로 일행은 방으로 돌아왔다.

이걸로 사건이 해결되면 좋겠다 생각하며 잠들었다. 유지로 일행이 침대에 들어간 후에도 카인츠는 깨어 있었고 마즐과 에라이스에게 사정을 캐물었으나 아무것도 들을 수 없었다. 에라이스를 고문했지만 입을 여는 일은 없었다.

아침식사 때에 메이드에게 그러한 정보를 들었다.

"자백제를 마시게 하지 않았어요?"

"고집을 부려 마시지 않은 듯합니다."

"남작께 향 타입 자백제도 있다고 전해줄 수 있어요?"

"알겠습니다."

그리고 30분 후, 메이드와 함께 카인츠가 찾아왔다.

"향 타입 자백제가 있다는 말씀이 사실인가요?"

"네. 재료를 모아주면 만들 수 있습니다."

"즉시 재료를 모을 테니 만들어주실 수 있습니까?"

끄덕이고 재료를 알려주었다. 정오가 넘어 재료가 모였고 오후 3시경에 완성했다.

자백제를 들고 세리에와 함께 카인츠를 만나러 갔다. 도중에 고용인을 만날 수 있었기에 용건을 전달했다. 고용인은 그 자리에서 기다리라 말했고 10분쯤 지나 카인츠가 나왔다.

"이것이 자백제입니다. 불을 붙이면 즉시 연기가 올라가기 때문에 바로 방을 나오세요. 대체로 15분쯤 지나면 연기는 사라지니까 그 후에 심문을 시작하면 돼요."

"감사합니다. 에라이스가 범인이라는 것이 밝혀지면 즉시 전원 풀어드리겠습니다. 조금만 더 기다려주십시오."

카인츠가 고개를 숙이고 종종걸음으로 떠나갔다.

유지로 일행도 방으로 돌아갔다. 빠르면 밤에는 이곳을 나갈 수 있겠다고 두 사람이 이야기하는 사이에 자백제가 사용되었다.

남작 가족은 물론, 습격당한 마즐과 허츠도 심문에 동석했다. 그리고 카인츠 일동은 부친들이 저지른 죄를 알게 되었다.

유지로와 세리에는 첫날처럼 응접실로 불려 갔다. 응접실에 가니 저녁식사가 준비되어 있었으며 카인츠 일동도 있었다. 하지만 마즐이 없었다.

식사를 시작하기 전에 카인츠가 사건이 쉽게 해결됐다고 이야기했다.

"여러분, 대단히 폐를 끼쳤습니다. 범인은 저희 집의 집사인 에라이스로 판명되었습니다. 따라서 지금부터 여러분은 자유입니다. 내일까지는 저희 집에 머무르셔도 괜찮습니다. 대접해드릴 테니 자유롭게 지내주세요."

"집사가 왜 남작을 죽였는지는 알려주실 수 없습니까?"

"죄송합니다. 이번 일은 당가의 수치입니다. 떠벌리고 싶지 않습니다."

"간단히라도 알려주셨으면 하는데요."

"선대와 마즐 숙부님은 집사에게 원망받았습니다. 원망받아 당연한 일을 했습니다. 더 이상은 말할 수 없습니다."

그 이상 물어도 카인츠는 입을 다물고 이야기하지 않았다. 마즐의 아들이기도 한 허츠도 표정이 굳어 있었다. 일방적으로 에라이스가 잘못했다면 이런 표정은 짓지 않았을 것이다.

모두가 약간씩 불만을 느끼면서도 방으로 돌아갔다. 유지로도 방으로 돌아가려고 하자 카인츠가 그를 불러 세웠다.

"사와베 씨, 잠시 괜찮을까요."

"뭔가요?"

"다른 사람들에게 알리고 싶지 않으니 이쪽으로 와주세요."

걸어가려는 카인츠에게 세리에도 함께 가도 좋을지 물었다.

"가능하면 사와베 씨만 와주셨으면 합니다."

"유지로, 나는 방에서 기다릴게."

"죄송합니다. 사와베 씨를 잠시 빌려주십시오."

세리에에게 고개를 숙였다. 고개를 끄덕인 세리에는 방으로 돌아갔다.

카인츠는 어제 조사를 진행했던 작은 방으로 들어갔다. 방에는 허츠와 조르주도 있었다. 그리고 의자에 묶인 에라이스도 있었다.

"우선 자백제를 제공해주셔서 감사합니다. 자백제 덕에 여러 가지 내용을 알 수 있었습니다."

유지로도 범인 후보 중 한 명이었기에 반신반의하며 자백제를 사용했었다. 죄를 덮어씌우기 위해 자백제와 비슷한 환각제를 건넨 걸지도 모른다고 생각했다.

효과를 알기 위해 경비원 한 명을 에라이스와 함께 남겨두었고, 먼저 그 경비원에게 개인정보를 약간 물어보았다. 그 정보를 다른 경비원에게 물음으로써 효과가 얼마큼 나올지를 실험했었다.

"도움이 된 것 같아 다행입니다."

"그래서 다양한 약을 아는 당신에게 밑져야 본전이라는 마음으로 묻는데요, 이곳 메르모리아에서 사용되던 유약과 유사한 것을 아시는지요."

"알 수도 있습니다."

유지로의 대답에 네 사람이 놀랐다. 카인츠 자신이 말했듯 모를 것이라 생각했었다. 유지로가 비슷한 것이라도 안다면 운이 좋을 거라 생각했다.

"어째서 당신이 알고 있는 거지?! 그건 우리의 비전(秘傳)이야! 친부들은 죽었고 제조법을 아는 사람은 이제 없어!"

에라이스가 그렇게 말하며 일어서려 하자 조르주가 저지했다.

"뛰어난 것이 있으면 그것을 따라하고 싶은 마음이 들게 되지요. 또한 비밀이라고 해서 언제까지고 비밀로 남을 것이라는 보장은 없어요."

주어진 지식에 있었다고 말하는 것보다 설득력이 있을 것 같아 에라이스에게 거짓말로 대답했다.

"그런데 에라이스 씨는 어째서 유약에 대해 아나요? 혹시 죽은 직인(職人)의 아들인가요? 그런 사람이 왜 남작을 죽였나요?"

떠오른 의문을 스스로 해소하고 다른 의문을 물었다.

"남작과 마즐이 화재를 일으켜 친부들을 죽였다. 그 복수다!"

그런 거였나 싶어 시선으로 카인츠에게 묻자 씁쓸한 표정으로 고개를 끄덕이며 대답했다.

결코 발설하지 말아달라고 당부하고 카인츠는 당시의 이야기를 시작했다.

30년 전 남작령은 경영 위기에 처했다. 주요산업은 지금과 변함없이 도자기 수출. 특히 이 토지에서 나는 흙과 메르모리아의 특제 유약으로 만든 도자기가 인기였다.

직인들은 자신들의 작품이 인정받는 것이 기뻐 도자기를 계속 만들었다. 기세는 굉장했고 특제 유약 도자기는 각지의 귀족이 소유하게 되었지만 가치는 만들었을 당초에 비하면 떨어졌다.

수가 적으면 가치가 오르고 가격이 오른다. 수가 늘면 가치는 떨어진다. 당연한 이치다.

당시 경영 상황이 힘들었기에 제작을 제한하고 가치를 유지하기로 했다.

그에 반대한 것이 당시의 직인들이었다. 직인들은 원하는 사람들에게 도자기를 제공해 그들에게 기쁨을 주고 싶다고 주장했고 경영진과 대립하였다.

처음에는 대화로 해결하려 했으나 시간이 지나도 평행선이었다.

그 해에 나라의 작물 생산량이 떨어졌고 음식 대부분을 수입에 의존하던 마을의 경영 상황은 더욱 악화되었다. 상황이 일단락되고 경영진은 강공책을 감행하기로 결정했다.

그것이 방화였다. 직인들이 모여 있는 곳에 남작과 마을이 불을 질렀다. 강제로 직인의 수를 줄이면 제작되는 도자기 수가 줄어들 것이라고 생각했다.

운이 나쁘게도 그날 밤 장인들은 술을 마시고 있었기에

도망치지 못한 자가 속출했다. 유약을 만들던 장인이 전멸한 것은 두 사람에게도 예상 밖의 일이었다.

유약 제작법은 구전(口傳)으로 전해졌기에 종이에는 부분적인 것만이 남아 있을 뿐이었다. 그렇기에 특제 유약 도자기는 만들 수 없게 되었다.

에라이스가 어떻게 남작과 마즐이 방화범이라고 알았냐면 귀가가 늦은 부친을 데리러 갔을 때 항아리 같은 것을 들고 초조해하는 표정을 지은 남작과 마즐을 보았기 때문이다. 에라이스는 어둠속에 숨어 있었기에 두 사람은 눈치채지 못했다.

그 후, 모친도 죽고 에라이스는 근처 마을에 사는 친척들에게 맡겨졌지만 5년 정도 지나 이 마을로 돌아왔다.

그 5년간 당시 상황을 몇 번이고 되뇌이고 남작을 원수로 인식했다. 그리하여 남작가에 숨어들어 성실하게 일함으로써 주위의 신뢰를 얻은 뒤 남작과 접촉할 기회를 가져 원수라는 확신을 얻고자 했다. 성장해 생김새가 바뀐 것 말고도 남작가에 있는 모두가 직인의 아이에 대해서는 잊고 있었기에 의심당할 일은 없었다.

20년 이상 일하며 조금씩 정보를 모았고 얼마 전, 확신에 이르렀다.

덧붙여 특제 유약 도자기를 만들 수 없게 됨으로써 경영을 개선하기는커녕 경영이 악화되는 상황을 막지도 못했고 그 영향은 지금까지 이어졌다. 직인들의 죽음은 아무 의미도 없게 되었다.

"이런 연유로 에라이스는 복수를 실행한 것입니다."

"살해당할 만한 이유가 있었군요."

유지로의 말에 카인츠가 고개 숙이고 수긍했다.

"마즐 씨는 어떻게 되나요? 벌써 30년 전의 일이니 무죄가 되나요?"

"그렇, 네요. 시간이 너무 흘렀습니다. 물론 에라이스는 납득하지 못할 겁니다. 마즐에게 내린 형벌은 남작가와 연을 끊기, 포타리 도자기 가게 상담역 해고, 별택에 연금되는 것입니다."

"그리고 캐니스와의 접촉을 금지했습니다."

카인츠의 말에 덧붙이듯 허츠가 말했다.

무고한 사람들의 피로 물든 손으로 아들을 만지길 원하지 않았다. 이는 손자를 귀여워하던 마즐에게는 힘든 형벌이었다. 모처럼 눈이 나았는데 말하지도, 품지도 못하고 멀리서 바라볼 수밖에 없게 되었다.

사정을 알지 못하는 자들은 마즐을 동정하겠지만, 누가 뭐라고 하든 허츠는 마음을 바꿀 생각이 없었다. 이런 가혹한 벌을 받을 만한 짓을 그가 저질렀기 때문이다.

"다시 하던 이야기로 돌아와서, 유약의 재료와 제조법을 알려주실 수 없을까요."

"상관없지만 왜 이야기가 그렇게 이어지는지 모르겠는

데요."

"에라이스는, 사정이 있다고는 해도 귀족 살인자입니다. 사형은 면할 수 없습니다. 그렇지만 저희 부모가 폐를 끼쳤습니다. 그를 그냥 죽이기엔 애처로워 소원 하나쯤은 이뤄주고 싶었습니다. 그의 소원이 특제유약을 사용한 도자기의 부활입니다."

"그렇군요."

그냥 죽일 수도 있었을 것이다. 그러나 그렇게 하지 않는다는 것은 그가 좋은 사람이기 때문이라고 유지로는 생각했다. 속죄일 뿐이지도 모르지만.

이 사람의 고민을 하나쯤 없애주기 위해 만드는 방법과 재료를 바로 알려주었다.

"유약에 소량의 술을 넣는가요? 들었던 보고로는 아무도 그런 일은 하지 않았었네요."

"분명히 친부도 같은 종류의 술을 마셨었다. 그건 유약에 필요했던 재료였나……."

에라이스는 작업장의 구석에 상비되어 있던 술을 떠올렸다. 술을 좋아하기 때문에 항상 놓아두었던 것이라고만 생각했다.

"그나저나 재료인 거트 감광석은 많이 얻을 수 있을 것 같아요."

"뭐? 최근 채굴량이 감소했는데?"

아버지의 일을 도우며 채굴량 보고서를 본 적이 있다.

"얼마 전 저와 세리에가 광석을 채취하러 갔는데 그때 바닥이 무너졌어요. 그곳에 균열이 있었고 거기서 거트 감광석을 발견했어요. 이에 대해선 광석을 매입하는 병사에게도 전해뒀어요. 초심자가 가기에는 위험하지만 프로라면 괜찮을 거라 생각해요."

"빨리 준비하겠습니다! 조사 보고 감사합니다!"

"아뇨, 우리도 그 덕분에 수입이 많이 들어왔어요."

"저, 정말 아버지들의 도자기가 부활하는 건가?"

에라이스가 떨리는 목소리로 카인츠에게 물었다.

그에 카인츠는 미소를 지으며 끄덕였다.

"그래, 틀림없이 부활할 수 있을 거야. 완성품 제1호를 반드시 당신에게 가져다줄게."

"오오."

에라이스는 고개를 숙이고 울었다. 눈물을 바닥에 방울방울 떨어뜨렸고 목소리가 갈라지도록 계속 크게 울었다.

비록 완벽히 원수를 갚지는 못했지만 아버지의 자랑이기도 한 도자기의 부활은 복수 이상으로 강하게 바랐었다.

울음을 그친 에라이스에게서 적의는 느낄 수 없었다. 얌전하게 병사에게 끌려갔다.

"사와베 씨, 도자기가 완성될 때까지 머물러주십시오. 에라이스에게 보여준 후에 보수를 지불하겠습니다."

"보수라니요?"

"특제유약에 대한 겁니다."

"딱히 보수를 바라고 한 일이 아니에요."

보수를 목적으로 하고 알려준 것이 아니었다.

그 대답에 카인츠는 곤란한 미소를 지었다.

"보수를 받으실 만한 일을 해주셨고 입막음 비용도 포함할 생각이므로 받아주시지 않으면 곤란합니다."

"아, 그런 의미도 있군요. 그럼 받을게요. 세리에도 함께 머물 수 있나요?"

"네, 상관없습니다."

유지로는 방을 나와 자기 방으로 돌아갔다.

"좀 더 여기에 머물게 되었어."

"아직 의심받는단 거야?"

유지로는 아니라며 손을 저었다.

"제작법을 잃어버린 도자기가 있다는 걸 이곳에 왔을 때 들었는데 기억나?"

"응. 화재가 어쨌다느니 하던 그거?"

"그 도자기에 사용하는 유약을 내가 알아. 그래서 도자기를 다시 만들 수 있게 되었어. 그에 대한 보수를 도자기를 만든 뒤에 주겠다고 해서 그때까지 머물게 되었어."

"다양한 지식을 가지고 있구나."

"약에 대한 것만. 나도 유약까지 내 지식 속에 있을 거라고는 생각하지 못했어."

"공부할 때 뭐가 어떤 것인지 가르쳐주잖아."

"오로지 달달달 외우기만 했으니 만드는 방법과 재료는

기억해도……."

세리에에게까지 계속 거짓말을 하고 싶지 않아 말을 멈췄다. 말이 중간에 끊기자 세리에는 고개를 갸웃했다.

"……약에 관한 나의 지식과 재능은 좀 특별해. 연습해서 습득한 것도 아니고 누군가한테 배우거나 책을 읽어 얻은 게 아냐."

"갑자기 왜 그런 말을 해?"

"세리에에게는 거짓말을 하지 않아도 괜찮을 거라 생각했으니까."

"유지로는 나를 너무 믿어. 난 당신이 생각하는 만큼 입이 무겁거나 친절하지 않아."

"왠지 모르겠지만 알아. 그런 사람이 적다는 건. 그래서 조금만 설명했어. 이다음은 언젠가……."

"그래…… 그럼 나도 약간이지만 이야기해줄게."

동등하자고 말했던 세리에이다. 일방적으로 상대방의 정보만 들은 이 상황이 어쩐지 불편했다.

"내가 찾는 것은 고향과 어머니. 추억의 약은 그 기억을 선명하게 떠올리기 위해 쓰고 싶어."

"고향이나 어머니에 대한 기억을 잊었어?"

"자세한 것은 유지로과 마찬가지로 언젠가 밀해줄게."

세리에가 장난스레 옅은 미소를 띠며 말했다.

처음 본 미소에 유지로는 넋을 잃어 반응이 없어졌다. 세리에에 대한 정보를 알게 된 기쁨 같은 건 날아가버렸다.

세리에는 그런 유지로를 의아한 눈으로 바라보았다. 자신이 미소를 지은 사실을 눈치채지 못했다.

잠시 멍한 듯 움직이지 않는 유지로에게서 떨어져 정리하던 짐을 풀고 욕실에서 세탁을 시작했다.

유지로는 10분쯤 뒤에 다시 움직였고 그 미소를 잊지 않도록 머리에 새겼다.

카인츠가 도자기 제작에 참여하고 닷새 후, 다시 만든 제1호 도자기가 완성되었다. 늙은 직인들은 옛날과 변함없는 윤기 있는 도자기를 보며 눈물을 흘렸다.

도자기는 약속대로 감옥에 있는 에라이스에게 전달되었다.

상자에서 나온 그리운 광택이 감도는 도자기를 어루만지다가 에라이스는 다시 통곡했다.

그 다음 날 처형이 실행되었지만 죽는 순간까지 에라이스는 죽음에 대한 공포와 원한 따위는 없는, 밝은 표정을 지었다.

카인츠는 그 모습을 보고 마치 도자기가 발하는 존재감이 그의 원한과 괴로움을 사라지게 해준 것 같다고 이야기했다.

부활한 특제 유약 도자기는 다시 귀족들에게 고가로 팔려나갔다. 한 번 사라졌던 도자기였기에 품귀현상이 일어나서 가치가 오른 것이다. 예전처럼 직인들이 많이 만들기 시작했지만 카인츠는 그들을 제지하지 않았고 자신이 은퇴한 후에도 규제를 걸지 말라고 주위에 알렸다.

"여러모로 신세를 졌습니다."

"저희야말로 머무는 동안 신세 많이 졌어요."

남작가의 현관 앞에서 유지로와 세리에를 카인츠와 허츠가 배웅했다.

"이제부터 마을을 나가는 겁니까?"

"남은 일을 마치고 나갈 생각이에요."

"그렇습니까? 순탄한 여행을 기원합니다."

"감사합니다."

카인츠가 한 번 더 고개를 숙였고 허츠도 뒤따라 고개를 숙였다.

고개를 든 그들에게 작별을 고한 두 사람은 문을 나섰다.

"일이 남았다 했는데 어떤 거야? 여기선 약의 재료가 있는 곳을 모르니까 다른 마을에 가서 조사하겠다고 말했었잖아. 아! 떨어진 식재료를 보충할 거야?"

"그것도 있지만 저번에 친해진 사람들에게 이곳의 도자기를 선물하고 싶어서. 가족 세 사람만큼의 머그컵이라도 살까 해서."

"그렇구나."

"그리고 마차도 살까 하는데 어떻게 생각해?"

카인츠로부터 받은 보수가 120만 밀레였다. 생활비는 충분히 있기 때문에 편히 이동할 수 있는 수단이라도 살까 싶었다.

"마차보다 방어구를 갖추는 게 우선이라고 생각하는데. 마물과 싸우는 데 평상복보다 약간 질기기만 한 복장은 조금 그런 것 같아."

"갑옷인가. 어쩐지 마음이 안 내키네."

이곳의 갑옷은 서양타입이라 자신에겐 어울릴 것 같지 않다고 생각했다. 무사가 입던 갑옷이 어울리냐 하면 그렇지도 않을 것이다. 유지로는 갑옷을 입지 않는 곳에서 왔다. 방어를 견고히 하기 위해 갑옷을 입는다는 선택은 하기 힘들었다.

세리에는 유지로가 묵직한 느낌과 움직이기 어려운 느낌을 싫어하는 걸까 하고 생각했다.

"금속제 같은 게 싫다면 코트나 로브 같은 마법으로 강화된 방어구도 있어. 비싸지만 이번에 받은 보수로 충분할 것 같은데."

"음~ 생각해볼게. 당분간은 마법약으로 어떻게든 할게. 능력상승약으로 몸을 단단하게 만들 수도 있고."

그 외에도 물리충격을 30퍼센트 줄일 수 있는 마법약도 있다. 싸우기 전에 뿌려두면 사용자를 중심으로 반경 1미터 이내까지 효과를 낸다. 그런데 이걸 쓰면 유지로가 발차기 공격을 해도 상대에게 주는 대미지가 감소하므로 사용하기 어려울 것 같긴 했다.

"여차할 때에 곤란하지 않으면 좋겠는데."

"방패만이라도 사둘까. 거기다 충격을 흡수하는 연고라도 발라두면 임시방편으로 활용할 수 있을 것 같아."

"그건 일종의 마법 무구 아냐?"

유지로의 근력이라면 꽤 무거운 방패도 들고 다닐 수 있다. 가뜩이나 튼튼한 방패에 그런 잔꾀를 부릴 수 있다면 적에게는 성가실 것이다.

바로 무기점에 들어가 눈에 띄는 타워실드를 구입했다. 세로 1미터 좀 안 되고, 폭 50센티미터의 철제방패로 두께는 1센티미터 미만이다. 표면은 느슨하게 곡선을 그렸고 뒷면에는 들고 다니기 쉽게 나무손잡이가 붙어 있었다. 무게는 상당했지만 유지로에겐 문제가 없었다. 가격은 6만 밀레로 일반인이 구입하기엔 비싸다.

방패를 수레에 싣고 티크 가족에게 줄 머그컵을 사서 소개소로 가지고 간 뒤에는 말과 마차를 파는 가게로 갔다.

"정말 마차를 살 생각이었어?"

"있으면 편리할 것 같아서. 그렇지만 여기에서 살진 모르겠네. 좋은 마차가 없다면 다른 곳에서 사야지."

그렇게 말하면서 가게로 들어갔다.

주인이 어서 오세요, 하며 맞이해주었다.

유지로가 용건을 말했다.

"마차입니까? 어떤 것이 필요한가요?"

"둘이서 타도 여유 있는 넓이로, 튼튼한 거요. 방수도 잘

되면 좋겠어요. 그리고 마차를 끄는 동물은 마물 따위를 두려워하지 않고 오히려 맞받아칠 정도로 용감한 것으로, 험한 길도 상관없이 다닐 수 있는 게 좋겠어요."

"그런 조건의 마차는 지금 없어요."

"그래요? 그럼 어떤 생물을 사야 좋을까 같은, 구매 시의 주의점이라도 알려주세요."

각은화를 다섯 닢, 카운터에 올렸다. 정보료로 충분한 듯 미소를 지으며 끄덕였다.

근처에 있던 다른 종업원이 교대하고 근처 테이블에 두 사람을 초대했다.

"고객님의 요구라면 말과 조랑말과 당나귀는 사지 않는 것이 좋아요. 산다면 사람에게 길들여진 마물이 좋겠어요. 추천은 그란옥스나 블란지스나 래그스머그 같은 거려나요."

그란옥스는 소 타입 마물로 속도는 말에 비해 약간 뒤떨어지지만 힘은 강하다. 두꺼운 피부와 굵은 털을 가진 덕분에 마물에게 습격당해도 잘 죽지 않는다. 흥분하면 돌진하여 바하독과 빅앤트 등을 가볍게 날려버린다. 가격은 35만 밀레.

블란지스는 말 타입 마물로 다리가 말보다 굵고 발굽도 튼튼하다. 겁이 많은 말과 달리 용감하다. 하지만 공포를 만용(蛮勇)으로 얼버무리는 일도 있기에 강한 마물에게 돌격해 죽기 쉽다. 가격은 45만 밀레.

래그스머그는 호랑이 모습에 강아지 귀와 주렁거리는 꼬

리가 달린 마물이다. 투박한 발톱과 어금니를 가졌고 이마에 작은 뿔도 있다. 태어날 때부터 사람을 잘 따른다. 힘은 말보다 세다. 래그스머그 한 마리는 말 두 마리나 세 마리의 힘을 가진다. 상인부대가 주로 사용하는 마물로 가격은 60만 밀레.

이 마물들 말고도 마을 내에서 사자 타입이나 이족보행하는 공룡도 간혹 볼 수 있다. 그렇지만 그들은 소유자가 우연히 잡았다거나 마물을 기르던 다른 사람으로부터 구매한 것으로 항상 파는 것은 아니다.

"산다고 하면 래그스머그일까. 차체 쪽의 가격은 어느 정도가 되나요?"

"글쎄요……."

앞서 말한 희망사항을 떠올리며 계산해나갔다.

"45만 밀레 정도면 충분할 것 같아요. 반대로 10만 밀레나 20만 밀레 같은 가격이라면 어딘가 문제가 있을 가능성이 있네요. 제대로 된 곳이라면 여분의 바퀴 등이 있으니까, 구입할 때는 꼼꼼히 참고하면 좋아요."

"합계 1백 만 밀레 정도인가, 충분하군."

그 밖에 래그스머그를 살 때의 주의점을 물었고 이제부터 갈 마을에 있는 추천할 만한 가게도 가르쳐달라고 한 뒤 유지로와 세리에는 가게를 나왔다.

음식 재료 등을 구비한 두 사람은 마을을 나왔다.

메르모리아는 예전의 기세를 되찾아갔다. 특제 유약 도자기로 기세를 잃었었고 다시 그 도자기로 기세를 되찾았다. 도자기에 휘둘린 마을이지만 이후 도자기를 자랑으로서 삼게 된다.

유지로의 존재가 대륙 전체에 알려지게 된 계기는 이쯤일 것이다. 이전에도 배드오도로 퇴치 때 강한 사람이 있다고 용병들 사이에서 소문났지만, 이곳 메르모리아의 바즌토리 제작의뢰 이야기는 나름대로 유명했다. 굉장한 솜씨를 가진 약사가 있다며 행상인들이 소문을 각지에 퍼뜨린 것이다.

병자를 안은 부자나 귀족들은 한 가닥 바람을 걸고 그 굉장한 솜씨를 지닌 약사의 정보를 구하게 되었다.

유지로에게 다행이었던 것은 성(姓)까지 퍼지지 않은 것, 이 세계에는 지구처럼 사진이 존재하지 않는다. 각지에서 서로 유지로를 부르려고 난리가 나면 여행을 할 겨를이 없어질 것이다. 그렇다 해도 소문이 퍼지는 데 시간이 걸리기 때문에 몇 달간은 자유로이 여행이 가능할 것이다.

《치트 약사의 이세계 여행》2에서 계속.

"유명한 약은?" 하고 누군가에게 물으면 많은 사람이 회복약이라 이름댈 것이다. 그 밖에는 치유촉진약, 상처에 바르는 약, 감기약 정도일까.

효과는 베인 상처, 골절, 내장 파손 등을 한순간에 치료하는 기적의 약.

약사라면 누구든 제작을 꿈꾸고 많은 사람이 실패를 거듭해 제작을 포기한다.

성공한 자에겐 큰돈 말고도 귀족의 지위도 더 이상 꿈이 아닌, 그런 욕망이 담긴 약.

재료와 도구는 신참 약사라도 준비할 수 있지만 제작 시 요구되는 기량이 높기에 신출내기나 보통사람이 제작하기 곤란해 약사를 울리는 약이기도 하다.

그런 약이 나오게 된 건 머나먼 과거의 일로, 세계가 만들어진 '최초의 시대'의 천 년이 파괴지진에 의해 끝을 고한 뒤 천 년, '시행의 시대'. 이것이 파괴지진에 의해 끝난 뒤의 천년 '결정(決定)의 시대'의 일이다.

이 시대는 두 번째의 파괴지진으로 인간은 수가 줄었고 마물도 더 강해졌다. 대항하듯 인간도 육체적 강도를 높였고 시대 후반에는 전원이 초능력을 쓸 수 있게 되었다.

결정의 시대란 이 세계의 본디 모습이 정해진 시대라는 의미다. 사람이 있고 마물이 있고, 사람이 모두 초능력을 가지고 살아가는 시대. 이건 후반 시대에서도 변하지 않는 것이다. 이 시대를 기본으로 해서 그 후의 시대는 발전해간다.

사람이 없을 가능성이 있었을지도 모르고 마찬가지로 마물이 없는 시대도 있을 수 있었다. 지구와 마찬가지로 검이나 화약이 중심인 문명을 구축했을지도 모르지만 그건 가정일 뿐이다.

회복약은 결정의 시대를 맞이하고 100년을 조금 지나 생겼다.

당시의 대륙에 로 날 정국(正國)이라는 나라가 있었다. 그왕이 국군 겸 약사에게 명했다. '치유촉진약보다도 효과가 높은 약을 만들라'고.

이건 이전 시대보다도 강화된 마물이 원인이었다. 아직 초능력을 한정된 인간만 쓸 수 있는 상황이었기에 강해진 마물에게는 대항하지 못했고 모든 나라가 열세에 놓이게 되었다. 당연히 치료도 빈번히 행해졌기에 치유촉진제가 쓰였다. 하지만 치료에 시간이 걸려 인재가 항상 부족한 상태였다. 그런 상황을 타파하기 위해 더 빨리 치료가 가능해져서 전장에 인재를 보낼 수 있도록 왕은 개발을 명했다.

약사들은 우선 치유촉진약을 기본으로 연구를 진행했다. 지금까지 사용하던 것을 강화하면 더욱 효과가 높은 것을 만들 수 있겠다고 생각했다. 그 결과 고품질 치유촉진약은 만들었으나 왕이 요구한 수준에는 미치지 못했다.

이건 약사들의 착각이 원인이었다. 치유촉진약과 회복약. 두 가지 모두 상처를 낫게 한다는 효과는 동일하나 그 치료과정에 차이가 있다. 치유촉진약은 몸이 가진 자연치유력을 강화한다. 힘과 속도의 능력상승약과 같은 계통의 약이라고도 할 수 있다. 그에 반해 회복약은 한순간에 상처를 낫게 하는 마법이나 초능력과 마찬가지인, 아니 그 이상의 것을 약으로 재현해낸 것이다.

둘은 종류가 다른 것이다. 치유촉진약의 연장선상에 회복약이 있다고 생각하는 한 제작은 성공할 리 만무했다.

이건 현대 약사들도 착각하는 잘못된 개념으로, 회복약 제작 첫걸음 지식으로서 치유촉진약과 회복약은 전혀 다른 약이라는 것을 인식하고 있어야 한다.

각각의 기술과 지식을 은닉하는 방향성이 약학의 진보를 저해하고 회복약 제조법이 널리 알려지지 않은 이유가 되었다.

로 날 정국의 약사들은 여러 명이서 개발에 힘썼지만 현대의 사람들과 다른 회복약의 존재를 몰랐기 때문에 완성까지 시간이 걸렸다. 완성은 제작을 명령받고서 20년이라는 긴 시간에 걸쳐 달성할 수 있었다.

그렇게 개발된 약은 전 세계에 퍼졌고 마물과의 싸움을 조금이나마 되물리치는 데 일조했다.

약과 관련한 이야기는 몇 개 있다.

'기사와 회복약', '라크렌가의 재약(災藥)', '에문바르데 소동' 등등. 그중에서 가장 알려진 것은 '기적의 약'일 것이다.

이건 각지의 법신(法神)신전이나 신전에 속한 신궁(神宮)이 다양한 장소에서 이야기했기 때문에 지명도가 높아졌다.

내용은 이렇다. 어떤 전쟁 때 물자부족으로 회복약이 없어졌다. 전쟁에 협력했던 법신의 신궁들은 괴로워하는 병사를 도와주기 위해 어떻게 해야 좋을지를 생각했다. 하지만 좋은 생각은 떠오르지 않았고 치유촉진약을 회복약이라 속여서 주었다. 거짓말을 할 수밖에 없었던 신궁들은 고뇌했고, 가능한 한 편해지도록 병사를 계속 돌보았다. 그러면서 신에게 병사의 안녕(安寧)을 기도했다. 그 기도가 통했던 걸까. 약을 받은 병사들은 치유촉진약에서는 생각할 수 없는 회복력을 보이며 건강해져 전장으로 돌아가 승리를 거두었다.

신이 치유촉진약을 회복약으로 바꾸어준 기적이 일어났다는 식의 기록이 남겨졌다.

이 사건으로 한동안 회복약은 신이 내려주신 것으로서, 신전이 관리한다는 생각이 퍼져서 약사와 신전의 대립이 일어났다.

참고로 이야기대로라면 미담(美談)이지만 진상은 달랐다.

전쟁이 있었고 법신의 신궁이 협력했고 물자가 부족했던 건 사실이다. 하지만 회복약은 존재했다. 회복약은 지위가 높은 사람을 회복시키기 위해 아껴두었고 일반병사에게는 쓰이지 않았다. 회복약이 필요한 중상을 입은 병사들에게 신궁들은 거짓말을 하여 치유촉진약을 마시게 한 것이다. 그들에게 고뇌 같은 건 없었다. 그리고 속은 병사 중 30퍼센트 정도가 경이적인 회복력으로 어떻게든 움직일 수 있게 되어 전장으로 다시 투입되었다.

진상은 전쟁종료 시에 그런 일이 있었다고 알게 된 지위가 높은 신궁들이 좋은 선전이 되겠다며 이야기를 날조해 퍼뜨린 것이다.

그 이야기는 긴 세월을 지나 정말로 있던 일로 여겨졌고 교전에도 실려 현대에까지 전해졌다.

부록 약이야기 2 **보강약**

모험자나 용병의 필수품이라 하면 무기와 방어구, 약일 것이다. 많은 모험가들이 이용하는 약은 치유촉진약과 능력상승약, 보강약이다.

그중에서 보강약, 정식명칭 '마법행사(行使) 보강약'에 대해 소개하겠다.

보강약은 평원의 민족에게 고마운 존재이다. 마력이 낮기에 마법의 효과도 낮다. 그를 보완하는 약은 일상생활에서 그렇게까지 필요로 하는 약이 아니지만 싸움이나 공사일에는 도움이 된다.

이 약은 네 번째 시대인 '다양성의 시대'에 태어났다.

이 시대는 이전 시대인 결정의 시대에 퍼진 초능력에 사람들이 적응했고, 사람들은 한층 더 힘을 필요로 해서 몸이 변화하게 되었다. 그 결과, 숲의 민족과 산의 민족, 바다의 민족이라는 세 종족이 탄생했다. 용사나 마왕이라는 존재가 태어나기 시작한 것도 이 시대였다.

처음에 숲의 민족과 산의 민족의 선조가 평원의 민족과 떨어져 자신에게 알맞은 토지로 옮겨갔다. 그곳에서 살아가는 동안, 시대 후반에는 평원의 민족과는 완전히 다른 종족이 되었다. 바다의 민족은 파괴지진에서 도망칠 수 있는 안전한 장소를 구해 평원의 민족에서 떨어져 바다를 주거지로 했다. 처음에는 해변에서 살았고 그동안 물속에서 살아가는 마법을 습득했다. 그들도 시대 후반에는 독자적인 종이 되었다.

그들은 자신의 특징을 돌출시킴으로 힘을 늘려갔다. 그에 반해 평원의 민족은 크게 변화하지 않았다. 범용성이 있지만 타 종족 정도의 힘은 얻지 못했다.

보강약은 다양성의 시대 후반에 탄생했다. 세 종족이 태어났고 그들과의 힘의 차이를 안 권력자가 자신들도 따라잡을 수 있도록 방법을 모색했다. 그 결과 중 하나가 보강약이다.

시대 후반, 한결같이 쇠퇴의 길을 걷던 평원의 대국이 힘을 늘리는 타 종족에 위기감을 느꼈다. 타 종족을 거느림으로써 힘을 과시하기 위해 막 만들어진 이 약을 써서 전쟁을 일으켰다. 처음에 기습 공격으로 나라는 우세해졌으나 생각 없이 산의 민족과 숲의 민족이라는 두 종족을 침공한 것과 보강약의 양산체제가 정비되지 않았다는 것, 이 두 가지 점에서 서서히 밀리게 되어 전쟁을 일으키고 5년이 지나 대국이 패배하는 형태로 결말이 났다.

이 전쟁은 양초가 마지막에 격하게 타오르듯, 대국이 최후의 저력을 행사했다는 점에서 '양초전쟁'이라고 불리게 되었다.

이 전쟁에서 산의 민족과 숲의 민족의 힘은 타국에도 널

리 알려졌다. 참견은 삼가는 편이 좋을 것 같다고 권력자들
은 생각했고 교류도 신중히 하게 되었다.

살아가는 환경이 다른 바다의 민족과는 전쟁을 하지 않았
지만 경계도가 높아져 바다의 민족과도 접촉하지 않게 되었
기에 서서히 교류가 없어졌다. 현대에는 이것이 원인 중 하
나가 되어 나라끼리 교류를 하지 않는다. 교류가 있다고 해
도 마을 단위 정도이다.

보강약에 대한 유명한 이야기는 없다. 어디서든 누구든
사용하는 범용성에서 이야기의 주역이 될 정도의 화제성은
없는 것이다.

대신 평범한 제작 일화라면 있다.

사실 이 약은 우연히 완성되었다. 회복약에는 치유촉진제
라는, 기반이 되는 약이 있었다. 다른 종류의 약이지만 회
복약을 제작하는 데 힌트가 되었다. 그러나 보강약에는 기
반이 될 법한 약은 없었고, 먹는 약으로 하면 좋을지 바르
는 약으로 하면 좋을지 액체로 하면 좋을지 정제해서 만들
면 좋을지조차 몰랐다.

대국의 연구자들은 충실히 노력해서 연구를 진행했다. 예
를 들면 불의 마법을 강화하는 데 기름을 사용했고, 불을 방
출하자마자 발화성이 높은 기름을 불속에 던져넣는 강화방
법도 있었다. 그렇게 하니 확실히 위력은 높아졌지만 기름
을 잘못 다루어 폭발한다거나, 사거리(射距離)가 짧은 문제
점도 있어 착안점을 바꾸게 되었다.

그렇게 몇 번을 실패한 뒤 초조한 연구자들이 샘플 몇 개를 지면에 내던졌다. 옥외라면 치우지 않은 상태로 두었겠지만 실내였기에 청소할 필요가 있었다. 하지만 우선은 기분전환으로 담배를 한 대 피우려고 마법으로 작은 불을 만들어냈다. 그때 그 일이 일어났다. 생각지도 못한 위력의 불이 만들어졌고 연구자의 앞머리를 태웠다. 아연실색한 연구자였지만 일어난 상황을 즉시 이해하고 서둘러 지면에 내던진 샘플에 대해 조사했다.

이 일을 계기로 해서 사전에 뿌려쓴다는 지식과, 약의 성분 등을 알게 되면서 보강약 연구는 진행되었다.

부록 도중기 1

유지로와 세리에가 둘이서 여행을 시작하고 얼마 되지 않았을 때, 아직 세리에는 유지로를 경계했고 유지로는 그런 세리에의 마음을 끌려고 가진 지식 중에서 뭔가 재미있을 만한 것을 찾았다.

좋은 지식을 찾은 유지로는 이동하는 동안 필요한 재료를 모았다. 살짝 웃는 세리에의 표정을 볼 수 있을까 하고 콧노래를 부르는 유지로를 세리에는 의아한 듯 바라보았다.

그런 도중 날이 저물었기에 야영 준비를 시작했다.

세리에가 요리를 만드는 사이 유지로는 약을 제조했다. 만드는 건 알약이었다. 몇 개의 약 종류를 하나씩 만들었다. 공통 재료는 볶아 부순 풀, 분말 형태로 만든 숯. 그것들을 섞어 잘게 나눈 것에 불의 결정이나 땅의 결정 등을 부수어 섞었다. 마지막으로 소량의 기름을 섞어 작은 구슬로 만들었다. 알약이라 해도 압축할 필요는 없었다. 손에서 둥글게 모양을 내기만 해도 괜찮았다. 원래는 조금 더 수고가 드는 일이지만 품질이 낮아도 목적은 달성했으므로 빨리 끝냈다.

"좋아, 완성."

여섯 개의 구슬을 앞에 두고 만족하듯 끄덕인 뒤 모닥불을 장작을 준비했다.

"뭐해? 장작은 그렇게 많이 필요 없어."

어이없는 시선으로 바라보는 세리에에게 유지로는 괜찮다고 말하며 신경 쓰지 말라고 했다.

"신경 쓰지 말라고 해도 너무 낭비야."

"변변찮은 예술을 위해 필요하거든. 기대해."

"예술 같은 건 안 해도 괜찮은데."

잔가지 같은 것은 얼마든지 주울 수 있는 일이기에 흥미가 없어진 세리에는 유지로에게서 시선을 떼고 요리를 마저 만들었다.

"흥미없다고 말할 수 있는 것도 지금뿐이야. 분명 눈을 빛낼걸! 그리고 상으로 키스 한 번쯤은 하고 싶어질 거야."

"그럴 리 없어."

세리에거 후훗 하며 가슴을 편 유지로를 딱 잘라 거절했다. 오늘도 평상시처럼 냉정하구나, 하고 만족하듯 끄덕인 유지로는 알약을 옆에 두고 요리를 기다렸다.

"밥, 밥."

"금방 만들어지니 잠자코 있으렴."

"세리에가 애정을 담아 만드는데 잠자코 있는 건 무리야."

"애정 같은 건 안 들어 있어."

"그럼 뭘 넣은 거야?"

"……굳이 말하자면 언제까지 따라올 건가 하는 어이없는 기분일까."

조금이라도 불쾌감을 주려고 한 말이지만 유지로는 전혀 상처 받지 않은 듯했다.

"어떤 감정이든 담겨 있다면 그게 상이야."

보란 듯이 한숨을 내쉰 세리에는 완성된 요리를 목제 접시에 올려놓았다.

얼른 다 먹고, 날이 완전히 저물자 유지로는 다닥다닥 겹친 가지에 불을 붙였다.

"자자, 시작한다."

"하지 않아도 돼."

"하하하, 관대한 성원 고마워. 그런 이유로 재빨리 투입!"

유지로가 만든 알약을 휙휙 하나씩 불속에 던져 넣었다.

하지 않아도 된다고는 말했으나 조금 흥미가 동한 세리에는 시간이라도 때울까 싶어 모닥불을 쳐다보았다.

1분 정도 지나자 변화가 나타났다.

"응, 성공."

그리 말하고 몇 가지 색으로 변화하는 모닥불을 보았다. 약을 넣지 않은 모닥불은 오렌지색이고, 그 밖에 빨강, 파랑, 녹색, 보라색, 은색에서 하늘색으로 변화하는 불꽃이 흔들렸다. 일루미네이션을 생각하고 만들었지만 단순히 색을 바꾸는 것이므로 흥미를 끌기에는 부족했다고 생각하며 세리에를 바라보았다.

그러나 세리에는 조금 놀란 표정이었다.

"이건?"

"특정 마물을 피하는 약. 그 밖에 색의 변화를 이용해 신호할 때도 쓰이는 모양이야. 이번에는 보기만 해도 즐길 수 있을까 싶어 만들어봤어. 마음에 들었어?"

우쭐해하는 표정으로 질문하는 유지로에게 세리에는 반응하지 않고 흔들리는 불꽃을 바라보았다.

평가가 나쁘지 않다고 생각한 유지로는 다음에는 알약을 겹쳐 쌓아 만들어 시간이 지나면서 색이 변하는 알약이라도 만들어볼까 하고 생각했다.

불꽃은 10분 정도 지나 느릿하게 원래의 오렌지색으로 돌아왔다. 나뭇가지도 더 안 넣었으니 놔두면 곧 꺼질 것이다.

평범한 서프라이즈도 끝났고 평소처럼 약을 만들려 했을 때 세리에가 발소리를 눈치챘다. 이곳은 덤불이나 나무가 여기저기 자란 평야라 숨기에는 부적합하기 때문에 바로 기척을 알아차릴 수 있었다. 무기에 손을 얹고 소리가 들리는 방향을 물끄러미 바라보는 세리에를 보고 유지로는 뭔가 있나 싶어 같은 방향으로 고개를 돌렸다.

20초 정도 지나 유지로에게도 발소리가 들려왔다. 한두 명일까, 하고 소리로 판단하고 바로 움직일 수 있도록 몸에 힘을 넣었다. 이윽고 불빛이 닿지 않는 맞은편에서 두 사람의 그림자가 나타났다.

"누구냐?"

세리에가 물었다. 경계심 가득한 목소리에 그림자는 일시적으로 걸음을 멈추고 그 자리에서 말을 걸어왔다.

"수상한 사람이 아닙니다. 여행하는 신관입니다. 의심스러운 불을 발견해서 그것을 조사하러 왔습니다."

중년 남자의 목소리가 들려왔다.

아까 불꽃에 대한 거구나 하고, 사정을 모르면 수상하게 여길 만도 하겠다며 이해했다. 이해는 했지만 그래도 경계는 풀지 않았다. 접근하기 위한 구실일지도 모른다. 한편 유지로는 완전히 경계를 풀고 그들을 믿었다. 둘이 다른 반응인 건 지금까지 살아온 방식의 차이일 것이다.

"그건 그냥 약으로 불꽃의 색을 바꿨을 뿐이에요."

"그런 약이 있었구나."

호오호오 하고 다른 한 명이 끄덕였다. 목소리로 젊은 여자라는 것을 알 수 있었다. 아마 유지로보다도 연하일 것이다.

"저희도 묻고 싶은 것이 있어요. 이쪽 불꽃이 보였다면 저희도 그곳에 있는 모닥불이 보여야 하는데, 여기서는 보이지 않았어요."

"아, 그건 이곳이 마차와 나무, 덤불에 가려 안 보였기 때문일 겁니다."

"그러고 보니 마차가 있던 것 같기도."

그만큼 겹치면 빛이 차단되겠지 싶어 세리에는 수긍했다.

유지로 일행을 저쪽에서 발견할 수 있었던 이유는 질 좋은 마물회피 약이 없었기 때문이기도 했다. 그렇기에 나무에 올라가 높은 곳에서 주위를 경계하다가 유지로 일행의 불꽃을 눈치챈 것이다.

"저도 약학을 즐기고 있어서요, 괜찮다면 이야기를 들려주실 수 있을까요?"

소녀가 질문하자 유지로는 어떻게 할까 싶어 세리에를 쳐다봤다. 거절할 이유도 없다고 끄덕이며 대답했다.

승낙을 얻은 두 사람은 모닥불로 다가왔다. 불빛에 비춰져 모습이 보였다.

체격이 다부진 마흔이 넘은 남자와 보브컷을 한 열다섯 정도의 소녀가 같은 녹색 관두의(한 폭의 천을 접어 머리를 끼워 입는 전통의복)를 차려입었다. 신관이라 말했지만 평원의 민족 사이에서 제법 알려진 법의 신이나 자유의 신의 것은 아니었다. 의복을 바라보는 시선을 눈치챘는지 남자가 입을 열었다.

"이 옷은 협화(協和)의 신의 것입니다."

"협화?"

그런 게 있었나 싶어 유지로와 세리에는 고개를 갸웃했다. 적어도 유지로가 받은 일반지식 중에 그러한 종교는 없었다. 그렇지만 남자가 거짓말을 하는 것은 아니었다. 단순히 지식에 없을 뿐이다. 신자의 수가 천 명도 미치지 않은 종교이므로 몰라도 문제없는 지식이라고 바스티노는 판단한 듯했다.

"신자가 많지는 않습니다. 교의는 종족의 장벽을 넘어 친하게 지내자는 겁니다."

"불가능하지 않을까."

하프인 이상 교의의 실현을 아는 입장이기는 했지만 평원의 민족과 숲의 민족 사이에서 지냄으로써 그것이 어렵다는 사실도 알았다. 기본적으로 자신들만의 세계에서 동료를 늘리는 일만을 중시하기에 적극적인 교류에는 흥미 없다. 지금까지의 역사를 보면 대체로 교류는 신시대가 시작하고 그 끝의 중간 즈음에서 시작된다. 그때가 될 때까진 인구증가나 영토확대 문제에 시간을 빼앗긴다. 지금은 신시대가 시작된 지 2백 년이 지났으므로 교류가 아닌 힘을 기를 시기다.

'하프에 관해 어떻게 생각할까.'

입 밖으로는 내지 않았지만, 유지로는 의문을 품었다.

협화신의 신관은 하프에 대한 반응이 나쁘지 않았다. 학대당하는 자가 있으면 자신들의 품으로 받아들이고 평범하게 지낼 수 있도록 도움을 준다. 단, 너무 마음을 쓰는 나머지 학대와는 또 다른 미묘한 기분이 들게 한다. 그들이 이전에 받던 대우와 차이가 너무 심한 나머지 의심암귀(暗鬼)가 되는 하프도 적지 않았다.

협화신 신자 중에는 평원의 민족 이외의 종족도 물론 있다. 타 종족과 결혼한 사람이 많은가 하면 그렇지도 않다. 적대하지는 않지만 그들도 취향은 있었고 대부분 같은 종족끼리 결혼해 아이를 만들기 때문에 하프가 태어나는 일은 좀처럼 없었다.

"예, 어렵다는 건 압니다. 지금까지 이곳저곳 여행하며 다양한 종족을 만나 이야기해왔습니다만, 좋은 반응을 보인 자는 적었으니까요. 그렇다고 해서 포기할 생각은 없습니다. 일찍이 존재했던 나라를 목표로 나날이 분발할 뿐입니다."

"옛날에 종족의 장벽을 넘은 나라가 있었어?"

의문이 생긴 세리에에게 끄덕임으로 답했다.

"어느 정도 옛날인지는 모르겠습니다만, 있었다고 신전에 기록이 남아 있습니다. '일찍이 나라 있으리. 시작은 두 사람, 그리고 수많은 자가 모여 부락이 되고 마을이 되고 나라가 되었다. 여왕 아래 사람들은 힘을 합쳐 살아갔었다' 이런 식입니다."

그것뿐이냐며 유지로는 생각했지만 직접 역사 자료를 보게된다면 이해할 수 있을지도 모른다. 벌레먹은 데가 있거나 색이 바랬을 테고, 쓰이고서 긴 시간이 지났다. 현재 존재하는 역사 자료는 완전하지 않으며, 시간이 지나 결여되고 마는 교의도 있는 법이다.

남자는 역사 자료에서 옛일의 확증을 바라지는 않았기에 그 점은 신경 쓰지 않았다. 자신들의 종교가 언제부터 있었는지 아는 것은 중요하지 않다. 종교를 넓히고 평온한 세계를 실현할 수 있으면 좋은 법이다.

'옛날에 있었지만 지금은 없다면 교의를 실현하는 건 어렵지 않을까.'

유지로는 이런 생각을 했지만 그들의 기분을 해칠 것 같아 또 입 밖으로 꺼내지는 않았다.

협화의 신뿐만이 아닌 자유의 신 등도 없다고 알기에 종교에 흥미는 없지만 부정은 하지 않는다.

"뭐, 포교 힘내세요. 저는 흥미는 없지만 부정하지는 않으니까요."

"흥미가 없다니 아쉽지만 부정하지 않는 이유를 들을 수 있을까요? 다른 사람에게 포교할 때 참고가 될지도 모르니까."

소녀의 질문에 유지로는 끄덕이고 고향에서 들은 걸 떠올리며 이야기했다.

"협화의 신의 종교에 국한된 이야기가 아니지만 종교로 도움 받는 사람들이 있다고 생각해요. 종교가 돈벌기 수단이 되기도 하지만 모두가 그렇지는 않고, 그중에는 다른 이들에게 도움이 되고 싶다고 생각하는 사람도 있을 거예요. 그런 사람에게 도움을 받은 사람도 있을 테니 그러한 행동을 부정할 생각은 없어요."

자유의 신이나 법의 신 같은 종교를 빈정댄다는 사실을 눈치챘지만 남자 일행도 비슷한 생각을 한 적이 있어 지적은 하지 않았다.

뭔가를 참고하고 싶어서 잘 알려진 종교의 집회에 참가하한 적이 있다. 신자가 많기에 넓은 강당은 필요하지만 몸을 꾸미는 보석이나 귀금속이 과연 필요한 걸까 하고, 고위 신관을 보고 생각했었다.

협화의 신의 종교단체에 그런 건 없다. 사치할 여유가 없다고 말할 수도 있겠지만, 수가 적기에 의사(意思)통일도 가능한 것이다. 사치를 일삼는 자가 이 종교에 있지 않다는 것도 협화의 종교가 부패하지 않은 이유일 것이다. 만약 협화의 신 신앙이 퍼지고 조직으로 커지면, 자유의 신 신앙처럼 부패할 가능성이 적지는 않을 것이다.

참고로 지구에서 일어나던 것처럼 종교끼리 충돌하는 일은 없었다. 신자를 서로 존중하는 것이 가능하기도 하고, 각각의 성지는 대체로 파괴지진에 없어져 서로 뺏는다는 일은 없었다. 인간끼리 싸우기 전에 마물이 방해하거나 파괴지진이 일어나 흐지부지되기 때문이다. 한곳을 서로 뺏는달까, 서로 적대하며 넘보는 성지는 있었지만.

종족의 장벽을 넘어 친하게 지내자는, 사람들의 감성에 맞지 않는 교의를 지닌 협화의 신이 배척당하지 않는 이유는 규모가 작기 때문이기도 했다. 범죄를 일으키지도 않았다. 기껏해야 강연 중에 병사가 노려보는 정도였다.

규모가 작은 협화의 신 신앙이지만 현존하는 종교 중 가장 오래된 역사를 지녔다. 역사는 협화의 신 신앙, 법의 신 신앙, 자유의 신 신앙 순서이다. 협화의 신은 전성기를 지나 침체한 뒤 변동이 없는 상태이다.

최고로 오래된 종교는 이 세계를 만든 바스티노의 동류(同類)다. 지상에 사는 사람들에게 간섭했었기에 숭배받는 것이다. 사람들의 소원을 듣고 지형을 바꾸거나 날씨를 바꾸었기에 신이라 여겨질 만도 했다.

그는 시간이 지남에 따라 사람들과의 접촉을 서서히 단절하게 되었고 그가 떠난 '독립의 시대' 이후 창세의 신 신앙은 다른 종교로 인해 바뀌어갔다.

협화의 신의 역사는 신궁들이 말하듯 분명하진 않으나 법의 신과 자유의 신은 전 시대에 발상되었기에 역사는 의외로 짧았다. 뭐, 짧다 해도 1500년 전후이다. 이전 시대는 숲의 민족의 시대이긴 했지만 평원의 민족의 나라도 있었다. 두 나라를 포함해서 도움받았던 나라의 법을 정비한 자가 법의 신으로서 숭배되었다.

제법 유능한 인물로 국경을 넘어 이름이 알려졌고 사후에도 이 인물을 뛰어넘어 법을 정비한 자는 없었기에 이름이 남아 신앙받게 되었다.

자유의 신은 법의 신 신앙에 반발하는 형태로 태어나게 되었다. 뭐든 틀에 박혀서 답답함을 느낀 자가 자유의 신도라 명하고 활동을 시작했다. 처음에는 불량한 자가 많았지만 꿋꿋이 활동하는 신자가 늘어간 것으로 보아 기존의 질서에 답답함을 느끼던 자가 적지 않았던 것 같다.

자유의 신에겐 법의 신처럼 모델이 된 자는 없고 완전한 공상상의 신이다. 신상(神像)을 만든다면 얼굴이 없거나 간단한 조형만으로 나타낸다. 정해진 얼굴조차 없다는 자유로움을 가리킨다고 여겨졌다. 사실은 최초의 신상을 만들었을 때 조예가 없어 고민하다 간단하게 얼버무렸던 것이다.

"타인을 무턱대고 부정하지 않는다. 협화의 신의 가르침과 겹치는 점이 있네요."

빈정거림에는 답하지 않고 자신들과 관련된 것에만 반응했다.

"부정하지 않는다는 사실 하나로 종족의 장벽을 넘을 수는 없다고 생각해."

"그럼 어떻게 하면 좋다고 생각해요?"

세리에의 말에 소녀가 물었다.

"글쎄, 어떻게 하면 좋을까. 강렬한 계기가 필요할지도 몰라."

세리에가 흥미 없다는 듯 대답했다.

하프가 존재하므로 완전히 가망이 없지는 않다. 하지만 개인과 개인의 연결 이상으로 발전하지 않기에 뭔가 문제가 있다는 사실만은 알았다. 그 문제를 무시할 수 있을 법한 계기가 있다면 어쩌면, 하고 생각한다.

질문한 남자와 소녀는 골똘히 생각에 잠겼고 유지로는 문득 생각했다.

'그렇기에 발생하는 파괴지진일까?'

모든 걸 부수고, 종족 차별이니 뭐니 하는 문제를 사라지게 하기 위해 정기적으로 일어나는 걸까 하고 생각했다. 아무 확증도 없는 짐작이기에 이 생각에 자신은 없었다. 정보가 적으니 그 이상의 생각도 나지 않았다.

유지로의 생각은 빗나갔다. 파괴지진에 의미는 없다. 목적이 있어 일어나는 것이 아니다. 하지만 예상이 크게 빗나갔냐면 그렇지도 않았다. 실제로 협화의 신의 근본은 그에게 있었으니까.

"생각에 잠기고 말았습니다. 죄송합니다."

"당신들에게는 중요한 것일 테니 신경 쓰지 않아도 돼요. 이야기를 바꿀까요. 체격이 좋으시네요. 교의 중 몸을 단련한다는 내용이 있나요?"

유지로는 왠지 신경 쓰이는 걸 물었다. 그에 남자는 히죽 웃음을 지었다.

"건강한 혼을 얻기 위해서는 우선 몸을 단련해야 하니 실천하는 겁니다."

지구에도 '건전한 정신은 건전한 육체에 깃든다'는 말이 있었고 비슷한 일을 하는 남자에게 감탄했지만 소녀는 고개를 가로저었다.

"단순한 취미예요. 교의에는 없어요. 뭐, 여행을 하니까 어느 정도는 단련해두는 편이 마물에게서 도망치는 데 도움이 되지만 이 사람은 필요한 정도를 넘어서 단련해요. 다른 신자에게도 단련을 권유하고, 언젠가 근육질인 사람들로 넘쳐나지 않을까 걱정이에요."

그 상황을 상상했는지 소녀가 표정을 찡그렸다.

고개를 저으며 상상을 떨쳐냈고 목적 중 하나인 약에 대한 이야기를 들었다. 잠시 이야기를 나누다 그들의 동료가 찾아와서 이야기가 끝났고 유지로와 세리에는 야영지로 돌아갔다.

치트 약사의 이세계 여행 1

2016년 9월 1일 1판 1쇄 발행
2018년 4월 1일 1판 3쇄 발행

저　　　자	아카유키 토나
일 러 스 트	kona
옮 긴 이	윤모린
발 행 인	유재옥
본 부 장	조병권
담당편집자	조찬희
편　　　집	권오범 김다솜 김민지 김혜주 강혜린 박은정 이문영 정영길 조찬희
라이츠담당	박선희 오유진
디 지 털	최민성 박지혜
발 행 처	㈜소미미디어
등　　　록	제2015-000008호
주　　　소	서울시 마포구 토정로222, 403호 (신수동, 한국출판콘텐츠센터)
판　　　매	㈜소미미디어
마 케 팅	김선형 한민지
전　　　화	편집부 (070)4164-3962, 3963　기획실 (02)567-3388
	판매 및 마케팅 (070)4165-6888, Fax (02)322-7665

ISBN 979-11-5710-464-2 04830
ISBN 979-11-5710-463-5 (세트)